中國語言文字研究輯刊

九 編

許錟輝 主編

第11冊

前四史韻語研究（上）

王 冲 著

花木蘭文化出版社

國家圖書館出版品預行編目資料

前四史韻語研究（上）／王冲 著 -- 初版 -- 新北市：花木蘭
文化出版社，2015〔民104〕
目 12+246 面；21×29.7 公分
（中國語言文字研究輯刊 九編；第 11 冊）
ISBN 978-986-404-392-7（精裝）
1. 漢語 2. 聲韻學

802.08　　　　　　　　　　　　　　　104014810

ISBN- 978-986-404-392-7

9 789864 043927

中國語言文字研究輯刊
九　編　　第十一冊　　　　　ISBN：978-986-404-392-7

前四史韻語研究（上）

作　　　者　王冲
主　　　編　許錟輝
總 編 輯　杜潔祥
副總編輯　楊嘉樂
編　　　輯　許郁翎
出　　　版　花木蘭文化出版社
社　　　長　高小娟
聯絡地址　235 新北市中和區中安街七二號十三樓
　　　　　　電話：02-2923-1455／傳眞：02-2923-1452
網　　　址　http://www.huamulan.tw 信箱 hml810518@gmail.com
印　　　刷　普羅文化出版廣告事業
初　　　版　2015 年 9 月
全書字數　510318 字
定　　　價　九編 16 冊（精裝）　台幣 40,000 元

前四史韻語研究（上）

王　冲　著

作者簡介

王冲，男，漢族，黑龍江省黑河市人，文學博士。內蒙古大學文學與新聞傳播學院講師。現從事中國古代漢語和現代漢語、對外漢語的教學和科研工作，研究領域主要為音韻學，尤致力於上古語音的研究。

提　要

　　韻語的研究一直都是漢語語音史研究當中的一個基礎性環節。先秦的詩文用韻研究一直就是各家著力最深的，其韻部類別也基本成為定論。而在上古晚期的兩漢音以及中古早期的魏晉音的研究中，既沒有像《切韻》那樣的韻書為之折衷，又沒有像《詩經》那樣足以歸納音系的總集，再者韻語的叢雜廣泛，因此尚待解決的和有爭議的問題還比較多。

　　史書，對於歷史工作者而言，它是寶貴的歷史資料；而對於我們語言工作者來說，史書又是研究歷史語言的最有價值的語料。但是以往的研究者往往把史書歸入正統文言裏面，不太注重史書的語料價值。其實，史書的韻文材料對漢語史的研究價值並不比韻書、韻圖低。史書具備如下的優點：

　　第一，韻語的數量可觀，保證有足夠的可利用的材料，可以較全面地研究兩漢魏晉時期的語音實際情況；

　　第二，史書的文獻性很強，一般未經後人竄改，保持了韻文原有的歷史面貌。語料的真實性可信，相應地其結論也就真實可信；

　　第三，韻語的時代、地點一般來說都較為明確，便於進行斷代、劃分區域的研究；

　　第四，散文中的韻語要比詩歌中的韻語更為嚴密一些。詩歌中的韻語多來自民間，而散文中的韻語則出自文人之手。從本質上說，民歌的用韻是不會精於文人之筆的。文人為了使自己的觀點容易被別人記住，於是編成韻文，因此這些韻文的性質也跟詩歌一樣，它們的價值也是非常高的。

　　第五，史書還保存了許多珍貴的口語資料。

　　可見，應該給史書以應有的重視。

　　《史記》、《漢書》、《後漢書》中關於兩漢的語料是異常豐富的，為研究西漢和東漢時期的語音事實提供了諸多的材料。因此，《史記》、《漢書》、《後漢書》所代表的兩漢音可以反映上古晚期的語音狀況。而魏晉至劉宋，這段時期內的韻部類別既不同於兩漢，也不同於齊梁，在語音史上是一個承前啟後的時期。《三國志》和《後漢書》均成書於此階段，它們是研究魏晉和劉宋時期語言的重要史料。對《後漢書》和《三國志》進行語言研究，可以幫助我們進一步弄清處於過渡時期的魏晉、劉宋語言的實際情況，可以為人們探索漢語語音發展的脈絡，提供許多清晰可查的線索，因此它具有重要的研究價值。

　　這樣，本書擬以前四史的韻語為研究對象，在全面搜集韻語的基礎上，認真釋讀其文字，進行校勘，以保所用語料的真實面貌，並準確確定韻例，判斷韻字。

然後本文將運用數理統計的方法對前四史的押韻材料進行全面的統計分析。運用統計法主要有兩個目的：一方面，借助數理統計的分析方法可以得出先秦、兩漢以及魏晉時期的散文用韻情況的精確數據，以此詳細且全面地考察漢魏晉韻文所反映出來的分部狀況。在利用統計法進行劃分韻部、韻類的工作之後，把我們得出的結論同前人研究的成果進行比較，對有分歧的分部意見做出自己的評價。另一方面，朱曉農先生和麥耘先生使用的數理統計法，都是用於研究中古或近代漢語的，而本文則借用他們的方法來研究兩漢魏晉的韻語材料。希望能夠通過我的研究，使數理統計法，尤其是卡方檢測法，在音韻學中獲得更多的驗證，讓更多人瞭解並使用這種方法。

　　最後作出韻譜，與先秦音和切韻音進行對比，以此考察先秦、兩漢、三國、劉宋這幾個時代的漢語音韻的繼承和演變，並進行音系構擬，以期弄清這幾個連貫時代的語音傳承現象。所以，對前四史的語料加以專門地研究，是一項非常有意義的工作。

　　總之，對兩漢魏晉宋時期的研究還有待繼續深入，且長久以來，對這幾個時期韻系的研究都是以詩歌用韻作爲考察的對象，而對散文韻語的系統研究則尚爲這一時期音韻研究的處女地。對散文韻語的研究不但可以爲韻語研究另闢蹊徑，而且散文作者大多廣爲輯錄各家素材，因而能從更全面的角度驗證和補充詩歌用韻的不足。因此，對散文韻語進行系統研究是行之有效且完全必要的。爲此，本文不揣譾陋，對先秦兩漢魏晉宋這一時期的語音將從散文韻語研究的角度作進一步探討、研究和補充。

第一章 緒 言

第一節 本文研究的動機和意義

古韻的研究以陳第的《毛詩古音考》、顧炎武的《音學五書》為之創始，江永的《古韻標準》跟隨其後，至段玉裁的《六書音均表》，其規模就已經初具完備了。爾後戴震、孔廣森、王念孫、江有誥等人又有詳細的論述。明清至今的古音學家們已經整理出了比較可靠的上古音系統，這樣古韻的研究就顯得非常詳盡了。而南北朝以後，又有《切韻》、《唐韻》、《廣韻》、《集韻》之類的韻書遞相出現，提供了足以歸納隋唐音系的豐富材料。但是處於上古晚期和中古早期的兩漢魏晉用韻的研究卻少之又少。這方面的研究比較少，是因為「古今言語，時俗不同；著述之人，楚夏各異」[註1]，既沒有象《切韻》那樣的韻書為之折衷，又沒有象《詩經》那樣足以歸納音系的總集，再者韻語的叢雜廣泛，所以至今也無法得出確切一致的結論來。因此陳振寰先生稱「兩漢至南北朝的音韻系統研究在我國漢語音韻學史上還是一片初耕地」[註2]。而我撰寫此文的目的就是希望加入到拓荒者的行列當中，爭取對這一時期的語音問題做出較深入的探索。

〔註1〕北齊・顏之推，《顏氏家訓・音辭篇》，中華書局，1985。

〔註2〕陳振寰，《音韻學》，湖南人民出版社，1986。

　　史書，對於歷史工作者而言，它是記錄歷史的，是寶貴的歷史資料；而對於我們語言工作者來說，史書又是研究歷史語言的最有價值的語料。但是以往的研究者往往把史書歸入正統文言裏面，不太注重史書的語料價值。其實，史書的韻文材料對漢語史的研究價值並不比韻書、韻圖低。先秦、漢魏之時並沒有像《切韻》一類的韻書，那麼要研究當時的音系，就只能依靠各種類型的韻文。而對史書這種散文的韻語進行研究，就可以得出當時官話的語音系統。

　　司馬遷在撰寫《史記》人物傳記之時，收錄了相關人物所創作的奏疏、政論和辭賦，其後的《漢書》、《後漢書》、《三國志》也都承襲了這一寫法，並且收錄得更爲全面。其引用的材料包括古代的典籍，如《詩》、《書》、《易》等作品的摘引；還有各種的聖旨、詔書、上疏以及秦始皇的刻石銘文；民間的諺語、熟語、童謠；漢代文人的詩騷歌賦、卜祝巫師的套語等等。作者在行文中還使用了大量的讚語和評論。因此，史書中包含有非常豐富的語音材料，這對於我們的研究是極其可貴的。施向東先生也認識到了這一點：「《史記》引用的民間的諺語、熟語、童謠，數量很多，內容很廣，年代伸延也很久遠。早的如周宣王時代的童女謠（「壓弧箕服，實亡周國」），晚的有差不多與作者同時的潁水謠（潁水清，灌氏寧；潁水濁，灌氏族）。」〔註3〕因此，前四史不僅因其成書時代明確，能忠實地反映先秦、兩漢、三國、劉宋時期語音全貌而有重要的音韻研究價值，更因其含有豐富的音韻材料而顯得彌足珍貴。大體說來，史書如果與作史者的時代越接近，親身見聞越多，那麼這種語料的可信程度就越高。如司馬遷很大程度上寫的是本朝史；班彪、班固父子作《漢書》，上距王莽代漢不過二三十年，距王莽之亡更不過數年；陳壽曾仕蜀漢，上距三國極近，因此《史記》、《漢書》、《三國志》歷來認爲是較近於史實的；范曄雖生活於南朝，但是他有《東觀漢記》等書作爲底稿，還使用了袁宏的《後漢紀》對校，所以語料的眞實性也是沒有問題的。這樣本文的語料的眞實性就有了很大的保證。

　　從上述的情況，我們可以得知史書韻語的優點：

　　第一，韻語的數量可觀，保證有足夠的可利用的材料，可以較全面地研究兩漢魏晉時期的語音實際情況；第二，史書的文獻性很強，一般未經後人

〔註3〕施向東，《史記》中的韻語，音韻學研究第一輯，中國音韻學研究會編，中華書局，1984，156頁。

竄改，保持了韻文原有的歷史面貌。語料的眞實性可信，相應的結論也就眞實可信；第三，韻語的時代、地點一般來說都較爲明確，便於進行斷代和劃分區域的研究；第四，散文中的韻語要比詩歌中的韻語更嚴密一些。詩歌中的韻語多來自民間，而散文中的韻語則出自文人之手。從本質上說，民歌的用韻是不會精於文人之筆的。文人爲了使自己的觀點容易被別人記住，於是編成韻文，因此這些韻文的性質也跟詩歌一樣，它們的價值也是非常高的。第五，史書中還保存了許多珍貴的口語資料。因此應該給史書以應有的重視。

　　作爲專書的研究，全面地佔有材料並做窮盡地描寫，是展開進一步工作的基礎。前四史的韻段數量在 6000 條以上，韻字達五萬強，具備了相當的語言容量。因此把前四史中同時代的語料彙集起來，就可以較清晰地勾勒出兩漢以及魏晉南朝的韻部系統和聲調特點。然後在把本文的結論與前人的結論相對比，對其觀點進行印證，補充和修正。

　　韻語的研究一直都是漢語語音史研究當中的一個基礎性環節。先秦的詩文用韻研究一直就是各家著力最深的，其韻部類別也基本成爲定論。而在上古晚期的兩漢音以及中古早期的魏晉音的研究中，尚待解決的和有爭議的問題還比較多。「論周秦音固然不可以和兩漢音相混，論兩漢音也不可以和周秦音相混。僅就兩漢四百年而論，東漢和西漢也不盡相同，必須分別看待」〔註4〕，這就說明了兩漢音在歷史上的重要性。兩漢音與先秦音有很多不同，這體現在韻部的分合不同，以及具體的韻字發生了轉移。可見，在研究的過程當中，應將西漢和東漢的語音分開研究，二者的語音不能相互混雜。而《史記》、《漢書》、《後漢書》中關於兩漢的語料是異常豐富的，爲研究西漢和東漢時期的語音事實提供了諸多的材料。鄭張尚芳先生參考余迺永、張琨、王力、丁邦新、斯塔羅斯金等學者的古音分期，認爲把漢代列爲上古音的晚期是沒有問題的，因爲漢代音系跟《詩經》音系的差別還不是太大，尤其是西漢。因此《史記》、《漢書》、《後漢書》所代表的兩漢音可以反映上古晚期的語音狀況。

　　古音之學，發軔於宋，直至於今，歷史彌長。尤以對漢語上古音和中古音的研究，成果堪稱豐碩，然而對銜接這兩個斷面的中間環節——魏晉、劉宋音

〔註4〕 羅常培、周祖謨，漢魏晉南北朝韻部演變研究（第一分冊），科學出版社，1985，
　　　　13 頁。

的研究卻略顯單薄。但並不能據此就否認此二時代在語音史上的重要性。特別是魏晉至劉宋時期，這段時期內的韻部的類別既不同於兩漢，也不同於齊梁，在語音史上是一個承前啟後的時期。而《三國志》和《後漢書》均成書於此時期，是研究魏晉和劉宋時期語言的重要史料。對《後漢書》和《三國志》進行語言研究，可以幫助我們進一步弄清處於過渡時期的魏晉、劉宋語言的實際情況，可以為人們探索漢語語音發展的脈絡，提供許多清晰可查的線索，因此它具有重要的研究價值。

漢語史的研究必須根據各個時期的語言現象，來探求漢語在每個歷史時期的特點，以此總結漢語發展的內部規律。語音是變化發展的，在某一時期的語音平面上，既有對前一時期語音諸多要素的繼承，又有新生的語音要素。因此，任何一個時期的語音平面上都有今音的面貌，也有各歷史時期語音的一些遺跡。漢魏六朝之際，社會動盪，政治分化，不僅是封建王朝的轉化過渡時期，也是語言演變最顯著的時期。〔註5〕

由此本文把注意力集中在兩漢、三國、劉宋這幾個重要的時代上，以期弄清這幾個連貫時代的語音傳承現象。所以，對前四史的語料加以專門地研究，是一件非常有意義的工作。由此，本書擬以前四史的韻語為研究對象，在全面搜集韻語的基礎上，認真釋讀其文字，進行校勘，以保所用語料的真實面貌，並準確確定韻例，判斷韻字。

材料的選擇固然重要，材料的鑒別也同樣重要。由於傳世文獻在流傳過程中可能受到刪改或增修，因此確定某部專書作為自己的研究對象之後，第一步工作就是對原文進行鑒別。在利用史書進行研究時，首先要考慮的就是語料的搜集和鑒別工作，我們需要鑒別語料的時代性和地域性。這部分的工作，我們做得十分細緻。

然後本文將運用數理統計的方法對前四史的押韻材料進行全面的統計分析。運用統計法主要有兩個目的：一方面，借助數理統計的分析方法可以得出先秦、兩漢以及魏晉時期的散文用韻情況的精確數據，以此詳細且全面地考察漢魏晉韻文所反映出來的分部狀況。在利用統計法進行劃分韻部、韻類的工作之後，把我們得出的結論同前人的研究成果進行比對，對有分歧的分部意見做

〔註5〕兩漢時期不過三十部左右，而到了南北朝就分化為四、五十個韻部。

出自己的評價。另一方面，朱曉農先生和麥耘先生運用的數理統計法，都是用於研究中古或近代漢語的，而本文則借用他們的方法來研究兩漢魏晉的韻語材料。希望能夠通過本文的研究，使數理統計法，尤其是卡方檢測法，在音韻學中獲得更多的驗證，讓更多人瞭解並使用這種方法。

最後作出韻譜，與先秦音和切韻音進行對比，以此考察先秦、兩漢、三國、劉宋這幾個時代的漢語音系的繼承和演變，並進行音值構擬。

總之，對兩漢魏晉宋時期的研究還有待繼續深入，且長久以來，對這幾個時期韻系的研究都是以詩歌用韻作爲考察的對象，而對散文韻語的系統研究則尚是這一時期音韻研究的處女地。對散文韻語的研究不但可以爲韻語研究另闢蹊徑，而且散文作者大多廣爲輯錄各家素材，因而能從更全面的角度驗證和補充詩歌用韻的不足。因此，對散文韻語進行系統研究是行之有效且完全必要的。爲此，本文不揣譾陋，對先秦、兩漢、魏晉、劉宋這幾個時期的語音將從散文韻語研究的角度作進一步探討、研究和補充。

第二節 前人研究概況

1936 年，于海晏先生出版的《漢魏六朝韻譜》〔註 6〕是最早對兩漢魏晉南北朝時期的韻部系統進行研究的著作，材料收集得非常齊備，篳路藍縷，導夫先路，功不可沒。雖然先生把西漢至隋的語音演變分爲兩漢、魏晉宋和齊梁陳隋三個時期，但他「僅列材料，不定部類」〔註7〕，只把《切韻》中的幾個韻簡單地合併起來，以此來說明各個時期的韻部變化，這讓全書顯得很是粗疏。無法準確地揭示各個時期的韻部格局以及前後時期的語音變化軌跡。以致於「叢雜瞀亂，而不得要領」〔註8〕，可謂「用力甚勤而結果很差」〔註9〕。

對魏晉南北朝語音進行科學地、系統地研究，王力先生堪稱第一人。1936年，王力先生發表了《南北朝詩人用韻考》〔註10〕，他考察了南北朝 49 家用韻，分爲三個時期，歸納爲 54 個韻部，特別注意了不同時期、不同籍貫詩人的方音

〔註 6〕中華書局，1936。

〔註 7〕錢玄同，《漢魏六朝韻譜·序》，中華書局，1936。

〔註 8〕羅常培、周祖謨，《漢魏晉南北朝韻部演變研究·緒論》。

〔註 9〕羅常培、周祖謨，《漢魏晉南北朝韻部演變研究·緒論》。

〔註10〕清華學報 11 卷，1936，3。

差異。先生不僅首次採用正確的方法揭示了南北朝韻部演變的階段性特點，把以後的研究者引入科學的軌道，而且還首次科學論證，確立了南北朝語音在漢語語音史上的獨立地位，開創了魏晉南北朝語音研究的新時代。但是，1985 年先生的《漢語語音史》〔註 11〕，卻把西漢音和東漢音、魏晉音和南北朝音合併爲兩個時段的音系來描寫，這反而遮蔽了語音的階段性差異。王力先生在《漢語語音史·漢代部分》中研究漢代音系時所使用材料是張衡等人的賦，但是這並不能全面地反映漢代的整體語音面貌。先生得出 29 個韻部的結論，所反映的音系又只是東漢音系。雖然東漢音系和西漢音系差別不大，但我們不能因此而忽略西漢音系的獨特特點。

五十年代，羅常培、周祖謨先生的《漢魏晉南北朝韻部演變研究》〔註 12〕出版，此書的價值不僅在於語音本身的研究，更重要的是，在全面剖析前人研究方法、結論的基礎上，拓寬了視野，開闢了斷代音韻研究的新途徑，首次將漢魏晉南北朝劃分爲三個獨立的階段加以分析研究，其研究方法對後學的啓迪頗大。可惜僅出版了論述漢代的部分，未成完璧。《研究》是比較審慎的，但是也有脫漏和弄錯韻字、韻例的地方。其方言考證只是利用作者的籍貫，並選擇作者成年後的里居地作爲標準，這也是值得商榷的。因此還有再進一步研究的價值。

其後，周祖謨先生以論文形式，將其研究的精粹公之於世，有《魏晉音與齊梁音》、《魏晉宋時期詩文韻部的演變》、《齊梁陳隋時期詩文韻部研究》〔註 13〕諸文，論述了魏晉宋等多個時期的韻部、聲母、聲調演變的格局，指出前期音韻格局的最大變化在於陽聲韻與入聲韻相承，已不能按照諧聲關係來確定韻部的字類；後期跟劉宋的分韻不同而跟《切韻》接近，證明《切韻》音系有實際的語音基礎。然而限於篇幅，亦難藉以窺其全豹。

七十年代，臺灣丁邦新先生著有《魏晉音韻研究》〔註 14〕一書，注重語音的連貫性和漸變規律，雖以魏晉音爲研究對象，但對前後各階段的語音亦作陳述，以求軌迹銜接；且注重語音的時、地概念，將自漢至南北朝的語音劃分爲

〔註11〕中國社會科學出版社，1997。

〔註12〕下文簡稱爲《研究》。

〔註13〕皆收於《問學集》，中華書局，1981。

〔註14〕《中研院史語所集刊》第 65 種，臺北，1975。

若干階段，又對通語和方言的語音特徵分別予以勾勒，雖在材料的處理上，大致沿襲羅、周、王等先生的方法，但在擬測音值這一點上，卻比前賢更爲詳細，可謂後出轉精。但其研究的重點在魏晉音上，搜集、羅列的材料也僅限於此，未作下推。丁邦新先生全書是用英文寫作而成的，將三國和晉代合併考察，分爲三十六部。

在語音史的研究過程當中，劉宋時期是偏於薄弱的一個環節。劉宋上承兩漢魏晉，下啓齊梁，是語音轉變最爲跌宕的一個時代，關於這一時期的韻部研究，目前只有王力先生在《漢語語音史》、周祖謨先生在《魏晉南北朝韻部之演變》、于海晏先生在《漢魏六朝韻譜》中系統研究過，劉綸鑫先生在《魏晉南北朝詩文韻集與研究》〔註15〕中也列出過詳細的研究材料。但各家的研究也只是列出韻部名稱，並未進行音值的構擬，因此對這一時期的語音特點再次進行考察也是很有必要的。

施向東先生的《〈史記〉韻語研究》〔註16〕對於本文而言，無疑具有導夫先路之功，其研究的方法和結論都給了本文以極大的啓發。但是施向東先生的研究沒有涉及到方言的問題，而只是描寫了漢代的韻部系統，並且對韻語材料沒有進行鑒別，將《史記》中先秦的韻語和漢代的韻語混同研究，這在一定程度上影響了其結論的眞實性，因此還有再深入研究的必要。其它對本文有指導性且具有代表性的論文還有：王力先生的《范曄劉勰用韻考》〔註17〕、李露蕾先生的《南北朝韻部研究方法論略》〔註18〕、邵榮芬先生的《古韻魚侯兩部在前漢時期的分合》和《古韻魚侯兩部在後漢時期的分合》〔註19〕、欒英傑先生的《〈三國志〉韻例研究》〔註20〕等等。

第三節　材料的鑒別

材料的選擇固然重要，材料的鑒別也同樣重要。

〔註15〕社會科學出版社，2002

〔註16〕音韻學研究第一輯，中國音韻學研究會編，中華書局，1984。

〔註17〕《王力文集》，第十八卷，山東教育，1990。

〔註18〕人大資料複印中心・語言文字學，1991，5。

〔註19〕邵榮芬，《邵榮芬音韻學論集》，首都師範大學，1997。

〔註20〕佳木斯大學社會科學學報，2005，3。

眾所周知，大多數史書的作者與所述史事的時代都相隔一段距離。並且傳世文獻在流傳過程中可能受到刪改或增修。後代人寫前代事，作者就不可避免地要參考大量的原始材料和前人的著作，這就把史書的語料變成了一種複雜的混合體。因此確定某部專書作為自己的研究對象之後，第一步工作就是要對原文進行鑒別。本文在利用史書進行研究時，就特別注意鑒別史書語料的年代。

1・前人研究成果

在判定史書材料年代的問題上，目前學術界存在著幾種不同的看法：

第一種觀點是把史書中的所有的語料都看成是與作者同時代的。朱慶之等學者認為應該以作者寫作的時間為依據，他指出：「例如范曄《後漢書》，儘管研究表明它是以《東觀漢記》為主同時博采十八家『後漢書』編撰而成的，其中還收錄了許多東漢人的奏疏、文章，但是我們仍以其為公元五世紀南北朝時期的文獻。道理很簡單，因為古人為編書而抄書並不著意保持原材料的原貌。」〔註21〕柴德庚先生在《史籍舉要》中〔註22〕、周一良先生在《魏晉南北朝史札記》〔註23〕中也認為《晉書》雖然以許多舊本《晉書》為底本，但是由於唐代初期重修晉書時，對其中許多原始資料都進行了大篇幅地修改、潤色，所以從語料角度視之，《晉書》難以代表晉代實際語言的面貌，而只能反映唐初的語言實際。

第二種觀點是認為史書中的語料應該屬於史書所記載的時代。郭在貽先生曾經指出，像《晉書》、《南史》，「作者雖為唐人，但所反映的史實和所採用的原始材料，都是六朝時期的，故筆者認為可以當作六朝文獻看待」。〔註24〕

第三種觀點是認為史書的語料應該分為原始資料和其它資料兩部分，原始資料屬於東漢時期，而其它資料基本屬於作者時代。日本著名學者太田辰夫先生就曾經把文獻分為「同時資料」和「後時資料」兩類。〔註25〕所謂「同時資料」，指的是某種資料的內容和它的外形（即文字）是同一時期產生的。

〔註21〕朱慶之，佛典與中古漢語詞彙研究，臺北：臺北文津出版社，1992年，59頁。

〔註22〕北京出版社，1982。

〔註23〕中華書局，1985。

〔註24〕《郭在貽語言文學論稿》，浙江古籍出版社，1992，328頁。

〔註25〕中譯本《中國語歷史文法》，北京大學出版社，1987。

例如甲骨、金石、木簡等，還包括作者的手稿。所謂「後時資料」，基本上是指資料外形的產生比內容的產生晚的那些東西，即經過轉寫轉刊的資料。按照太田辰夫先生的分法，史書內的文獻基本上都屬於「後時資料」。這種「後時資料」就必須經過認真地鑑別才能夠使用。太田辰夫先生的這種分法為中國的學者提供了很好的借鑑。柳士鎮先生認為史書語料主要應看作修史者的語言。他在研究《晉書》時指出「將史料分為記言與記事兩部分，記事部分可以斷為成書時代，記言部分則應斷為說話人所處的時代」，「原因是，前代人說話被採編入後代人的書文中往往會有不少改動」。〔註26〕方一新、王云路兩位先生也認為：「除了原始資料外，《後漢書》《宋書》原則上應分別視為劉宋、蕭梁語料，利用前者來探討東漢詞義演變，利用後者來探求劉宋詞彙發展，都應當格外慎重」。〔註27〕楊小平先生也認同方一新先生的觀點。「筆者認為《後漢書》所採用的原始材料，都是東漢時期的，根據其語言多與魏晉時期的語言用例同，語法、詞彙、語音等多與魏晉同時期的語料同，我們仍把它大部分看為公元五世紀魏晉南北朝時期的文獻。」〔註28〕

本文認為前兩種觀點都有其合理成分，但也存在某些不足。第一種觀點倡導「以著書時代為標準」的原則，無疑這是一種很審慎的態度，但同時也有可能忽視了一批前代珍貴的原始語料；後者則過分強調了史書語料的原始性，卻忽視了後代修史者加工潤色的可能性。這樣看來，第一種和第二種觀點都有可能造成語料的浪費，這對於漢語史的研究是不利的。

2・本文的觀點

對於史書語料時代的鑑別方法，目前還沒有完全一致的看法，但是我更傾向於柳士鎮先生在《魏晉南北朝歷史語法》和方一新先生在《東漢魏晉北朝史書詞語箋釋》當中所提出的觀點。他們的看法實際上並沒有本質的區別。柳士鎮先生認為，應當將史料分為記言與記事兩個部分，記事部分可以斷為成書時代（即作者所處的時代），記言部分則應斷為說話人所處的時代。實際的史料情況證明這種看法是審慎、合理的。史書中的人物對話雖然是記言性

〔註26〕《魏晉南北朝歷史語法》，南京大學出版社，1992，92 頁。

〔註27〕方一新，王云路，《中古漢語研究》，北京：商務印書館，2000，148 頁。

〔註28〕楊小平，《後漢書》語言研究，巴蜀書社，2004，20 頁。

質的，但也不能完全當作說話人所處的時代的語料來使用，因爲這種語料極有可能是被史書的編纂者加工並改造過的。方一新先生正是在此基礎上縮小了記言性語料的範圍，並將小範圍的「記言」改稱爲「原始資料」。「原始資料」之外的語料則稱之爲「其它資料」。我們分別瞭解一下二者的區別：

2．1 原始資料

史書中的原始資料，是指正文中原文引錄的當朝文獻和史書徵引的漢魏六朝典籍。它們雖然也還有史書作者加工潤色、以意裁剪的可能性，但原則上應可認定爲是當朝人的作品。把這部分資料一概當成史書成書時代的資料來對待，是不妥的。原始資料包括正文中引錄的當朝文獻如詔令、奏疏、書箚、文獻等。

①奏疏，文書。這類材料特別是有關檢舉、彈劾官員，訴訟、打官司的文字，大都是原始實錄，不事藻飾的。

②信箚，家書。書信、歌謠、諺語是寫給家人或者於民間流傳的，其用語當力求明白如話。

③歌謠，諺語。歌謠本質上是屬於口傳文學，歌唱和吟誦是其基本的傳播方式，所以這類文體帶有很強的口語色彩，歌謠和民歌的用韻跟實際口語應是最爲接近的。《史記》的先秦歌謠，如麥秀歌、采薇歌、去魯歌、采芑歌、彈鋏歌、龍蛇歌、鼓琴歌、業民歌、優孟歌、荊軻歌、趙民謠、楚人謠、齊人謠、襄田辭、驪駒詩等等。《漢書》中的民歌，如：淮南民歌、潁川歌、鄭白渠歌、牢石歌、五鹿歌、晉兒謠等等。楚歌有鴻鵠歌、大風歌、項羽歌、和項王歌、劉友歌、劉徹瓠子歌、天馬歌、李夫人歌、韋孟諷諫詩、燕王劉旦歌、李陵歌等等。

④詩賦。這部分的材料異常豐富，史書中所見的賦大體如下。西漢：賈誼《弔屈原賦》、《鵩鳥賦》；司馬相如《子虛賦》、《上林賦》、《哀秦二世賦》、《大人賦》、《封禪文》、《天子遊獵賦》；劉徹《瓠子歌》、《李夫人傳》；東方朔《答客難》、《非有先生論》；王褒《聖主得賢臣頌》、《碧雞頌》、《甘泉賦》；揚雄《甘泉賦》、《河東賦》、《羽獵賦》、《長楊賦》、《酒賦》、《反離騷》、《解嘲》、《絕命辭》、《解難》、《太玄賦》等等。東漢：崔篆《慰志賦》；桓譚《琴道》；馮衍《顯志賦》、《與婦弟任武達書》；杜篤《論都賦》；崔駰《達旨》、《大

將軍西征賦》；班固《兩都賦》、《典引論》、《通幽賦》、《答賓戲》；張衡《思玄賦》、《舞賦》；馬融《廣成頌》；邊讓《章華臺賦》；蔡邕《釋誨》；梁竦《悼騷賦》等等。魯國堯先生在《「隸書」辨》一文列舉書證時，將《史記》、《漢書》、《後漢書》所載的詔書文賦特列其主名，以示其語言的時代性，而與司馬遷、班固、范曄的語言相區別。〔註29〕這種做法很值得我們借鑒。

⑤詔令，手敕。一般說來，皇帝的詔令奏摺大多是些大赦、舉薦人才、賑民等程序化的內容，所以詔令奏摺幾乎不反映口語。

上面五類只是一種粗線條地勾勒和劃分，實際的情況相當紛亂複雜。

2‧2 其它資料

原始資料以外的部分都屬於其它資料，包括記事和記言兩大類。在未作具體分析的情況下就把記言或記事材料當作史書所記載年代的語料來使用，是值得商討的。

①記事（一般敘述語）

史書中的敘事及其讚語屬於記事成分。敘事是史書記載歷史的最主要的寫作手法，在史書中所佔的篇幅最大。作者在記敘史實時肯定參考、採用了許多前代史料，但這種參考、採用不太可能只是一味地照抄照搬，而通常要經過作者的整理、修改、加工後才寫入史書的，因此這部分理應看作是史書作者年代的語料。

②記言（人物對話）

史書中的人物對話和言論屬於記言成分。史書中的對話部分，是比較接近當時人的語言的，因為作者在描述人物時往往有意識地注意到語言的個性化和眞實性。這部分內容的語言相對淺顯，靠近生活一些，其中頗有生動俚俗，口語性強的例子。這部分的材料可能是史書作者寫對作之時，依憑、參考某些文獻而成的。然而這些材料一經過作者之手，則很難再保證是原汁原味，毫不走樣。因此方一新先生認爲，記言部分的內容從原則上講，仍然應該視同爲史書作者年代的語料。而且裴松之也說過：「凡記言之體，當使若出其口。」〔註30〕方一新先生的觀點給了我們很大的啓發。

〔註29〕魯國堯，魯國堯語言學論文集，江蘇：江蘇教育出版社，2003。

〔註30〕《三國志‧魏志‧陳泰傳》裴注。

　　但是本文和方先生還存在一些分歧。分歧主要集中在「記言部分」。在這個問題上，本文認為：「記言部分」的語料構成是一種複雜的混合體，因此有必要對其進行一番再分析，而不宜一概而論。對待「記言」如果採用一刀切式的語料斷代方式，則可能湮沒或破壞這部分語料的應有價值。舉個例子，我們都知道，《漢書》的記事是上起漢高祖元年（前206），下至王莽地皇四年（23），其間從劉邦建國（前206）到漢武帝太初末年（前101）這一段和《史記》是相互重合的。但是班固在處理這段史實時，沒有完全另起爐灶，而是直接引用了《史記》中的諸多內容。這就使《史記》和《漢書》有了很大程度的相似性。這樣我們發現《漢書》對《史記‧司馬相如列傳》、《史記‧封禪書》、《史記‧吳王濞列傳》、《史記‧韓長孺列傳》、《報任少卿書》等90餘篇文章，幾乎是全文照抄的。當然「記言」部分也不例外。那麼這部分「記言」就不可以按照方先生的觀點，當作班固時期，即東漢時期的語料來研究了。而應該當作司馬遷時代，即西漢時期的語料來使用。方先生的「記言」的理論就明顯不適合此處的研究了。

　　這就意味著，我們需要把記言部分也分為兩類，一類是作者加工過的，應屬於作者時代的語料；另一類是作者摘引前人典籍文獻的，應屬於史書所記載年代的語料。只有如此，才能真正地做到不會湮沒史書語料應有的價值。

3‧小　結

　　①前四史的語料事實上不是同時代的產物，其中原文引錄的當朝文獻，包括詔令、奏疏、當朝作者的詩詞歌賦等等的「原始資料」，都可以當作史書所記載時代的語料。

　　②作家對歷史事件的評論性的語料，如贊、序、論等「記事部分」，都可以當作作者時代的語料。

　　以上兩點已經基本得到了學術界的認同。

　　③最後，本文還要把記言部分分為兩類：一類是史書所記載的時代的語料，另一類是作者時代的語料。

　　這就是本文劃分史書語料時代的基本原則。總而言之，由於史書是漢語史研究者的一個重要的材料來源，故對其作為語料的年代判定是否合理、確切，往往直接關係到研究結論的可信程度，應該認真對待。當我們在利用史

書對語音進行研究和考察時，就必須注意到所據史書中原始資料和其它資料在語料年代上的不一致，避免誤斷。注意這一點尤爲重要。

第二章　研究的方法

第一節　劃分韻部的方法

1・統計法

在《漢魏晉南北朝韻部演變研究》的序言中，羅常培先生曾談到，漢魏晉南北朝的詩歌、賦以及散文中的韻語「所有這些材料都是相當紛繁相當複雜的，就是同一時代的材料所表現的語音現象也並不是完全一致的，惟有即異以求同，找出其中的共同性，才能定出當時語音分韻的大類。」〔註1〕周祖謨先生又在《魏晉南北朝韻部之演變》中談到：「魏晉宋這一時期作家很多，詩文押韻的情況也很複雜，要確定韻類的分合，只能從普遍性著眼；有些特殊現象，其中也許有方音的問題，當另作討論。分別韻部，有些容易定，有些不容易定。譬如有兩類字，是一部呢，還是兩部呢？主要看作家們分用的多，還是合用的多，以作家的多少和用韻分合的比例與次數來定。」〔註2〕這一點可以看作是先生分部的基本原則。

但是周先生提出的這個方法，在具體操作的時候卻不是那麼的容易，因

〔註1〕第1頁。

〔註2〕第119頁。

爲在細節之處，是無法憑藉這個標準來定奪的。詳細地說來，就是指周先生的「用韻分合的比例與次數」的具體數值該怎麼確定呢？究竟什麼樣的數值才能證明是合韻，什麼樣的數值能證明應該分爲一個韻部呢？這缺少一個統一通行的標準。我們還需要運用其它的方法，來彌補這一標準的不足。當代的學者大多利用精確的數字和嚴謹的統計法來證明韻部的分合，這顯然是更加具有說服力的。因此需要引進統計法，利用這種新方法來進行傳統韻部的劃分。我們認爲，運用統計法可以大大地提高研究材料的使用價值，增強韻文研究的意義，可以更加接近當時的語言事實。並且「使用這種概念和方法，可以避免枚舉例證方法中常會出現的『公說公有理，婆說婆有理』的現象，可以消除版本、傳寫之訛引起的麻煩，又可不管詩人本身的『誤用』，還能消除定韻腳的分歧帶來的影響，它能使不同的韻式得到不同的處理，能使是否換韻不好確定的困難不成其爲問題。總之，它能使許多棘手問題的困難程度大大降低。此外，還能對付一個最頭痛的問題：詩人用韻寬嚴不一，遵守韻書程度不同。」〔註3〕運用數理統計法，可以把對於獨用、合用的經驗上感覺到的意義轉變成定量的形式證明。

　　在利用韻語求韻部時，當代學者一般使用的是算術統計法和數理統計法，下面分別介紹一下：

1・1 算術統計法

　　這種方法是大家最熟悉的、使用最廣泛的一種統計方法，即求百分比。這個方法在音韻研究中運用得最爲普遍。這種統計法一般是運用初等數學中的一些簡單的算法，計算各種情況下出現的次數、頻率，並進而計算百分比。一般而言，百分比達到百分之十，即意味著語音有了一定變化。算術統計法屬於不自覺地運用概率論的方法，它就是通過對各種用韻情況（同用、獨用）可能出現的次數進行估值，也就是對各種用韻情況的概率進行估值，以此來判定韻部的分合。既然是進行估值，所以這種方法仍有改進的需要。

　　面對獨用和合用問題時，我們需先看看以往各位音韻學者在處理大量音韻材料時所持的標準：

〔註3〕朱曉農，《北宋中原韻轍考》，語文出版社，1989，42 頁。

　　①王力先生在《上古韻母系統研究》〔註4〕一文中利用算術統計法確定了脂微的分部。先生在統計了脂和微各自獨用和合韻的數字之後，得出合用約占五分之一，分用占五分之四，分用才是主流的結論。先生認爲，脂微兩部的主元音在上古時代並非完全相同，所以能有分用的痕跡，然而它們的音值卻一定非常接近，所以脂微合韻比其他各韻合韻的情形更爲常見。王力先生的獨用比例是 80%。

　　②羅常培先生在《切韻魚虞之音值及其所據方音考》〔註5〕中得出：魚虞合用的比例達 5.5%，獨用的比例爲 94.5%，因此將魚虞分立。由此我們可以看出，羅先生的獨用比例達到 94%～95%，或者更高的時候，則認爲可以分開兩個韻部。但是羅先生並沒有列出下限的數字。

　　③周祖謨先生在《漢魏晉南北朝韻部演變研究》中指出：「……我們究竟根據哪些人的押韻情形來作分部的標準呢？我們覺得在這種情形之下只可以多數人用韻的情形作準則，不能單就少數人的個別情形來做決定。分部或寬或嚴也不是標準，要以不失其共同性爲原則。如果一般的情形分韻稍寬，那些用韻較嚴的例子可以提出來加以說明；如果一般的情形分韻很嚴，那些用韻稍寬的例子可以特別提出來作爲『合韻』。」〔註6〕後來王靜如先生在《「周秦韻部與兩漢韻部的異同」論文討論》中說到：「周同志的方法是百分比，十個例子有七個符合的作爲正例，三個是例外。」〔註7〕由此可見 70%爲獨用，30%爲合併。

　　④李榮先生在《庾信詩文用韻研究》中說到：「次數有絕對次數和相對次數之別。絕對次數就本身數目而言，相對次數就比較而言。」並且根據他對魚虞模三部的統計，得出「魚部是一組，獨用 27 次；虞部和模部合成一組，獨用合用共 48 次；這兩組之間合用的共 5 次，占遇攝全部 80 次的 6.25%」。〔註8〕朱曉農先生大致推算了李榮先生的分合標準〔註9〕：當合用占 6.25%，即獨用占 93.75%時，從分。當合用占 65.96%，即獨用占 34.04%時，或者當合

〔註4〕龍蟲並雕齋文集（第一冊），北京：中華書局，1980。

〔註5〕史語所集刊 2 本 3 分。

〔註6〕119 頁。

〔註7〕載《語言研究通訊》第十期，1957，7，20 頁。

〔註8〕《音韻存稿》，234 頁。

〔註9〕《北宋中原韻轍考》，15 頁。

用占 64.15%，即獨用占 35.85% 時，從合。但是合用的比例在 6.25%～65.96%（或 64.15%）之間，即獨用比例在 93.75%～34.04%（或 35.85%）的時候，是分是合呢？李榮先生並沒有說出來。

由此可見，通過韻語來歸納兩漢魏晉時期的韻部系統，應該在「合韻」與「獨用」之間找到一個分界的依據。但是這種算術統計法只能局部地、小範圍地解決問題，數據的有效性如何，韻部的成立與否，還缺少一個客觀的標準。

1·2 數理統計法

數理統計法，始於陸志韋先生對《廣韻》聲類研究時所採用的概率方法〔註 10〕，隨後朱曉農先生的《北宋中原韻轍考》利用數理統計法對北宋時期的韻轍進行了更為深入的整理。麥耘先生在《隋代押韻材料的數理分析》〔註 11〕中也運用朱曉農先生的數理統計法對隋代的韻部進行分類，並且還將其公式製成了計算機軟件，大大地方便了後代學人的研究，其功不可沒。白一平的卡方檢驗法〔註 12〕，又將音韻學中的數理統計推進一步。

在學習過程中，我們發現朱曉農先生的「轍離合指數公式」以及「卡方檢測法」比較適合用來劃分兩漢時期的韻部。因此我們將使用幾位先生的方法和軟件程序來研究兩漢以及魏晉的押韻材料，希望能夠進一步擴展數理統計法的使用空間。而這種主張正確與否，對於一個缺乏概率統計學訓練的學生來說實在是很難去求證的，這也就需要深暗統計學的專家來批評指正了。

1·2·1 數理統計法的優點

（1）統計方法更為精密。在劃分韻部分合的同時，我們還可以看出各韻部之間通押關係的數據，這有利於我們對各個歷史時期的詩文通押特點達到量化的認識。在音韻的研究中，很大程度上必須依靠歷史音韻材料，包括韻文、反切、聲訓、直音等，以此進行音系研究。而這些材料數量都很龐大且又性質複雜，運用數理統計可以幫助我們更直觀地看清其面貌，並接受讀者的檢驗。

〔註10〕其具體的文章有《證廣韻五十一聲類》，載燕京學報 25 期，1939；《古音說略》載《陸志韋語言學著作集（一）》，中華書局，1985，等等。

〔註11〕語言研究，1999，2。

〔註12〕白一平（William H. Baxter III）1985，漢語上古音的*-u 和*-iw 在《詩經》中的反映〔中譯本，馮蒸譯〕，載馮蒸《漢語音韻學論文集》，首都師範大學出版社，1997。

（2）為劃分韻部提出了一個具體的可操作的準則，最大化地去除了繫聯法的人為因素干擾。「統計並不跟校勘、繫聯等方法對立。實際上，統計就是對經過校勘的有關字繫聯次數的統計。單單使用繫聯方法總是讓人不放心的。繫聯上十次可讓人覺得沒有穩定的關係，而只繫聯上一次或兩次，誰知道會是一種什麼情況：偶然巧合、作者失誤、手抄誤植、後人竄改、方言混雜、遵守韻書、變化開始等等。這麼看來，假如沒有別的證據，繫聯倒不可絕對相信它是個本證。」〔註13〕

（3）提高韻文的利用價值。用這種方法來研究韻文材料，不僅可以區分韻部，而且對韻部內部的各韻的分合情況也可做出定量分析，使我們對韻文材料的利用更為充分。「韻文材料一向是漢語語音史研究的重要資料，但一直未能作很好的利用，原因是學人長期來不知當如何對這些材料科學地做定量的分析，從而也難以嚴謹地進行定性的分析。」〔註14〕

（4）可以解決韻腳的分歧所造成的影響。數理統計法都是用字次、韻次作為統計單位，這可以使我們不再考慮是否換韻的情況，可以避免因韻例的不同所帶來的分部的麻煩。

（5）數理統計法可以解決文人用韻寬嚴不一或遵守韻書的程度不同這兩個研究韻文材料最令人頭疼的問題。遵守韻書程度不同，表明實際語音有別而韻書無別；而用韻寬嚴不一則能反映實際語音的變化。運用數理統計法，可以使這些現象隨機地分佈在各韻部內，從而使我們的研究可以忽略掉那些少數的隨機波動現象。

1·2·2 數理統計法的局限

它在處理出現頻率較低的韻時把握不大。麥耘先生也說過，「在一般情況下，這樣的統計可以相當精確地指出轍與轍之間、韻與韻之間的分合和疏密關係。不過，由於概率統計本是針對大量隨機現象的，如果原始數據太小，就會造成統計結果的波動，那就不能太相信它。」〔註15〕這是由於材料本身的不充足造成的。

〔註13〕朱曉農，北宋中原韻轍考，語文出版社出版，1989，19 頁。

〔註14〕麥耘，隋代押韻材料的數理分析，語言研究，1999 年，第 2 期，112 頁。

〔註15〕麥耘，隋代押韻材料的數理分析，語言研究，1999 年，第 2 期，128 頁。

數理統計只是一種工具和方法，而不是一種放諸各地皆可行的準則。所研究的一個韻部之內的各個元素的性質不是整齊劃一的，這就還需要我們再去區分是否一個韻部之內包含有異質的部分，比如地域、時代的影響等，這些因素也許會改變數理統計的結果。統計給出的僅僅是抽象的數字，它們的具體含義還需要由研究者來做仔細地的探究。這個也正是我們使用統計法時所應該認識到的。

1・2・3 數理統計法的操作步驟

其操作步驟主要來源於朱曉農先生和白一平、麥耘先生的方法。共分三個步驟。

1・2・3・1 統計單位

韻段不是統計用韻的合適單位，因為韻段有不同的長度。「我們很難把不同長度的韻段合併為一種『押韻行為』模式，除非提出一種簡化的假設。為了解決這個問題，我假設韻段實際上是『成對』選擇的，也就是說，詩人押韻時，只考慮選擇的韻字與上一個韻字押韻，而不顧這個韻段更前的字。基於這種假設，一個三字韻段 ABC 可以被分析為兩個連續的配對：AB 和 BC。」〔註16〕白一平的「韻對」其實與朱曉農先生的「韻次」概念相同。因此，下文我們將以「韻次」取代「韻段」的概念。

韻次，相鄰的兩個韻腳押一次作為一個韻次，用 Y 來表示。字次，一個韻腳每相押一次，即認為它出現一個字次，用 Z 表示。一個韻段中，首尾兩韻腳各自出現一個字次，其餘的韻腳各出現兩次。那麼，一個韻段當中首尾兩韻腳各出現 1 字次，其餘的韻腳各出現 2 字次。字次和韻次的關係為：$Z=2Y$。這個公式說明，一個韻字在這個韻段中出現了一次，但是它和其相鄰的兩個韻字分別又相押一次。

假如一個韻段押的是 L 轍，該轍包括 A、B、C 三個韻，其韻腳如下：a1、b1、a2、a3、b2、c1、a4、b3。a1、a2、a3、a4 表示 A 韻的字，b1、b2、b3 表示 B 韻的字，c1 表示 C 韻的字。

〔註16〕白一平（William H. Baxter III）1985，漢語上古音的 *-u 和 *-iw 在《詩經》中的反映〔中譯本，馮蒸譯〕，載馮蒸《漢語音韻學論文集》，首都師範大學出版社，1997，699 頁。

那麼，韻次：a1 和 b1 押一次，即 1 韻次；b1 和 a2 押一次，也是 1 韻次，那麼這個韻段就有 7 個韻次。其中（aa）1 韻次（即 a2 和 a3 相押）；（ab）4 韻次（a1 和 b1、b1 和 a2、a3 和 b2、a4 和 b3）；（ac）（bc）各 1 韻次。字次：a1 和 b3 各為 1 字次，其餘的皆為 2 字次，這個韻段總共 14 字次。其中 A 韻字出現 7 次（a1 有 1 字次，a2、a3、a4 各 2 字次），B 韻字出現 5 次，C 韻字出現 2 次，即 Z=2Y。

則統計 L 轍內全部字次和韻次：

ZL=Za+Zb+Zc+ZQ

$$YL=Yaa+Ybb+Ycc+Yab+Ybc+Yac+YLQ+YQQ=\frac{1}{2}ZL$$

Za 的數值可以數出來，也可以計算出來，其計算公式為：Za＝Yaa×2＋Yab＋Yac＋YaQ

Zb、Zc、ZQ 同理。Za 指 A 韻的全部字次，Yab 指 A 韻和 B 韻相押的全部韻次，本韻部以外的偶然和 L 韻部相押的字，用 Q 表示。

1・2・3・2 離合指數

1・2・3・2・1 離合指數的概念

離合指數就是兩韻實際相押比值與理論上相押概率之比。當上面的 L 轍的字次和韻次統計完之後，就可以用概率計算結果了，其結果就是離合指數，它可以顯示 L 轍的內部差異情況，即 AB、AC、BC 之間的離合程度。所以就有了「韻離合指數公式」，它包括理論概率公式和實際概率的公式。

（1）從理論上說，如果 A、B 兩韻應合併為一個韻部的話，那麼（ab）相押的機會只跟 A、B 兩韻字的出現概率有關。理論概率用 P 表示，其公式為：

$$P(ab) = \frac{2ZaZb}{(Za + Zb)(Za + Zb - 1)}$$

這個概率 P 公式是假設 a、b 兩韻已經合併時，a 韻字和 b 韻字在理論上會達到的相押概率。

（2）兩韻實際相押的比例用 R 表示，其公式為：

$$R(ab) = \frac{Yab}{Yaa + Yab + Ybb}$$

（3）如果 A、B 完全合爲一韻，則可根據以下公式判定：

$$I(ab) = \frac{R(ab)}{P(ab)} \times 100$$

這時有幾點需要注意：

（1）當離合指數 I ≥ 100 時，兩韻已經合併，即指主要元音和韻尾（就是所謂的「韻基」）相同，而不涉及介音。

（2）當 0＜I＜100 時，I 值越大，兩韻關係越近；I 值越小，兩韻關係越遠。〔註17〕

（3）當 I ≥ 90 時，可以認爲兩韻合併。

（4）當 I＜50 時，可以認爲尚未合併。

（5）當 50 ≤ I＜90 時，我們就無法確定此兩韻的分合，這時如果只是依靠經驗的話，就顯得很主觀了，無法使人信服，那麼此時我們就需要引入一個新的公式來解決這個問題，即「t 分佈假設檢驗」和「卡方檢驗」。〔註 18〕這個會在下文介紹。

1 · 2 · 3 · 2 · 2 轍離合指數公式

朱曉農先生還介紹了分轍的公式，這個公式好像可以用來劃分兩漢的韻部，到底可行與否呢？下面我們討論一下。其公式如下：

$$\frac{Yjk}{Y} \div \left(\frac{Zj}{Z} \times \frac{Zk}{Z-1} + \frac{Zk}{Z} \times \frac{Zj}{Z-1}\right) = \frac{Yjk}{Y} \div \frac{2ZjZk}{Z(Z-1)}$$

此公式算出的是實際相押的韻次在總韻次中所佔的比例。它首先假定 j 韻部和 k 韻部是兩個獨立的韻部，在公式中，Y 表示韻譜中的全部韻次；Yjk 表示 j 部和 k 部字相押的全部韻次；Z 表示韻譜中全部字次。Zj（Zk）表示 j 部（k 部）在韻譜中的全部字次。

$\frac{Zj}{Z} \times \frac{Zk}{Z-1}$ 表示前一個爲 j 部字，後一個爲 k 部字相押的概率；$\frac{Zk}{Z} \times \frac{Zj}{Z-1}$ 表示前一個爲 k 部字，後一個爲 j 部字相押的概率；二者相加表示（jk）相押的概率。

〔註17〕當然，字次的多少會影響對兩韻關係的判斷，因此這只是一個大致的說法。

〔註18〕I（ab）的兩端是 50 和 90，爲什麼是這兩個數字，朱曉農先生沒有詳細討論，看來是一個經驗值。

$\dfrac{Yjk}{Y}$ 表示（jk）實際相押的韻次在總韻次中占的比例。

又由於 Z=2Y，Y=$\dfrac{Z}{2}$，因此上面的公式就可以簡化爲：

$$\frac{Yjk}{Y} \div \frac{2ZjZk}{Z(Z-1)} = \frac{Yjk}{\dfrac{Z}{2}} \times \frac{Z(Z-1)}{2ZjZk} = \frac{Yjk(Z-1)}{ZjZk}$$

此公式的數值大小表示關係的遠近。

當 $\dfrac{Yjk(Z-1)}{ZjZk} \geq 2$ 時，則可以認爲原先假設爲兩個的韻部 j 和 k [註19]，實際上已經合爲了一個韻部；當 $\dfrac{Yjk(Z-1)}{ZjZk} < 2$ 時，則兩部沒有合併。當 $\dfrac{Yjk(Z-1)}{ZjZk} = 1$ 時，就說明兩部之間的實際互押頻率與所有韻字互押的理論平均概率持平。

鄧琳先生運用朱曉農先生的方法對西漢時期的詩文押韻材料進行統計分析，發現前人所分很多韻部之間的離合指數都高於 2。單就陰聲韻而言，幽宵兩部的離合指數爲 6.07，魚侯兩部的離合指數爲 4.44，歌支兩部的離合指數爲 8.08，歌微兩部的離合指數爲 2.02，支微兩部的離合指數爲 3.54，脂微兩部的離合指數爲 9.21。[註20] 本文的數據和其相吻合。從離合指數來看，並參照朱先生的標準，只要離合指數大於 2 的都要合爲一個韻部，那麼魚侯、眞文、脂微、歌支、質物都有可能合併，這顯然是不甚科學的。

是什麼原因產生了這種差異呢？通過對比，我們發現兩漢時期的各個韻段的字次遠遠小於北宋時期的材料的字次。這樣一來，韻部之間相關聯的數目就有很大的差異了，因此比值就異乎尋常地大了起來。鄧先生也解釋說，上古晚期的押韻較寬，朱曉農先生的分轍不等式對於上古晚期的押韻材料來說，似乎太寬了。「我們恐怕只能承認比值大於 2 的這幾個部分，如幽宵、魚侯、歌支、脂微各自之間的主要元音可能比較接近。朱曉農先生的『韻轍』的概念……它是可以包含主要元音有音位對立的集合，這是我們所不能接受的。所以，我們懷疑對於上古的韻部分析，這個分轍的公式只是能指出哪些韻部的主元音比較接近而已。」[註21] 考慮到我們所用的是朱先生確定一個韻

〔註19〕即實際相押的比例超過理論相押的概率的「倍數或是很近乎 1 的倍數」時。

〔註20〕鄧琳，西漢詩文韻部的數理統計分析，碩士論文，未刊，11 頁。

〔註21〕鄧琳，西漢詩文韻部的數理統計分析，碩士論文，未刊，12 頁。

轍之內的各小韻的分合的公式，對於韻部而言，可能過於嚴格，因此本文沒有使用這種方法。

1・2・3・3 假設檢驗方法

上文說過，當 $50 \leq I < 90$ 時，我們就無法確定此兩韻的分合，這時如果只是依靠經驗的話，就顯得很主觀了，無法令人信服，那麼此時我們就需要引入一個新的檢驗方法來解決這個問題，即「t 分佈假設檢驗」和「卡方檢驗」。

「假設檢驗」是檢驗由音韻材料得到的某一數值與其對應的標準值之間的關係。在朱曉農先生的方法中，P 是一個標準值，R 是一個真實值。如果經過檢驗，證明 $R \geq P$，就認為兩韻已經合併了；如果 $R < P$，就說明兩韻沒有合併。在統計學的假設檢驗中，標準值用 $\mu 0$ 來表示，與它對應的實際數值用 μ 表示。進行檢驗要先提出假設，這個假設叫「原假設」，與其相對應的實際數值是「備選假設」。然後根據「小概率事件在一次試驗中不可能出現」的原理，來檢驗「原假設」是否成立。在原假設條件下，如果理論上出現機會很小的事件出現了，就要否定原假設；否則就接受原假設。」本節將詳細介紹兩種檢驗方法，即 t 分佈假設檢驗和卡方檢驗：

1・2・3・3・1 t 分佈假設檢驗

假設檢驗的步驟：（1）確定零假設（2）選擇顯著水平a（3）決定檢驗統計量，由此統計量和a來確定檢驗的決策規則（4）確定樣本，從樣本中計算檢驗統計量的值和 P 值（5）由樣本結果和決策規則決定是拒絕假設還是接受零假設。

檢驗的具體操作如下：

①提出原假設

原假設包括零假設和擇一假設，它們分別為：

$$H0 : \mu = \mu 0 \text{ 和 } H1 : \mu < \mu 0$$

即假設標準比值與實際比值沒有顯著差異，然後利用「小概率原理」來檢驗這個假設能否成立。簡單地說，是看一個在原假設的前提下，理論上出現概率很小的情況是否出現。如果出現，就拒絕原假設，如果不出現，就接受原假設。

μ和μ_0分別為實際值和標準值。

　　零假設是指假設兩個韻部已經合併了；擇一假設是指假設兩個韻部還未合併。這樣，下面的所有的工作都是為了證明哪個假設是正確的。在實驗的過程中，我們不是直接去證明 H1 的正確性，而是去證明零假設是錯誤的。這時，只要找到一條反證，就足以證明零假設是錯誤的。採用這種檢驗假設的方法，就能夠得出確定的結論。如果推翻了零假設（即 H0 為假），就表明差異確實存在，那麼就接受與零假設對立的備擇假設（即 H1 為真）；如果無法推翻它（即 H0 為真），就表明有關差異是由各種誤差造成的，而不是真正的差異，那麼就接受零假設，而拒絕有關備擇假設（即 H1 為假）。其實，這種「反證法」是科學研究的一般方法：先在某一理論的基礎上提出假設，然後通過實驗收集證據，以證明該假設是「錯誤的」。換句話說，我們不是試圖去證實一個假設，而是去證偽它。

　　②計算標準值

　　標準值用 μ_0 表示，實際上就是指理論概率值：

$$\mu_0 = P(ab) = \frac{2ZaZb}{(Za + Zb)(Za + Zb - 1)}$$

這個公式我們在前面已經提到過了。

　　③將待檢驗的材料分組

　　把每一個韻部的全部統計材料任意地分為大致均勻的 10 組[註22]，然後列出統計表。麥耘先生的分組則與朱先生小有區別，「視需要檢驗的兩韻互押韻段的多少定所分組數，每韻段為一組[註23]，然後把兩韻各自獨用的韻段的數據任意地、大致均勻地加上去[註24]。盡量避免出現一組內互押韻次為 0 的情況，也盡量避免兩個獨用韻次都是 0 的情況。」[註25]

　　④計算每組中兩個韻相押的韻次與兩韻獨用，混用韻次之和的比值。

[註22] 多兩組，少兩組無所謂，Z 的數值大，就可以多分幾組，Z 的數值小，就可以少分幾組。

[註23] 韻段數如太多，譬如說超過 100，就適當合併。

[註24] 韻段內如有兩韻以外的韻字，則只取這兩韻獨用、互押韻次，涉及其他韻的韻次，可捨棄。

[註25] 麥耘，隋代押韻材料的數理分析，語言研究，1999 年，第 2 期，112 頁。

將第三步中所分的每組的數據計算出來，其公式為：

$$Xi = R(ab) = \frac{Yab}{Yaa + Yab + Ybb}$$

Xi：分別列出各組（10組）的數值。這個公式前面也說過了。

⑤計算樣本均值

即求出上面16組數據的平均值，公式如下：

$$\overline{X} = \frac{1}{n}\sum_{i=1}^{n} xi$$

⑥計算樣本方差

$$S^2 = \frac{1}{n-1}\sum_{i=1}^{n}(xi - \overline{X})2$$

⑦計算統計量

$$t = \frac{\overline{X} - \mu_0}{\sqrt{\frac{S_2}{n}}}$$

⑧查統計學中的「t分佈臨界值表」，以判斷原假設是否成立。

上文談到，假設檢驗從陳述零假設開始，然後再根據樣本中觀察到的差異情況，看能否推翻這一假設。但並不是說，不論樣本中的相應統計量之間的差異大小，都可以證明零假設不成立或者都可以推翻零假設，因為這一差異有可能是由隨機誤差造成的，而不是真正的差異。要完全避免隨機誤差的影響是不可能的，只是影響的程度不同而已，因而觀察到的差異不可能純粹是由操縱的變量造成的。所以，在決定是否能推翻零假設時，必須確定一個允許的誤差限度，即隨機誤差造成的差異在多大範圍之內才能推翻零假設。

這個範圍用概率表示，譬如5%，1%等（或0.05或0.01等）。如果隨機誤差的概率（即可能性）為$p \le 0.05$，就表示當隨機誤差造成的差異在等於或小於5%時，就可以推翻零假設。如果零假設被推翻，我們就說觀察到的差異有顯著意義或者說檢驗有顯著意義，所以這個概率通常稱為顯著水平。因此顯著水平就是：當等於或低於某數值時，我們把觀察到的差異視為具有顯著意義的概率。理解了顯著水平的概念，我們在表述和理解差異時，就可以使結論更加

精確一些。如果我們決定在 p ≤ 0.05 時拒絕零假設，那麼就意味著我們有 95%
的把握說，樣本中所觀測到的差異是眞正存在的，而隨機誤差造成這一差異的
可能性至多只有 5%。顯著水平是由研究者決定的，顯著水平的設定需要考慮
多種因素，譬如研究領域、研究目的、研究對象、研究內容等等。一般來講，
如果研究的目的只是探索性的，顯著水平就可以定得寬鬆一些，譬如 0.05 或者
0.10，否則如果爲了檢驗某個既定理論，就要定得嚴一些，譬如 0.01，甚至 0.001。
另外還要考慮，假如所得出的結論是錯誤的，是否會帶來嚴重的後果，如果其
後果是嚴重的，就要謹慎一些，要把顯著水平定得嚴一些（即不要輕易推翻零
假設），否則就可以定得鬆一些。在語言研究中，一般來說即使結論有誤，也不
會帶來十分嚴重的後果，所以，可以定得寬鬆一些。總之，綜合考慮上述因素，
在語言研究中，一般選擇 0.05 或 0.01 的顯著水平。

先取檢驗水平（顯著性水平）α：朱曉農先生取的 α = 0.05，麥耘先生則取
0.025，這裡取值的音韻學的意義是，把兩個韻部分立作爲一個發生概率爲 5%
或者 2.5%的小概率事件。當 α = 0.05 或 0.025 時，就說明一個轍內的兩個韻已
經合併，這樣據此作出的判斷就有 95%或 97.5%的可信度。事實上，α 可以定
得大些，也可以定得小些。如果定得大些，對兩韻分立的標準就放鬆些，對兩
韻相混的標準就抓嚴些；相反，如果定得小些，對兩韻分立的標準就抓嚴些，
對兩韻相混的標準就放鬆些。

下一步是從「t 分佈臨界值表」（t 分佈雙側分位數表）查詢臨界值 t2α
（n-1）。如果 t＞t2α（n-1）×-1，就表明原假設成立，實際比值與標準比值無
顯著差異，兩韻合併；如果 t＜t2α（n-1）×-1，就說明原假設能成立的概率
僅爲 5%，應該被拒絕，也就是說應認爲兩韻不合併。麥耘先生對此也進行了
解釋：「『t 分佈雙側分位數表』的 α 在分佈的雙側，每一側占 α 的一半。在我
們的問題中，雙側指『不合併』和『顯著超過合併標準』兩種可能。現在只
要檢驗『不合併』這一側，做的是單側檢驗（又叫『單尾檢驗』），故取 2α 的
臨界值，並取負值，與 t 的計算所得值比較。這與經常見到的取臨界值的正值
與 t 的絕對值比較的做法不同，而『大於』和『小於』的含義也正相反。如所
查爲『t 分佈單側分位數表』，則用 α 的臨界值（但如查非側分位數表，所用
就當是 1-α 的臨界值的負值）。朱先生取 α = 0.05，比本文大，這意味著對兩韻

合併的標準拿得嚴些（互押數要比較多一些才能算作合併），對兩韻分開的標準就鬆些（互押數稍多一些也可算不合併）；而本文對 α 值取小些就相反，對兩韻合併的標準相對寬鬆些（互押數相對少些也可承認其合併），而對兩韻分開的標準就嚴些（互押數要更少一些才算不合併）。」〔註26〕

因此，如果 t＜t-2α（n-1），則意味著 H0 假設不成立；如果 t＞t-2α（n-1），則意味著 H0 假設成立。以上的假設，我們有 95%或者 97.5%的把握，證明它是正確的。

當 t 和 t-2α（n-1）之間的數值差別不大時，朱先生作出了下列解釋〔註27〕：某韻字太少所引起的波動；兩個韻剛剛合併；或許某些人不分，而另外一些人卻分；或許某些字不分，某些字還分。

⑨最後決定取捨 H0 或 H1

⑩小結：

朱先生在書中也談到了，他所使用的方法不能說是盡善盡美的。例如說，在做 T 分佈假設檢驗前的數據分組，分法不同，有可能影響最後的結果〔註28〕。其實除 T 檢驗外，概率統計的假設檢驗方法還有多種，T 檢驗在古代韻文統計上是否能發揮更佳的作用，還值得研究。因此本文不打算採用 T 檢驗方法，而是使用卡方檢驗法。

1·2·3·3·2 卡方檢驗法

1·2·3·3·2·1 卡方的意義

麥耘先生在《用卡方計算分析隋代押韻材料》〔註29〕的方法討論中曾指出，「筆者在多次運用朱氏算法中的 T 檢驗之後，發現有個很嚴重的問題：有時數據分組情況的小小變動，也對統計量影響很大，甚至得出的結果可以完全相反。此外，分組工作很繁瑣。在沒有電腦軟件的情況下，同複雜的計算相比，分組不算什麼事，但當大量的計算也只需要一按鍵就能完成時，分組就顯得太麻煩，且易出錯。相比之下，χ^2 檢驗減少了對原始數據的人工干預，

〔註26〕麥耘，隋代押韻材料的數理分析，語言研究，1999 年，第 2 期，注解 1。

〔註27〕《北宋中原韻轍考》，41 頁。

〔註28〕這實際上是個統計學上的「抽樣問題」。

〔註29〕《語言文字學論壇（第一輯）》，中國社會科學出版社 2002，10，304 頁。

對統計結果不失眞有好處，同時也省了事。」而最早使用卡方檢驗的當屬白一平先生〔註30〕。

1‧2‧3‧3‧2‧2 卡方的使用方法

卡方檢驗的用途是比較稱名變量的次數，具體而言，就是比較實際次數與期望次數之間是否有顯著的差異。適合性檢驗爲單樣本的卡方檢驗，它只涉及一個變量，但數據要分成若干相互排斥的組。其目的就是檢驗實際次數與期望次數是否吻合。如果卡方值很大，就說明兩者差異大，反之就說明兩者差異小，較爲一致。通過檢驗，就可以知道兩者之差異是否有顯著意義，即是否可以推翻零假設。就是說實際次數與期望次數的差別越大，卡方值也就越大。針對這個問題，麥耘先生認爲：「要在朱氏韻離合指數計算的基礎上用白氏算法。就是說，只有當韻離合指數在 50 到 90 之間時才作 χ^2 檢驗。換言之，可以用 χ^2 檢驗代替 T 檢驗，但不能用來代替韻離合指數計算」〔註31〕

這就是說，需要使用前面介紹的朱先生的第一步和第二步方法之後，然後才可以運用卡方這種檢驗法。而韻離合指數很大（譬如超過 120）時，χ^2 值有時也會很大。這時不能根據 χ^2 值判斷兩韻分立，而應以韻離合指數爲準。

1‧2‧3‧3‧2‧3 計算公式

χ^2 計算公式（皮爾遜公式）如下：

$$x^2 = \sum_{i=1}^{k} \frac{(O_i - E_i)^2}{E_i}$$

O 是觀察頻數〔註32〕。E 是理論頻數〔註33〕，這是假設兩個韻母沒有區別時，它們各自自押和通押在理論上最有可能的頻數。在研究 a、b 兩韻的押韻關係時，首先點算出 a 韻的自押數 O_{aa}，b 韻的自押數 O_{bb}，以及兩韻的通押數 O_{ab}。我們取白一平的例證來瞭解一下此公式的運算方式，例如在白氏文中，

〔註30〕漢語上古音的 *-u 和 *-iw 在《詩經》中的反映，馮蒸譯，漢語音韻學論文集，首都師範大學出版社，1997。

〔註31〕用卡方計算分析隋代押韻材料，吉林大學編《語言文字學論壇（第一輯）》，中國社會科學出版社，2002 年 10 月版，312 頁。

〔註32〕白氏文中稱「實際頻率」。

〔註33〕白氏文中稱「預想頻率」。

幽部*-u 韻母字自押 201 韻對（aa），*-iw 韻母字自押 12 韻對（bb），兩韻母字通押 15 韻對（ab）。根據下列公式計算出 a 韻自押、b 韻自押及兩韻通押的理論頻數：

$$E\text{aa} = (O\text{aa}+O\text{bb}+O\text{ab}) \cdot [(2O\text{aa}+O\text{ab}) \div 2(O\text{aa}+O\text{bb}+O\text{ab})]^2$$

$$E\text{bb} = (O\text{aa}+O\text{bb}+O\text{ab}) \cdot [(2O\text{bb}+O\text{ab}) \div 2(O\text{aa}+O\text{bb}+O\text{ab})]^2$$

$$E\text{ab} = (O\text{aa}+O\text{bb}+O\text{ab}) \cdot 2[(2O\text{aa}+O\text{ab}) \div 2(O\text{aa}+O\text{bb}+O\text{ab})][(2O\text{bb}+O\text{ab}) \div 2(O\text{aa}+O\text{bb}+O\text{ab})]$$

取白文的數據，可得 $E\text{aa}$ 190.67，$E\text{bb}$ 1.67，$E\text{ab}$ 35.66。代入皮爾遜公式中，可得 $\chi^2 = 76.544$。

1·2·3·3·2·4 檢驗水平

現在來定檢驗水平 α [註34]。本文將檢驗水平定爲 α = 0.025、α = 0.05 或 α = 0.10，共三個檢驗水平。其原因下文將討論。事實上，α 可以定得大些，也可以定得小些。如果定得大些，對兩韻分立的標準就放鬆些，對兩韻相混的標準就抓嚴些；相反，如果定得小些，對兩韻分立的標準就抓嚴些，對兩韻相混的標準就放鬆些。這道理跟做 T 分佈檢驗時定 α 值的道理是一樣的。

1·2·3·3·2·5 χ^2 分佈臨界值表

這種表有一系列不同的自由度數值。在本文的實際問題中，有 a 韻自押、b 韻自押及兩韻通押，一共 3 組數據，即 $k = 3$，所以自由度就是 3-1 = 2。由臨界值表中查得 α = 0.025、α = 0.05 或 α = 0.10（2）（檢驗水平爲 0.025、0.05、0.10，自由度爲 2 的 χ^2 分佈臨界值）爲 7.378、5.991 以及 4.605。本文將基本上使用這三個臨界值，拿它同計算所得的 χ^2 值作比較，從而作出判斷：

當 χ^2 ＞7.378、5.991 以及 4.605 時，兩韻分立；

當 χ^2 ＜7.378、5.991 以及 4.605 時，兩韻相混。[註35]

附：χ^2（卡方）分佈臨界值表

①由於本文的計算方法一律以 3-1=2 爲自由度，故本表只列自由度爲 2 的臨界值。

②表的上欄爲檢驗水平 α（阿爾法）值，本表列有 5 種。下欄爲相對應的

[註34] 即顯著性水平。

[註35] 與朱曉農先生的算法一樣，所謂相混是指韻基（韻腹+韻尾）相同，與介音無涉。

單側檢驗臨界值。如欲取用其他檢驗水平，請另查數理統計專業書籍。

　　③操作：計算得到 χ^2（卡方值）之後，取之與臨界值相比較，若卡方值大於臨界值，就表明兩韻不合併；若小於或等於臨界值，就表明兩韻合併。本文使用的是 0.10、0.05、0.025 三個臨界值。

0.10	0.05	0.025	0.01	0.005
4.605	5.991	7.378	9.210	10.597

1・2・3・3・2・6 計算軟件

　　麥耘先生與電腦軟件技術人員合作，依照朱曉農先生的統計方法，編成了一個電腦軟件《古代押韻材料的數理統計》〔註36〕。這個軟件適用於個人電腦，以中文 Windows〔註37〕為工作平臺。用這個軟件，可以進行「卡方檢驗計算」、「韻離合指數計算」和「T 分佈假設檢驗」等多種計算，本文需要做的工作僅是點算各類押韻的韻次，合計出總字次，並把數據按要求輸入，即可得到正確的統計結果。這極大地方便了以後的研究者，本文的寫作可以算是對這個軟件的一次試用。

1・2・3・3・2・7 卡方使用時需注意的問題

　　第一，要在朱曉農先生的韻離合指數計算的基礎上，再使用白氏的算法。就是說，只有當韻離合指數在 50 到 90 之間時才作 χ^2 檢驗。換言之，可以用 χ^2 檢驗代替 T 分佈檢驗，但不能用來代替韻離合指數計算。

　　第二，理論頻數不能太少。在卡方檢驗裏，理論頻數不能太少，通常應該多於 5。要解決這個問題，主要是看看變量是否分得太細，如果太細，就可以將一些範疇合併。當然更徹底的辦法是想辦法收集更多數據。本文選擇把一些分類過細的語料合併在一起研究，這樣就可以使卡方有足夠大的期望頻率。例如，我們把《漢書》和《史記》中的相同性質的韻語合併在一起研究。

　　第三，韻離合指數很大（譬如超過 120）時，χ^2 值有時也會很大。這時不能根據 χ^2 值判斷兩韻分立，而應以韻離合指數為準。

1・2・3・3・2・8 亞茨校正法

　　如果期望次數較大，十分接近卡方分佈，卡方檢驗就比較可靠。否則，如

〔註36〕麥耘策劃，麥廣煒編程，1989。

〔註37〕使用 GB 或 GBK 字庫。

果期望次數過小（低於 5 時），卡方值就會偏大，其分佈就會偏離卡方分佈，卡方檢驗也就不太可靠。在這種情況下，最好使用「連續性校正」，即通常所說的「亞茨校正法」。其實，當期望次數不是很大時，最好都進行校正。

校正公式：

$$\chi 2 = \sum \frac{(|O - E| - 0.5)2}{E}$$

其實際效果是：如果 O＞E，從 O 中減去 0.5；如果 O＜E，則在 O 上增加 0.5，這樣就縮小了 O 與 E 之間的差別，從而也就縮小了卡方的值。公式中期望次數的計算方法同上。

1‧2‧3‧3‧2‧9 卡方的局限

只是適用於離合指數在 50 到 90 之間的數據組，並且其數值一定要相對大一些，原始數據太小就不能判斷兩個韻部是分是合。但這點局限，利用亞茨校正法是可以彌補的。

1‧3 統計法小結

我們要注意，統計法只能反映韻與韻之間的類別關係，它並不能反映韻字與韻部的轉移的關係。而且統計法也不能直接幫助我們構擬音系，然而它卻是我們進行定量分析的一個最佳工具。統計只能作為一種手段，它只是對收集到的材料進行計算，提供分析的依據，重要的是收集整理語音材料以及分析結論的過程中必須正確地運用音韻學的原理和方法。因此我們不可對統計法有過多的迷信和依賴，在運用統計法的同時，我們還要借助音韻學的其他傳統方法，這樣才能使結論更加真實可信。

使用數理統計法的補充原則：對於難以運用離合指數進行分析的韻部〔註38〕，我們就需要參照前代以及後代的韻部系統、前人的研究成果、合韻現象、運用算術統計等方法來判斷其韻部的分合。我們在研究談、葉、侵、緝等韻部時，多使用補充性原則。麥耘先生對此問題也認識到：「就是某一韻的字在隋代韻文中很少作為韻腳出現，有關該韻的統計數字就不一定能正確反映它與其他韻的真實關係。就本文而言，一韻的字次不足 10 者，與之有關的指數的可靠性就要打

〔註38〕比如字次特別少的韻部侵、談、緝、葉等等。

個或大或小的問號。本文對於字次小於 10 的韻，即使它與別韻的韻離合指數在
50 到 90 之間，也不再進行 T 分佈假設檢驗；兩韻互押不到 5 韻次的，也不做檢
驗（其實不到 10 韻次的，做出來可靠性都不太大）。當然，出現這類問題絕對不
是概率統計方法的過錯。要彌補這樣的缺陷，需要的是補充材料。」〔註39〕這段
話涉及到了處理韻字非常少的韻部的方法，非常值得本文借鑒。

　　統計固然重要，但它畢竟只是整個研究過程的一個環節，我們必須對獲取
的數據進行統計分析，據此對所研究的現象進行解釋。要保證研究結果的可靠
性，首先必須獲取可靠的數據，因此如何獲取有效可靠的數據是一項研究需要
考慮的中心問題，也是研究成敗的關鍵。爲此，研究者在開始一項研究之前必
須充分考慮研究的設計問題，對整個研究過程予以周密的計劃和考慮，對每個
環節都按照科學的要求制定出實施計劃，對可能出現的問題要提出預防措施。
總之，任何嚴肅的研究都要愼重考慮研究的方法和步驟以及統計分析的問題，
力求科學、有效而又經濟地實現其研究的目的。

2・韻腳字歸納法

2・1 概　念

　　韻腳字歸納法，過去也被稱作「絲貫繩牽法」、「絲聯繩引法」，它是通過考
察詩詞歌賦等各種韻文的用韻情況，總結出某一個時代韻部系統的一種方法。
這種方法適用於任何時代，是研究古音的一條重要的途徑。尤其在南北朝以前
沒有韻書流傳下來，因此這種方法在先秦兩漢以及魏晉時期，成爲研究韻部的
最重要的方法之一。清代的古音學家們就利用這種方法研究先秦時期的韻部系
統，並且取得了非常顯著的成果。其押韻的條件是韻腹和韻尾相同，而介音卻
不一定相同。因此用「絲貫繩牽法」所繫聯出的類別，我們只可知道它們是同
韻部的，而區別不了它們具體包含的韻母。

2・2 操作步驟

　　（1）確定研究的對象，把具有相同性質的語料放在一起研究。史書中的韻
語有不同時代的問題，有些韻文還夾雜著方言的因素，所以仔細地鑒別語料的

〔註39〕麥耘，《隋代押韻材料的數理分析》。

性質是進行繫聯工作的一個重點，也是本文著墨最多之處。

（2）分析韻例。對於韻例的分析方法，我們基本採用了王力先生在《詩經韻讀》﹝註40﹞當中所列舉的條例，並參考了其它學者的相關文章，如金周生先生的文章﹝註41﹞、吳慶峰先生的文章﹝註42﹞等等。羅常培、周祖謨先生合著的《漢魏晉南北朝韻部演變研究》對漢賦的韻例作了總結，主要有：每句押韻例、隔句押韻例、虛字不入韻例、虛字入韻例、句中字與句尾字押韻、兩韻間叠相押例、前後一韻相叶、中間另隔一韻例、交錯前後互叶例。這是值得我們借鑒的。

（3）歸納韻部。歸納韻部的時候，我們常常會碰到合韻的問題。王力先生在《古韻脂微質物月五部的分野》﹝註43﹞一文中就指出，我們不能不注意到兩種偶然性。一方面，要注意偶然的合韻不能串聯，否則勢必牽連不斷，成為大韻。另一方面，要注意偶然不碰頭的韻部，不一定就可以認為是屬於不同的韻部，因為那樣做是不合邏輯的。可見這個問題的重要性與難度。

2‧3 注意事項

（1）應認真區分韻和非韻。

（2）運用此方法時，不能只是簡單地繫聯，還應注意「合韻」現象，不能因為合韻而混淆了韻部之間的界限。

（3）要注意繫聯的材料是否具有相同的語音性質，是否是同時代、同地域的材料。不同性質的材料，絕對不能拿來繫聯。要嚴格地篩選待用的語料，注意語料的時空問題。個別的語料還要進行文體的區分。

由於本文主要使用的是數理統計法，因此繫聯法只是作為一種輔助的手段。

3‧陰陽對轉法

利用陰陽對轉，以鄰部合韻的數目多少來考察韻部的分合，這就是根據音系結構規律和語音發展的規律來研究古音、判斷音類分合的方法，這種方法屬於審音法的範疇。我們可以憑藉陰聲韻、陽聲韻、入聲韻三者的相配關係來考

﹝註40﹞ 王力，詩經韻讀，上海古籍出版，1980。

﹝註41﹞ 金周生，《史記‧太史公自序》韻語商榷，兩漢文學學術研討會論文集，臺北：華嚴，1995。

﹝註42﹞ 吳慶峰，古書中的七字韻語，古漢語研究，1996，2。

﹝註43﹞ 王力，王力語言學論文集，商務印書館，2001。

察韻部的分合。凡是能夠對轉的韻字，都具有相同或相近的主要元音，韻尾又都是屬於同一個發音部位的，在其結構上有對應的平行關係，這樣如果已知其中的幾個韻，推求其相匹配的韻就顯得很容易了。假如有些陰聲韻和陽聲韻是分為兩部的，那麼其相匹配的入聲韻也同樣應分為兩部。反過來說，陰聲韻和陽聲韻如果合為一個韻部，那麼其入聲韻也應合為一部。即陰、陽、入就一般而言是要發生平行變化的。

　　王力先生曾說過：「韻的分化是有條件的，主要是等呼的條件，有時還要加上聲母發音部位的條件。仔細觀察陰陽入三聲的對應及其分合條件，就可以知道語音的歷史演變是非常有規律的」〔註44〕。先生的脂微分部就是利用陰陽對轉規律的成功範例。清人已經把眞文、質物分開了，那麼從對轉的角度來看，如果脂微不分開，語音系統就會顯得不完整。

　　兩漢時期韻部的系統和先秦大體一致，仍然是陰陽入三類韻母構成對轉關係，所以在發生演變時大致上還是三位一體的。魏晉以後，入聲韻和陰聲韻的關係逐漸疏遠，反而和陽聲韻有了對轉關係。這時陽聲韻和入聲韻就有了平行變化的特點。周祖謨先生在《魏晉宋時期詩文韻部研究》〔註45〕中也談到過這個問題。周先生認為，從晉代起，入聲韻和陽聲韻的關係轉密，和陰聲韻的關係漸疏，即入聲韻和陰聲韻不相配，而與陽聲韻配合得比較好了。晉宋之間，如果陽聲韻有所變革，其相對的入聲韻也就會有同樣的變革。在文中周祖謨先生就運用這種方法，將與東冬相配的屋沃分為兩部。劉宋這一時期的語音格局應該還是陽入相配的格局。陽入相配表現在陽聲韻部和入聲韻部有著相似的組成結構，且陽聲韻發生了何變化，那麼其與之相配的入聲韻就會發生相應的變化，反之亦是如此。陰聲韻的變化和陽聲、入聲的變化卻未必是對應的。劉宋時期的這種陽入之間的平行性關係，是本文研究劉宋語音的一種指導理論。這種理論對於韻部的劃分是一條持之有效的衡量標準。

　　利用陰陽入對轉來研究古韻分部，也有需要注意的問題。從對轉相配的關係來研究古韻部的分合，要注意整個音系裏的相配關係並非絕對整齊，陰陽入三類相配常常是有缺口的。在上古音，多數韻部可以形成三類整齊的配合，但

〔註44〕王力，詩經韻讀／楚辭韻讀，北京：中國人民大學出版社，2004，12頁。

〔註45〕此文收錄於《問學集》。

是有的韻部則只有兩類相配,而缺少一類。如陰聲韻宵部配入聲韻藥部,就沒有陽聲韻跟它們配合;而陽聲韻侵部配入聲韻緝部、陽聲韻談部配入聲韻葉部,也沒有相配的陰聲韻。所以運用本方法時要有客觀的態度,不要絕對化,不能把對轉相配的規則看得太死。如果一意地追求完全的整齊,就可能背離古音的本來面目。江永以宵部配陽部,孔廣森以宵部配侵部,皆不合乎系統。

4．鄰部合韻推證法

　　這個方法是研究詩文用韻時常用的一種方法。假如有兩個韻部發生合韻,就意味著,這兩個韻部的「韻基」是很接近的,也就是「韻腹＋韻尾」的讀音很接近。韻部的構成條件在於韻腹和韻尾:韻尾相同時,作韻腹的元音相鄰就是韻母接近;韻腹相同時,作韻尾的音應有明顯的共性,如同是鼻音或同是塞音,或是同一部位的音,因此劃分韻部或者構擬音值時多用此方法。羅常培、周祖謨先生的《漢魏晉南北朝韻部演變研究》就多次用到這一方法。羅、周兩位先生將「歌、支」分部的理由就是:「西漢時期歌支兩部的讀音是很接近的,很像是並為一部。但是歌部字可以跟魚部字押韻,而支部字絕不跟魚部字押韻,足見歌支兩部還不能就作為一部看待。所以我們把它分為兩部。」〔註46〕但是合韻的趨勢可以作為分部的參照,但不能單獨用作分部的根據。只有相鄰兩部既有明顯的分用迹象,又互相牽連而界限模糊時,才可以參考它們與另外韻部的合韻情形來判斷其分合。

4．1 合韻的概念

　　利用詩文研究韻部,經常會碰到一些不正常的用韻。所謂「不正常的用韻」,就是指非同一韻部的韻字相押的現象。我們把這種現象稱之為「合韻」。段玉裁首先提出了「合韻」的說法〔註47〕。王力先生在其晚年的《詩經韻讀》中,也主張將《詩經》中的特例分為「通韻」和「合韻」兩類。所謂「通韻」就是指陰陽入三聲的對轉。而「元音相近,或元音相同而不屬於對轉,或韻尾相同,叫做合韻。」〔註48〕即除了通韻之外的異部通押。本文所說的「合韻」

〔註46〕《漢魏晉南北朝韻部演變研究》,26 頁。

〔註47〕《六書音均表》。

〔註48〕王力,《詩經韻讀》,《王力文集》卷 6,山東教育出版社,1990 年,第 46 頁。

是廣義的，即指對轉和旁轉的統稱，這與王力先生的說法有所不同。

4·2 合韻的意義

羅常培、周祖謨先生曾對合韻的意義做出過精闢的論述：「『合韻』之所以要分立，是為了便於研究。第一，根據合韻的類別可以看出某部字究竟與哪幾部字通押，其中通押例子較多的一類必然聲音最近。第二，由一種合韻現象之中來看為什麼這些作家要這樣通押，是因為用韻較寬呢，還是代表一種方音的現象呢，以此可以做為研究的起點。第三，我們雖然把漢隋之間韻部的演變分為三個大的時期，但是事實上同一時期的作家中也有用韻跟前一個時期相近的，那些凡是與當時不同的特殊現象都可以在合韻譜中表現出來。第四，在異部合用之中，固然以陰陽入三聲同類相押的例子居多，但是另外還有陰聲韻與陽聲韻、陰聲韻與入聲韻相押的例子，後者一類在瞭解古代讀音上關係很重要，我們把它列在合韻譜裏可以引起注意。」〔註49〕先生的這段話充分地解釋了「合韻」這一術語的來源及其意義。可見「合韻」是韻部與韻部之間存在的較大的界限，但又偶然有所交涉的音韻學現象，它是一種客觀的存在。研究合韻，可以瞭解不同時代、不同地點的語音變化與對應規律，有助於掌握語音的演變。

4·3 歷代學者對「合韻」的解釋

對於這種現象，以往的學者都有著自己的處理方法。諸家對合韻的解釋大致有以下五種說法。

4·3·1 方音說

此說以顧炎武、江永、戴震等人為代表。顧炎武在分出古韻十部時，懷疑過《詩經》三百篇中有方音的區別，他在《音學五書·音論（卷中）》就說道：「愚以古詩中間有一二與正音不合者，如『興』、『蒸』之屬也，而《小戎》末章與『音』為韻⋯⋯此或出於方音不同，今之讀者不得不改其本音而合之。⋯⋯（《詩經》）侵韻字與東同用者三見⋯⋯蓋出於方音耳」。江永把合韻也解釋為方音現象。《古韻標準·第一部總論》：「《文王》以『躬』韻『天』，⋯⋯《小戎》以『中』韻『驂』，《七月》以『沖』韻『陰』，⋯⋯其詩皆西周及秦國。豈非關

〔註49〕漢魏晉南北朝韻部演變研究（第一分冊），羅常培、周祖謨著，科學出版社，1985，
第 120 頁。

中有此音,《詩》偶假借用之乎?……要之,此皆方音偶借,不可爲常。」方孝岳先生在《關於先秦韻部的合韻問題》〔註50〕中也認爲合韻是方言的反映,「合韻,對每一部來說都是有的,無論把先秦的韻分得怎樣簡單,也還是不能沒有,這當然都是方音的反映。」陸志韋先生也是「方音說」的支持者。

持此觀點的學者皆認爲,要研究方音必須審定正音,要確定正音必須先辨別方音。異部字相押的韻文在古代方音中,實際上都是相協的,若用方言讀起來就會琅琅上口。

4‧3‧2 雙聲說

錢大昕主張雙聲說。錢氏在上古聲母的研究中,成績是有目共睹的。但他在解釋「合韻」時完全反對方音說,利用雙聲假借來對合韻進行解釋。〔註51〕這種主張很新穎,但漏洞也很多,因此後來的學者沒有贊成此觀點的。

4‧3‧3 對轉和旁轉說

也即音近相通說。孔廣森、段玉裁、江有誥皆用陰陽對轉來解釋合韻。陰陽對轉也就是指韻母比較接近的字在一起押韻。王力先生認爲「合韻」原則上必須是韻部讀音相近,或是主要元音相同而韻尾不同,或是韻尾相同而主要元音不同,以上幾種情況皆可認爲合韻。但是原則上不應該是主要元音和韻尾都不同。由此也可以看出,他和段玉裁是屬於一派的。我們應該注意,王力先生的「合韻」只是旁轉,「通韻」則屬於對轉。而清代古音學家們的「合韻」包括對轉和旁轉,即包括所有非同部相押的韻段。汪啓明先生的《〈六書音均表‧四〉合韻字研究》〔註52〕一文也贊同對轉說。

4‧3‧4 否定合韻說

近人余謇《古合韻辨》〔註53〕認爲「《詩》中有韻,悉古本音,絕無合韻」,並且他也堅決反對「方音合韻」的說法。

4‧3‧5 又音說

文白異讀多是語音發展歷史層次的反映。一字多音帶來的問題是,這些

〔註50〕中山大學學報,1956年,第四期。

〔註51〕清‧錢大昕,陳文和主編,十駕齋養新錄,江蘇古籍出版,2000。

〔註52〕楚雄師專學報,1987,第二期。

〔註53〕廈大學報,民國二十年十二月。

多音字往往會同時兼屬幾個韻部。周長楫先生由此對合韻的說法做出了新的詮釋。「《廣韻》的又音，大都沿襲魏晉六朝之舊，反映著漢字文白異讀和特殊音變，有些是古方音的保留。這些又音使得許多漢字有同時兼屬幾個韻部的條件，給詩歌韻文的押韻提供了更多的方便。從一字多音的變化現象看，我們不難發現，有些漢字既可屬幾個陽聲韻部或幾個陰聲韻部和幾個入聲韻部；有些漢字則可既屬陰聲韻部又屬陽聲韻部；還有些漢字可既屬入聲韻部又屬陰聲韻部；更有些漢字可既屬入聲韻部又屬陽聲韻部。還可能有其它更複雜的情況。」「那些所謂通韻篇章的韻腳字中，可能其中有些字因文白讀音、古今音或方音的影響另有又音，因而跳出原來所在韻部的圈子，加入了這個又音所屬的另一韻部，從而跟通韻篇章的其它韻腳字組成同韻字而合轍押韻；同樣，那些所謂合韻篇章的韻腳字中，可能是其中有些字也另有又音，因而成為這個又音所轄另一韻部的一員，從而跟合韻篇章中的其它韻腳字成了同韻字而合轍押韻了。〔註54〕

4・4 本文的看法

本文認為合韻現象不可簡單地一概而論，其情況各異。

①合韻的韻段首先應該是音近的韻段。合韻對音近通押作出了合理而規律性的解釋和說明，它是以語音的相近性為基礎的，並沿著一定的軌道有規律地運行著。先秦、西漢時期的脂與微、質與物、眞與文的合韻就屬這一類。這種音近現象就是王力先生所說的對轉和旁轉現象，對轉說側重研究合韻的規律。

②虞萬里先生指出：「合韻，包括方言因素和臨近的韻相押和偶然相押的情況。方言因素是作者無意識而造成的。」〔註55〕如冬與侵、幽與宵合韻較多，這就反映了關中方言的實際情況。方音說是從合韻產生的原因著眼的。

③再者，次數太少的合用的例子也有可能是文字上的問題，周祖謨先生曾在《兩漢韻部略說》指出：「然亦有韻字傳寫訛誤，顚倒錯置者，則又有待於校勘。如揚雄《太常箴》：『故聖人在位，無云我貴；慢行繁祭，毋曰我材，

〔註54〕《詩經》通韻合韻說疑釋，廈門大學學報，1994，3，18 頁。

〔註55〕虞萬里，從古方音看歌支的關係及其演變，音韻學研究第三輯，中國音韻學研究會編，中華書局出版，1994，4。

輕身恃巫。』『巫』當作『筮』，『位』、『貴』為韻，『祭』、『筮』為韻也。王褒《洞簫賦》：『垂喙蜿轉，瞪瞢忘食，況感陰陽之和而化風俗之倫哉。』『食』，王念孫《讀書雜志》改作『飧』，與『轉』、『倫』二字為韻。此訛字之當刊正者也。又如揚雄《蜀都賦》：『萬物更湊，四時叠代，彼不折貨，我罔乏械，財用饒贍，蓄積備具。』『備具』當作『具備』，『備』與『代』、『械』為韻也。……韻字之訛誤倒置者既訂正之矣，則自無誤叶之患。」〔註56〕因此文字傳寫之誤也可能造成合韻現象的產生。

④又音的說法也有其合理性，可以解釋某些特例。「古人押韻的情形很複雜，就現在的分部來說，不同部的字在一起押韻的例子還很多，這可能是由於作者的方音本為一部，所以在一起押韻。也可能是因為作者在押韻上很難做到不超出同一部的範圍，隨著文意，只要兩部字音相近也就在一起通押，推想這兩種情況可能都有。但不論屬於哪一種情況，凡在一起通押的聲音必然相近，聲音不相近的也絕不會在一起相押。」〔註57〕可見《研究》也是綜合了各家的觀點，認為「合韻」是複雜的語音現象，需從多種角度進行解釋。總之，不同韻部在一起押韻的還不算少，其中有的是由於方音本來如此，所以通押；也有的不是出於方音之本然，而是因韻部讀音相近，作者一時權宜通押。本文更傾向於，合韻既有方言現象，又體現了音近通押。因此不能不細心分辨。

4·5 合韻可以解決的問題

4·5·1 可以利用合韻現象來劃分韻部

這種方法稱之為「鄰部的合韻推證法」。孔廣森把東冬分為兩部，除了押韻、諧聲的證據之外，他還利用到了合韻的證據，如冬部字跟侵部、蒸部合韻，而東部不跟侵部、蒸部合韻。羅常培、周祖謨先生也多次用到這個方法，如：東、冬分部。「再從這兩部跟其它部分合韻的情形來看，東部跟陽部押韻的很多，冬部跟蒸部侵部押韻的也很多，但是冬部很少跟陽部通押，東部很少跟蒸部侵部通押，這是很大的區別。」〔註58〕由以上的舉例可以看出，合韻

〔註56〕周祖謨，《兩漢韻部略說》，《問學集》上冊，中華書局，1965，117－118頁。

〔註57〕《漢魏晉南北朝韻部演變研究》，45頁。

〔註58〕《漢魏晉南北朝韻部演變研究》，33頁。

的**趨勢**可以作為分部的參照。但應該注意，不能單獨用其作為分部的依據。只有相鄰的兩部既有明顯的分用迹象，又互相牽連而界限模糊時，才可以參考它們與另外的韻部的合韻情形來判斷其分合。

4・5・2 利用合韻現象可以區分方言

要辨認方音，無疑需要從作者的籍貫和生平經歷入手，瞭解他的童年語言環境、所用母語、成年後長期居住的地點等等。這項工作有很大的困難，因為在史籍中有詳細生平記載的古代作家只是少數的一部分，更多的作者則只有很簡略的介紹或者根本沒有任何記載。此外還有古書所記載的籍貫不眞實的問題，古人所稱的籍貫有不少是祖籍，還有的是地望，本人甚至從來沒有在那裡生活過。可見要根據史書的記載來辨認方音的難度是很大的，但是我們只要把作者的籍貫、生活經歷以及特殊的押韻、合韻現象綜合起來進行考察，就可以發現其中許多的方音特點。

當我們整理了史書中的韻腳之後，會發現合韻的數字是如此之多，有的韻部合韻的數字甚至大大地超過了本韻部的獨用數字，這種現象迫使我們對合韻的概念以及它所包含的內容要重新審視一番，看它是否包含方音因素。這就需要認眞地鑒別。丁啓陣先生曾提出過鑒別的具體方法，分為三點：①同一方言區內有不止一個作者反映相同的語音特色。②用韻較嚴的作者（如蔡邕）的合韻例子所反映的應該是方音差別。③個別作者（用韻較寬者）所反映的語音特點是用韻不嚴的結果，而不是方音。〔註 59〕魯國堯先生也提出了自己的觀點。他在《論宋詞韻及其與金元詞韻的比較》〔註 60〕中認為：「有些通押現象在某些地區比較普遍，就令人懷疑是方言的問題；但在另一些地區則是個別現象，可能是個人特點，也可能因遊宦偶或以他地音入韻。」由此我們可以看出魯先生的方法是：先看有無特殊的合韻現象，然後憑藉同時代的其它書籍以及現代方音，最終來判定該合韻是否為方音現象。

4・6 合韻的出現條件

合韻的出現條件是多樣的，以往的學者認為：①元音相同即可合韻，如

〔註 59〕　《秦漢方言》，東方出版社，1991。

〔註 60〕　魯國堯，《魯國堯語言學論文集》，江蘇教育出版社，2003 年。

蒸 əŋ、侵 əm 合韻；物 ət、緝 əp 合韻，這是最常見的合韻的形式。②元音相近也可合韻，上古韻部中幽 u、侯 o 可以合韻，之 ə、魚 ɑ 亦可合韻。王力先生在《同源字典》中列舉了幾個合韻的例子，如幽屋 u、ok；幽沃 u、ôk；幽東 u、ong；微元 əi、an；月眞 at、en。「元音系統裏有 i、e、ɛ、a 這些元音時，在韻尾相同的條件下，e 作爲韻腹的韻部容易跟 i 和 ɛ 作韻腹的韻部發生合韻，但不容易跟 a 作韻腹的韻部發生合韻；以 ɛ 作爲韻腹的韻部容易跟 e 和 a 作韻腹的韻部發生合韻，但不容易跟 i 作韻腹的韻部發生合韻」〔註61〕③韻尾相同亦可合韻：脂 ei、微 əi 合韻；職 ək、覺 uk 合韻。〔註62〕

而鄭張先生則提出了更爲具體的、可操作的原則：「這些通變都合乎一條通則：基本聲母相同或相近，主元音相同或相近。相同元音的異尾通變是容易理解的，相近元音通變是依據元音音位在下表的位置：

	前	央	後
閉	脂 i	之 ɯ	幽 u
開	支 e	魚 a	侯 o

表中同列或同行中，兩個相鄰的元音可稱爲「鄰位元音」，鄰位元音相近可通轉。這樣可形成如下幾對通變關係：

$$i\!-\!\!-\!e \quad e\!-\!\!-\!a \quad a\!-\!\!-\!o \quad o\!-\!\!-\!u \quad u\!-\!\!-\!ɯ \quad ɯ\!-\!\!-\!i$$
$$-ɯ \qquad\quad -i \qquad\quad -ɯ \qquad\quad -a \qquad\quad -o \qquad\quad -a$$
$$-e \qquad\qquad\qquad\qquad\qquad\qquad\qquad\qquad\qquad\qquad\qquad -u$$

在這一範圍內發生的通變關係應該都是正常的，否則就不可通。只有 ɯ 以後還產生了低化變體 ə，所以還能與 o 相通，作爲央元音它通變範圍大點也是可以理解的。但其餘元音通變必須循此進行，那種僅憑雙聲關係就說是『一聲之轉』的無所不通的通轉論則是不可信的，因爲那並不符合通變的通則。」〔註63〕此觀點，我們深以爲然。

〔註61〕耿振生，20世紀漢語音韻學方法論，北京大學出版社，2004，173頁。

〔註62〕①②③中的擬音，來源於王力先生的《同源字典》，商務印書館，2002。

〔註63〕鄭張尚芳，上古音系，上海教育出版社，2003，194～195頁。

5‧歷時對應關係推證法

運用數理統計法將韻部分開很容易，但如果想看韻部之間的韻字是否合流，就要從系統性和韻部演變的持續性原則出發。從系統性出發，不僅要考察韻部與韻部之間關係的親疏遠近，更要看韻部的後代演變，即要遵循韻部演變的持續性原則。

分部研究除了要重視材料自身所反映的語音信息外，還要聯繫語音歷史發展的大背景。語音的發展是連續的，前後相承的，源流有序的。就兩漢來說，它前承先秦古韻，後接魏晉，因此劃分的韻部，應該能夠看出前後的繼承和發展的關係。

「語音變化有很強的規律性。從前一個時期的語音系統到後一個時期的語音系統，所發生的自然變化都會符合音變規律，其間的演變有一定的軌跡脈絡可尋。如果兩個音系之間的差異主要是時間造成的差異，兩者之間的主要差別應該都能從音變原理進行解釋。基於這一觀念，可以對通過研究得到的兩個古音系統進行對比，互相檢驗；也可以用現代語音對某個古音系統進行檢驗。如果兩個音系之間的差別都合乎音變規律，那麼所檢查的古音系統應是反映實際語音的；假如兩者之間有某些差別不能夠用音變規律講得通，那就意味著某一研究結果可能存在問題：或者是錯誤地解讀了語音史料，或者是有些歷史真相仍被掩蓋著。」〔註64〕

羅、周先生的《漢魏晉南北朝韻部演變研究》對魚、侯兩部倒有十分明確的結論，但是先生認爲前漢時期魚、侯兩部已經完全合併。而邵榮芬先生則認爲漢代魚侯分立，主要就是運用此音理來證明的〔註65〕。邵先生認爲，西漢時期，魚部中的麻韻字還沒有跟魚、虞、模分開，假如認爲此時的魚部和侯部合併了，至少要承認魚部的韻腹已經升高到了ɔ，否則就很難解釋，爲什麼到了東漢時期麻韻的韻腹又回到了 a。反過來，如果認爲侯部的韻腹下降到 a 而與魚部合併的話，那就不好解釋爲什麼三國時期侯部的韻腹又回到了 u。先生由此得出結論：西漢時魚部仍然是 a 類主元音，並沒有向後高方向演變。跟侯部合

〔註64〕耿振生，20 世紀漢語音韻學方法論，北京：北京大學出版社，2004，178 頁。

〔註65〕《古韻魚侯兩部在前漢時期的分合》，《邵榮芬音韻學論集》，首都師範大學出版社，1997。

韻的原因，一是偶出的寬韻，一是方言的反映，一是風格兼方言因素。總之，把魚侯合爲一部是不妥當的。邵榮芬先生對漢代押韻情況重新統計，以更精確的數據證實了這一點。

6・類比法

《切韻》音系是中古的綜合審音體系，是我們研究中上古語音不可或缺的參照體系。類比法就是用史書中的韻、調與《切韻》音系相應的韻、相應的調做對比，看是否可以自成一類，還是與其它字音相混淆。

所謂的類比，它包括與上古音、兩漢音、魏晉音、切韻音的多者互較。只有通過不同時間、不同層次的比較，才能更清晰地瞭解韻系的分部情況、各部中的韻母情況、各個韻部和韻母的來歷及其發展，還可以看出史書韻系在整個兩漢魏晉音系中的地位。

7・歸納法

判斷兩類語音的分合，還必須結合其它音韻學方法和材料進行歸納，如諧聲歸類、對音、方言等等。還需要運用到音理的知識，考慮語音的變化規律。例如，李方桂先生統計了《廣韻》這幾個韻系的諧聲情況，發現東一、鍾、江頻繁地互諧爲一類；而東三和冬韻只和「農、工、公、從」這一類字互諧。這樣看起來，東部（含東一、鍾、江）與冬部的界限就非常清晰了。〔註66〕

8・又音法

又音，是指同一個字形有不同的讀音，而意義或同或異。又音的聲調和意義不同，那就有可能分屬不同的韻部。本文涉及的又音只列舉如下各例：

①「快樂」的「樂」和「音樂」的「樂」，在《廣韻》的音義都不同。「快樂」的「樂」在《廣韻》屬於鐸韻，「音樂」的「樂」在《廣韻》屬於覺韻。

②「縣」在《廣韻》有兩讀。平聲先韻，即「懸掛」之意；去聲霰韻，「郡縣」之意。

③「能」在《廣韻》有兩讀。一音奴登切，屬於蒸部；一音奴來切，屬於之部。

〔註66〕李方桂，《東冬屋沃的上古音》，史語所集刊 3 本 3 分，1948。

④「野」在《廣韻》有兩讀。一音承與切，在語韻，在漢代歸入魚部；一音羊者切，在馬韻，在漢代歸入歌部。

⑤「車」在《廣韻》也有兩讀。一音九魚切，魚韻字；一音尺遮切，麻韻字。西漢時皆歸魚部。

⑥「蛇」，一音食遮反，麻韻，意爲「動物的名稱」；一音弋支反，在支韻，意義是「委蛇」。西漢時皆屬歌部，到了東漢時，動物名稱的「蛇」歸歌部；委蛇的「蛇」歸支部。

⑦「莽」在《廣韻》中一音莫補切，屬姥韻，歸魚部；一音模朗切，屬蕩韻，歸陽部。

⑧「祝」有兩讀。一音之六切，屬屋韻，歸覺部；一音職救切，屬宥韻，歸幽部。

9・補充原則

（1）韻部的劃分要考慮各韻類的變動情形，以及韻部之間的關係。先秦韻部中的韻類到了兩漢時期，其歸部可能要發生變化，較爲明顯的就是陽部中的庚韻字、歌部中的支韻字、魚部中的麻韻字、之部中的尤韻字、侯部中的虞韻字等。

（2）假如有兩個韻段，第一個韻段有三個韻腳，都屬於 A 韻。第二個韻段有三十個韻腳，都屬於 B 韻。那麼在第一種情況下，我們不排除 A 韻有跟別的韻相通的可能性。但在第二種情況下，連用三十個韻作韻腳，我們就很難認爲這是一種巧合了，因爲出現的概率太低，朱曉農先生統計過這種可能性不到億分之一〔註67〕，所以我們可以肯定地說，B 韻是一個獨立的韻。

（3）假如有兩個韻段，第一個韻段有三個韻腳，前兩個韻是屬於 A，後一個韻屬於 B。第二個韻段有三十個韻腳，前二十九的韻屬於 C 韻，後一個屬於 D 韻。那麼在第一種情況下，A 和 B 相通的可能性很大，C 和 D 相通的可能性很小。李榮先生在《音韻存稿》中也提到了這個問題，他認爲：「無論一韻獨用或者幾韻合用，我們在考慮次數的時候，尤其是在次數不多的場合，還要同時考慮每一次用韻的字數，這樣才能充分瞭解次數的意義。獨用是每次用韻次數越多，意義越大。合用是每次用韻字數越少，意義越大。」〔註68〕

〔註67〕朱曉農，北宋中原韻轍考，語文出版社，1989，7 頁。

〔註68〕《音韻存稿》，234 頁。

第二節　研究方音的方法

《漢書・地理志》:「凡民函五常之性,而其剛柔緩急,音聲不同,繫水土之風氣,故謂之風;好惡取捨,動靜亡常,隨君上之情慾,故謂之俗。」〔註69〕「音聲不同」指的就是方言的差異。可見古人就已經明確地認識到方音與通語的顯著不同。前四史雖皆以官話寫作而成,但是文中不可避免地會夾雜方音的成份。在官話中透露出的一點方音痕跡是非常寶貴的,把這些線索整理出來,說不定就能爲這一時期的語音研究提供非常重要的參考。

1・前人的研究

林亦先生在《百年來的東南方音史研究》〔註70〕中總結了根據詩詞曲的用韻來研究方言史的方法,如下五點:一是瞭解作家用韻的語音依據,以確定作爲方音史研究的著力點;二是瞭解各種文體的用韻規範,正確判斷詩文韻字;三是區分作家的年裏,以尋找古今方言內部差異的依據;四是設立《廣韻》這個參照韻系;五是重視個別字或小部分字反映的局部音變。

在上文的基礎上,林亦先生進而對詩文用韻研究方音史的方法提出了五點意見:一是詩文用韻研究與方言的歷史比較應該結合在一起;二是考察特殊字音與方音的關係可內證和外證相結合;三是討論字音應重視詞與字的關係;四是文士用韻研究當與民間用韻研究相結合;五是計算機將成爲今後進行詩文用韻研究採取的主要手段。

林先生的觀點對我們深有啓發,但是由於史書語料的限制,他的觀點我們不盡然全部用得上。對於古代方音的構擬,現代學者一般是根據記錄古代方言的文獻資料直接構擬。另外也有學者提出了移民參證法。這種方法是將某一時地居民的語音情況與歷史移民情況結合起來進行考察。移民對古方音的形成和演變非常重要,從移民的角度來研究方音史,也是很有意義的。

2・辨析方音的方法

那麼怎樣將作者的方音特點從官話中剝離出來呢?

〔註69〕卷二十八下。

〔註70〕南京大學出版社,2004。

　　古代很多詩詞曲作品都是作者根據各自的方音創作的，因此，這些材料是考訂古代方音的重要材料。近年來，一些學者在這一方面進行了一些探索，並取得了顯著的成果。劉曉南先生在《宋代閩音考》〔註71〕中利用宋代福建文士的詩文用韻歸納韻部系統，發現了宋代閩方音的一些特點，如歌豪通押、歌魚通押、蕭尤通押等等。據此，本文認爲主要應該通過合韻現象來考察個別的方音特點。本文會特別注意詩詞歌賦的合韻現象，比如魚侯、眞文合韻等等，以此來探尋某位作家的方音特點。另外，同一個字在不同的詩篇中與不同韻的字押韻，由此可知詩文的作者對同一字有不同的念法，而這種不同就說明了有方音存在。

3・確定作家屬何方言的方法

　　在考慮詩人地域分佈的時候，不能僅僅根據史書中所記載的詩人的籍貫、郡望來考查作家的方音，因爲我們知道，郡望往往都是詩人好幾代以前祖先的出生地，對於詩詞作者所操的方言，並不能提供什麼有力的證明。這就意味著還需要進一步從詩人一生的經歷中來考證他們出生和成長的里居。李露蕾先生也認爲：「羅常培、周祖謨的研究中排列詩人年表時以詩人的卒年爲序，帝王以即位之年爲準，可以推測，他們重視詩人後期和晚年的信息，可能是因爲考慮到作家的主要社會活動、創作旺盛期應在晚年，而我們則注重語音習慣的形成時期，因爲決定一個人一輩子語音習慣的往往是他的早年，所以考釋他早年的里居行蹤最爲重要，其次，父輩的里居常決定家庭所用的方言，而年少時家庭內部語言的薰陶，對一個人的語音形成也至關重要，作用不當低估。」〔註72〕本文贊同李露蕾先生的看法。

　　如此說來，我們考察方言，就應該比較關注作者的生長地、里居以及年輕時期的行蹤，因爲這些在很大程度上決定了作者的方言語音。具體方法如下：①先按青少年的成長經歷。現代科學研究認爲，兒童在十二歲以前語言即可定型，語言的習得，基本上都在十二歲以前完成。因此作家的成長經歷是我們認定其方言歸屬的最重要的依據。②次按郡望、籍貫。③女性按籍貫，若無籍貫，

〔註71〕劉曉南，宋代閩音考，嶽麓書社，1999。

〔註72〕李露蕾，論南北朝語音研究的特殊性——對南北朝韻部研究的再思考，西華大學學報，2005，5，410 頁。

則按其夫家。

4‧小　結

前四史區分方言的方法：

①根據體裁劃分方言。②根據合韻分析方言。③根據方言詞區分方音，如：「漂亮」意，有的方言用「娥」，有的就用「好」。《史記》中還包括許多關中方言詞和吳楚方言詞的材料。④根據作家的籍貫、生平、經歷等來考證。⑤利用歷史地理學的觀點進行補充。例如：人口遷徙、方言區的移民和方言擴散的歷史、疆域和政區的變遷、文化中心的分佈和轉移等等。

第三節　史書語料年代的判斷方法

1‧前四史的語料事實上不是同時代的產物，其中原文引錄的當朝文獻，包括詔令、奏疏、當朝作者的詩詞歌賦等等的「原始資料」，都可以當作史書所記載時代的語料。

2‧其它資料：

（1）作家對歷史事件的評論性的語料，如贊、序、論等「記事部分」，都可以當作作者時代的語料。（2）本文還把記言部分分為兩類：一類是史書所記載時代的語料，另一類是作者時代的語料。

這就是本文劃分前四史語料的基本原則。總而言之，由於史書是漢語史研究的一個重要的材料來源，故對其語料年代的判定是否合理、恰當，往往直接關係到研究結論的可信程度，應該認真對待。當我們在利用史書對語音進行研究和考察時，就必須注意到所據史書中原始資料和其它資料在語料年代上的不一致，避免誤斷。

本章小結

古音研究的諸種方法——包括以上論及和未論及的，都是各據一端、以理論事而已。然而古音問題所涉及的方面往往是非常複雜的，顯然任何方法，單用之，都有其局限性，難以適應其需要，因此應綜合利用，這樣方能揚長避短，相互補益，從而全面深入地把握住所研究的問題。

第三章　前四史的文獻學考查及語料性質辨析

　　除了研究作家的作品之外，自然還要對創作這些作品的作家生平及其創作思想進行研究。這個道理孟子就曾經談道過：「頌其詩，讀其書，不知其人，可乎？是以論其世也。」[註1] 作家本身不是一個孤立的個體，他離不開其生活的時代及其傳統。因此，研究一個作家或一部作品，必須聯繫他所生活的時代和社會，必須研究那個時代大多數人的生活狀況、習俗等等。只有這樣才能更真切地瞭解作者所處時代的語音面貌及其作品的性質。下面我們就對前四史逐一地進行文獻學的分析和考查，以期探尋其中細微的語音差別，將不同的語言材料按其性質分門別類。

第一節　《史記》的文獻考查

1·作者生平

　　司馬遷（前145或前135～前86？），字子長，左馮翊夏陽龍門人。龍門，山名，橫跨黃河兩岸，東段在山西省，西段在陝西韓城縣北約五十里。司馬

〔註1〕孟子·萬章下，（漢）趙岐注，上海古籍出版社，2003。

遷的實際出生地在韓城縣南二十里的芝川鎮。其父司馬談，武帝建元至元鼎間〔註2〕任太史令，作《論六家要旨》，元封元年卒。

司馬遷幼年在故鄉接觸過農牧勞動，10歲跟隨父親移居茂陵〔註3〕，開始誦讀各種古文典籍，曾向經學大師孔安國學習古文《尚書》，向董仲舒學習《春秋》。漢武帝元朔三年〔註4〕，司馬遷二十歲，正當壯年，這時他便進行了一次全國漫遊的學術旅行。其範圍主要在南方，故自述爲「二十而南遊江、淮」〔註5〕。司馬遷從京師長安出發向東南行，出武關至宛，南下襄樊到江陵。渡江，溯沅水至湘西，然後折向東南到九疑。窺九疑後北上長沙，至汨羅屈原沈淵處憑弔，越洞庭，出長江，順流東下。登廬山，觀禹疏九江，輾轉至錢塘。上會稽，探禹穴。還吳遊觀春申君宮室。上姑蘇，望五湖。之後，北上渡江，過淮陰，至臨淄、曲阜，考察了齊魯地區的文化，觀覽了孔子留下的遺風。然後沿著秦漢之際風起雲湧的歷史人物的故鄉，楚漢相爭的戰場，經彭城，歷沛，回到長安。這次20歲時開始的遊歷，足迹幾乎行遍大江南北。沿途觀覽名山大川，尋訪歷史遺跡，搜集傳說逸聞，考察人情，廣泛地接觸下層人民的生活，瞭解當時的社會現實，積累了豐富的史料。日後，司馬遷成功地運用了社會歷史調查所獲得的資料，將口傳資料與文字史料相印證，補其缺，糾其錯，使《史記》具有了極高的史料價值。可見司馬遷青年時代的壯遊，爲《史記》的創作掌握了許多第一手材料。此後他做了郎中，官職雖不高，但卻接近皇帝，能夠直接瞭解到最高統治集團的內幕。公元前 110 年，司馬談垂危，臨終前把自己著述歷史的理想和願望留給了司馬遷，司馬遷流涕道：「小子不敏，請悉論先人所次舊聞，弗敢闕！」〔註6〕三年後，他繼任父職，做了太史令，有了得天獨厚的便利條件，能夠閱覽皇家藏書和國家檔案。前 104 年，他主持了《太初曆》的改定之後，便正式開始寫作《史記》。

〔註2〕 前 140～前 111。

〔註3〕 今陝西興平。

〔註4〕 公元前 126 年。

〔註5〕 《史記·太史公自序》。

〔註6〕 《史記·太史公自序》。

正當他專心著述之時，巨大的災難降臨到他的頭上。天漢二年〔註7〕，李陵抗擊匈奴，兵敗投降，朝廷震驚。司馬遷認為李陵投降是出於一時的無奈，必將尋找機會報答朝廷。正好武帝問他對此事的看法，他就把他的想法向武帝表明。武帝因此大怒，以為他是替李陵辯護，便將他下獄，並處以宮刑。這對他是極大的摧殘和恥辱。司馬遷想到了死，但又想到著述沒有寫完，於是本著「人固有一死，或重於泰山，或輕於鴻毛」的信念，決心「隱忍苟活」，以完成自己著作的宏願。出獄後任中書令，繼續發憤著述。大約經過 10 年的辛勤寫作，終於完成了《史記》這部歷史巨著。

關於司馬遷的生卒年，直至於今仍無定論。關於其生年的考證，主要是根據太史公自序的唐人注釋，其分歧也就由此而來。儘管有分歧，其生年畢竟可以確定在兩個比較明確的年份，即前 145 或前 135。而其卒年，《漢書‧司馬遷傳》也沒有明確的記載，漢唐注家亦無涉及。此問題不僅僅涉及到司馬遷一人的生卒年問題，更關涉到《史記》中部分篇章的真偽問題，因此這是文學界討論頗為熱烈的問題。這個問題下文還有討論。

2‧司馬遷二十五歲之前的年譜〔註8〕

一個人的生活地域和經歷，很大程度上決定了這個人的語言，因此清楚地瞭解司馬遷的生平經歷，對於我們弄清創作《史記》語言的性質有很大的幫助。由於一個人的語言一般在二十歲前後就已經定型了，這樣本文只選取司馬遷二十五歲以前的年譜來進行分析。

（1）公元前 145 年（漢景帝中元 5 年）司馬遷生於龍門。

（2）公元前 140 年（漢武帝建元元年）六歲，在故鄉讀書。

（3）公元前 136 年（建元五年）十歲，仍在故鄉。《太史公自序》：「耕牧河山陽，年十歲，則誦古文。」由此可見，司馬遷十歲左右，仍在故鄉過著半耕半讀的生活。

（4）公元前 135 年（建元六年）十一歲。竇太后死，漢武帝罷黜黃老刑名百家之言，重新發動尊儒。

（5）公元前 134 年（漢武帝元光元年）十二歲。是年董仲舒上「天人三

〔註7〕前 99 年。

〔註8〕年譜來源：中國文學史，第一卷‧袁行霈主編，北京：高等教育出版社，1999。

策」。漢武帝罷黜百家，獨尊儒術。司馬遷時在夏陽耕讀，時在長安求學。

（6）公元前127年（漢武帝元朔二年）十九歲，從夏陽遷居長安。漢武帝從主父偃建議遷民於茂陵。司馬遷隨家遷於京城。從孔安國學《尚書》，從董仲舒學《春秋》。

（7）公元前126年（元朔三年）二十歲，遊歷各地。司馬遷漫遊江淮，到會稽，渡沅江、湘江，向北過汶水、泗水，於魯地觀禮，向南過薛〔註9〕、彭城，尋訪楚漢相爭遺迹傳聞，經過大梁，而歸長安，歷時數年，為協助父親創作《史記》做準備。前文已作詳細地介紹。

（8）公元前124年（元朔五年）二十二歲。公孫弘為丞相，請為博士置弟子員五十人。司馬遷得補博士弟子員。

（9）公元前123年（元朔六年）二十三歲，為郎中。以考試成績優異為郎中，即皇帝的侍衛官。

（10）公元前122年（漢武帝元狩元年）二十四歲，為郎中。司馬遷侍從武帝巡視至雍，祭祀五峙。司馬談始修《太史公書》。《史記》原計劃記事止於此年。《太史公自序》：「述陶唐以來，至於麟止。」

小結：由此可見，司馬遷所持的方言應該是秦晉方言，因為他幼年一直在家鄉度過。但是《史記》的創作語言應該是由官話寫作而成的，而並非其家鄉話。

3・《史記》的斷限

《太史公自序》云：「於是卒述陶唐以來，至於麟止，自皇帝始。」又云：「太史公曰：余述歷皇帝以來至太初而訖，百三十篇。」這兩段話顯然是有矛盾的，因上限和下限都各有兩個不同的斷限。於是這自然就引起了後代學者的熱烈討論。張大可先生認為：《自序》所說的是兩個計劃。起於陶唐，至於麟止，是司馬談發凡起例的計劃。起於皇帝，至於太初，是司馬遷擴大的計劃。這在《史記》中可從兩個方面得到直接的證明。第一，《史記》上限的修改，司馬遷有著明確的交待。第二，《史記》是司馬談和司馬遷父子兩代人的心血結晶，最初由司馬談規劃，而後由司馬遷完成，《自序》言之確鑿，《史

〔註9〕今山東滕縣東南。

記》中留有痕迹。〔註10〕張先生因而推斷《史記》各個時期斷限的起年如下：

皇帝統一：公元前 2382 年；禹王即位：公元前 2127 年；

湯王伐桀：公元前 1656 年；武王伐紂：公元前 1027 年；

共和元年：公元前 841 年，《十二諸侯年表》起年；

《六國年表》起年：公元前 475 年；西漢建國：公元前 206 年；

《史記》下限：公元前 101 年（武帝太初四年）。

本文認同這種看法。

4·《史記》的版本介紹

本文使用的是中華書局的點校本《史記》，1959 年出版，它採用金陵本作為底本，分段標點，並對體式作了調整，十分方便閱讀、使用，是一個比較完善的本子。此本是國務院組織國內專家集中校點《二十四史》的第一部，是目前最為通行的精善之本。

5·《史記》的材料來源

《史記》凝聚了司馬談、司馬遷父子兩代人的心血，自從司馬談萌生創作《史記》的想法開始，就著手進行材料的搜求工作。因此《史記》取材豐富而具體，廣博而典型。司馬遷通過多種途徑搜集史料，可以歸納為以下四個方面：

（1）閱讀皇家所藏的圖書和檔案

《太史公自序》云：「百年之間，天下遺文古事靡不畢集太史公。太史公仍父子相續纂其職。」司馬遷如果單靠自己的力量是無法獲取古今圖書的史料的。漢朝建立後，廣泛地收集圖書，廣開獻書之路，這給司馬遷的修史工作創造了良好的環境。司馬遷父子兩代任太史令，職責之一就是掌管國家藏書。因此他們有機會縱覽秘府典籍，遍觀西漢國家圖書館所藏的圖書檔案。

司馬遷運用西漢國家圖書館的資料大體包括兩個方面：一是自西周至秦漢的典籍文獻。司馬遷撰著《史記》，在某些具體篇章中常常用「予觀《春秋》」、「其發明《五帝德》」、「採於《書》、《詩》」、「余讀管氏商君《開塞》、《耕戰》書」、「皆道《孫子》十三篇，」、「世之傳酈生書」，或以「《禮》曰……」、「《周

〔註10〕張大可，《史記研究》，甘肅人民出版社，1985年。

官》曰……」等方式說明所用材料出自的典籍。這些典籍文獻中的韻語，應該屬於先秦時期的語料，不可混同作爲西漢時代的語料研究。司馬遷寫戰國秦漢史的素材主要來自百家雜語。百家雜語，既包括戰國、秦漢諸子的著作，如《莊子》、《孟子》、《韓非子》、《淮南子》、陸賈《新語》、賈誼《新書》等，也包括漢以前的史書，如《世本》、《國語》、《戰國策》、《秦記》、《楚漢春秋》等，還有一些詩賦作品，例如屈原、宋玉、賈誼、司馬相如等人的辭賦，大量的兵書、神話、小說、醫經、天文、方技、術數著作，諸如《禹本紀》、《山海經》、《燕丹子》等。這部分材料複雜，需認眞區分其性質。二是皇家圖書館所藏的自秦至漢所保存的檔案文獻資料。這些檔案，文獻資料雖沒有成書，但它的史料價值並不低於典籍，或者可以說更重要、更寶貴。因爲它們是沒有經過任何加工的原始材料，更具眞實性、可靠性。這些材料包括郡縣分佈及各地的形勢圖、戶籍、制詔律令、盟約條例、軍事活動進程及朝議、巡遊、封禪的紀錄、各種制度的文本等等。我們從《秦本紀》、《秦始皇本紀》及《史記》記述禮、樂、律、曆、封禪、河渠、經濟、貨幣等制度的篇章中，在李斯、趙高、蒙恬等人的傳記中，都可以看出司馬遷運用這些材料的痕迹。漢代檔案是司馬遷撰寫《史記》漢代部分的重要材料，而且都是非常具體、眞實的材料，它大致包括：詔令及有司文書、奏議文本、上計年冊、朝廷議事紀錄等。《史記》引用詔令或者奏摺時，往往用「據……」、「天子曰……」、「詔曰……」、「有司言……」、「公卿言……」、「……上書」等形式表明所引的檔案材料。

（2）金石、文物及其建築

秦始皇統一天下，巡遊各地，在泰山、琅邪、之罘、會稽等地刻石，歌功頌德。司馬遷將其載入書中，開了金石做爲史料的先河。例如：《秦始皇本紀》記載了《泰山石刻》、《琅邪石刻》、《之罘石刻》；《孔子世家贊》記載了「適魯，觀仲尼廟堂車服禮器，諸生以時習禮其家，余祗迴留之不能去云。」；《春申君列傳贊》有「吾適楚，觀春申君故城宮室，盛矣哉。」等等。

這部分的韻語，應該是屬於先秦時期的。

（3）遊歷訪問，實地考察

《五帝本紀贊》有記「余嘗西至空桐，北過涿鹿，東漸於海，南浮江淮矣，至長老皆各往往稱黃帝、堯、舜之處，風教固殊焉，總之不離古文者近

是。」《魏世家贊》記載「吾適故大梁之墟，墟中人曰：『秦之破梁，引河溝而灌大梁，三月城壞，王請降，遂滅魏。』說者皆曰魏以不用信陵君故，國削弱至於亡，余以爲不然。」這在前面的壯遊中也談到過。

（4）採集的歌謠詩賦，俚語俗諺

①文人詩賦

這部分的韻語材料較爲豐富，舉例如下：《項羽本紀》載《項羽之歌》：力拔山兮氣蓋世，時不利兮騅不逝。騅不逝兮可奈何，虞兮虞兮奈若何！《高祖本紀》載漢高祖《大風歌》：大風起兮雲飛揚，威加海內兮歸故鄉，安得猛士兮守四方！《呂太后本紀》載趙王劉友《飢餓之歌》：諸呂用事兮劉氏危，迫脅王侯兮彊授我妃。我妃既妒兮誣我以惡，讒女亂國兮上曾不寤。我無忠臣兮何故棄國？自決中野兮蒼天舉直！于嗟不可悔兮寧蚤自裁。爲王而餓死兮誰者憐之！呂氏絕理兮託天報仇。《樂書序》載漢武帝《神馬太一之歌》：太一貢兮天馬下，沾赤汗兮沫流赭。騁容與兮跇萬里，今安匹兮龍爲友。

②民歌童謠

例如：《周本紀》載周宣王時的童謠：厭弧箕服，實亡周國。《魯周公世家》載魯文成之世童謠：鸜鵒來巢，公在乾侯。鸜鵒入處，公在外野。《田敬仲完世家》載齊人《采之歌》：嫗乎采芑，歸乎田成子！《曹相國世家》載漢初百姓頌《蕭曹之歌》：蕭何爲法，顜若畫一；曹參代之，守而勿失。載其清淨，民以寧一。《淮南衡山列傳》載《淮南民歌》：一尺布，尚可縫；一斗粟，尚可舂。兄弟二人不能相容。

③俚語俗諺

例如：《孫子吳起列傳贊》語曰：能行之者未必能言，能言之者未必能行。《蘇秦列傳》臣聞鄙諺曰：寧爲雞口，無爲牛後。《張釋之馮唐列傳贊》語曰：不知其人，視其友。《滑稽列傳》諺曰：相馬失之瘦，相士失之貧。等等

總之，一部傳世的歷史名著，應該做到言有所據，事有所託，字字句句，均有來歷。研究《史記》的取材，可以對語料的性質有進一步的瞭解。金德建在《司馬遷所見書考》〔註11〕中記錄了《史記》中記載的司馬遷所見之書，有106 種之多。現將其簡略地列表如下：

〔註11〕上海人民出版社，1963。

《史記》中所載司馬遷所見書共 106 種，分為四類：

（1）六經及其訓解書二十五種

現存：《春秋》、《國語》、《左氏春秋》、《穀梁春秋》、《公羊傳》、《春秋繁露》、《易》、《周禮》、《禮記》、《王制》、《中庸》、《大戴禮記》、《士禮》、《今文尚書》、《書序》、《詩三百五篇》、《韓詩內外傳》、《孝經》。亡逸：《春秋雜說》、《漢禮儀》、《古文尚書》、《周書》、《申公詩訓》、《樂》。殘本：《春秋災異之記》

（2）諸子百家五十三種

現存：《管子》、《晏子》、《老子上下篇》、《莊子》、《韓非子》、《商君書》、《孫子三十篇》、《論語》、《孟子》、《荀卿子》、《公孫龍子》、《墨子》、《周書陰符》、《呂氏春秋》、《新語》、《曆術甲子篇》、《淮南子》。亡逸：《老萊子十五篇》、《申子二篇》、《吳起兵法》、《魏公子兵法》、《王子兵法》、《太公兵法》、《計然七策》、《弟子籍》、《李悝李克書》、《終始》、《大聖》、《主運》、《鄒衍子》、《淳于髡子》、《環淵子》、《接子》、《田駢子》、《鄒奭子》、《劇子》、《李子》、《尸子》、《長盧子》、《籲子》、《公孫固子》、《揣摩》、《蒯通書》、《酈生書》、《盤盂諸書》、《兒寬書》、《箴書》。殘本：《司馬兵法》、《孫臏兵法》、《慎子》、《賈誼新書》、《皇帝扁鵲之脈書》、《星經》

（3）歷史地理及漢室檔案二十三種

現存：《山海經》、《戰國策》。亡逸：《百家》、《牒記》、《曆譜牒》、《終始五德之傳》、《五帝系牒》、《春秋曆譜牒》、《禹本紀》、《鐸氏微》、《虞氏春秋》、《史記》、《秦記》、《秦楚之際》、《列封》、《令甲》、《功令》、《漢律令》、《漢軍法》、《漢章程》、《晁錯所更令三十章》、《楚漢春秋》。殘本：《世本》

（4）文學書七種

現存：樂毅、魯仲連、鄒陽、李斯等書（見於史記各本傳）。《屈原賦》（見屈原賈生列傳）、《宋玉賦》（見屈原賈生列傳）、《司馬相如賦》（見司馬相如傳）。亡逸：《景差賦》、《唐勒賦》。殘本：《賈誼賦》（見屈原賈生列傳）

6·《史記》殘缺與補竄考辨

梁啟超先生說過：「現存古書十有八九非本來面目，非加一番別擇整理功夫而貿然輕信，殊足以誤人，然別擇整理之難，殆未有甚於《史記》者」。〔註12〕

〔註12〕《要籍解題及其讀法——史記》，《史地學報》第二卷，1923，第七期。

由於《史記》不僅存在著殘缺與補竄的問題，並且與斷限問題相交織，十分複雜。因此研究《史記》必須對其眞僞進行詳盡地考辨。

6·1 殘缺篇目〔註13〕：

①景紀　　　存

②武紀　　　亡

③禮書　　　亡

④樂書　　　亡

⑤兵書　　　亡

⑥將相表　　存（疑爲褚少孫補）

⑦日者傳　　存

⑧三王世家　存

⑨龜策傳　　存（⑦、⑧、⑨皆爲褚少孫補）

⑩傅靳傳　　存

6·2 史記補、竄內容

補和竄是兩個不同的概念。所謂補，有兩層含義，一是指褚少孫所補，實際上是續史；二是好事者補缺，大約是某個注家所補。續史是有意爲之的，補文的作者精心撰述，條理性強，文辭典雅，一般是大篇大段的文章，很容易識別。所謂竄，是無意增入的備註字。《史記》在流傳過程當中，讀史者抄注其他書的材料，或勾勒要點，或抒發評論，這些均爲備註，往往寫於篇後。而讀史者誤抄入正文中，無意補史而竄亂了原作，這叫增竄。增竄文字，本是備忘之用或抒發觀後感，它與原文時有矛盾，且不成系統。只要綜觀《史記》全書，續史、補缺、增竄和附記的脈絡還是比較清晰的。

6·2·1 褚少孫等續史十篇

①三代世表：張夫子問褚先生曰：「詩言契、后稷皆無父而生。今案諸傳記咸言有父，父皆黃帝子也，得無與詩謬秋？」褚先生曰：「不然。詩言契生於卵，后稷人迹者，欲見其有天命精誠之意耳。鬼神不能自成，須人而生，柰何無父而生乎！一言有父，一言無父，信以傳信，疑以傳疑，故兩言之。……」

②建元以來侯者年表：後進好事儒者褚先生曰：「太史公記事盡於孝武之

〔註13〕張大可先生考證。

事，故復修記孝昭以來功臣侯者，編於左方，令後好事者得覽觀成敗長短絕世之適，得以自戒焉。……」

③陳涉世家：褚先生曰：「地形險阻，所以爲固也；兵革刑法，所以爲治也。猶未足恃也。夫先王以仁義爲本，而以固塞文法爲枝葉，豈不然哉！吾聞賈生之稱曰：……」

④外戚世家：褚先生曰：「臣爲郎時，問習漢家故事者鍾離生。……」

⑤梁孝王世家：褚先生曰：「臣爲郎時，聞之於宮殿中老郎吏好事者稱道之也。竊以爲令梁孝王怨望，欲爲不善者，事從中生。……」

⑥三王世家：褚先生曰：「臣幸得以文學爲侍郎，好覽觀太史公之列傳。傳中稱三王世家文辭可觀，求其世家終不能得。竊從長老好故事者取其封策書，編列其事而傳之，令後世得觀賢主之指意。……」

⑦田叔列傳：褚先生曰：「臣爲郎時，聞之曰田仁故與任安相善。……」

⑧滑稽列傳：褚先生曰：「臣幸得以經術爲郎，而好讀外家傳語。竊不遜讓，復作故事滑稽之語六章，編之於左。……」

⑨日者列傳：褚先生曰：「臣爲郎時，遊觀長安中，見卜筮之賢大夫，觀其起居行步，坐起自動，誓正其衣冠而當鄉人也，有君子之風。……」

⑩龜策列傳：褚先生曰：「臣以通經術，受業博士，治春秋，以高第爲郎，幸得宿衛，出入宮殿中十有餘年。竊好太史公傳。……」

6‧2‧2 讀史者增竄三篇

①秦始皇本紀：「秦孝公據殽函之固」以下爲賈誼《過秦論》上篇、中篇。「襄公立」以下爲秦世系之文。讀史者書後之文被竄入，與史公論贊明顯相衝突。

②酈生陸賈列傳：「初，沛公引兵過陳留」至「遂入破秦」重點敘述了酈生的事情，與本傳讚語「酈生被儒衣往說漢王，乃非也」相互矛盾，顯然是竄入的。

③平津侯主父列傳：「太皇太后詔」以下至「累其名臣，亦其次也」。《集解》引徐廣曰：「此詔是平帝元始中元后詔，後人寫此及班固所稱，以續卷後」。元后詔是褒獎公孫弘，班固語即錄自《漢書》公孫弘本傳贊。此爲漢末讀史者備註之文竄入正文。這使得《史記》中包括了後漢時代的韻語。

6·2·3 好事者補亡四篇

①孝武本紀：篇首 60 字抄《孝景本紀》，以下全錄《封禪書》。余嘉錫先生辨正《孝武本紀》不是褚少孫所補是正確的，《禮》《樂》《律》三書之序也是這樣。補亡者取成書補缺，示己不妄作。〔註14〕

②禮書：存太史公序 721 字。「禮由人起」以下割取荀子《禮論》及《議兵篇》之文。

③樂書：存太史公序 604 字。「又嘗得神馬渥窪水中」一段爲後人竄亂之文。「凡音之起」以下割取《樂記》之文。

④律書：篇首之序乃《兵書》遺文。「七正二十八舍」以下割取《律曆書》之文。

6·2·4 司馬遷附記十六篇

《封禪書》、《高祖功臣侯者年表》、《惠景間侯者年表》、《建元以來侯者年表》、《漢興以來將相名臣年表》、《外戚世家》、《曹相國世家》、《梁孝王世家》、《韓信盧綰列傳》、《樊酈滕灌列傳》、《田叔列傳》、《李將軍列傳》、《匈奴列傳》、《衛將軍驃騎列傳》、《酷吏列傳》、《大宛列傳》

總計續、補、竄、附共三十三篇。

7·《史記》語料的性質辨析

7·1 先秦部分

（1）司馬遷寫《史記》時，就曾大量參考引用了《春秋》、《國語》、《易》、《周禮》、《尚書》、《詩經》等經典著作及其訓解書 23 種；引用《管子》、《晏子》、《老子》、《韓非子》、《孫子》、《論語》、《孟子》、《荀子》、《公孫龍子》等諸子百家及方技之術多達 46 種；引用《百家》、《牒記》、《曆譜牒》、《五帝系牒》、《春秋曆譜牒》、《山海經》、《秦記》、《令甲》、《功令》、《漢律令》等歷史地理及漢室檔案 20 餘種。《戰國策》一書中不少文章也爲司馬遷所採。雖然《戰國策》的一些文章有不少出於擬託，可能與所述歷史不盡合，但是一被司馬遷所採，應該還是秦統一以前的產物，以其爲戰國時代的語料應該是不成問題的。這部分所有的語料應該屬於先秦時期。

〔註14〕《太史公書亡篇考》，《余嘉錫論學雜注》，中華書局，1963。

（2）「秦始皇刻石銘文的體裁和押韻則自具特點。《秦始皇本紀》所錄六篇銘文，除了琅邪臺刻石之外，都是三句一韻（琅邪臺刻石兩句一韻），一句四字，相當整齊。每一韻伸延很長，很少換韻。禪梁父刻石、登之罘刻石都是一韻到底，東觀刻石、碣石門刻石和會稽刻石都只換了一次韻。只有琅邪臺刻石換韻較多，但每一韻少則三、四腳，多的至於十三腳。」刻石的語音性質應屬於先秦時代。〔註15〕

正是由於司馬遷極大限度地引用群書，才使《史記》彙古今典籍於一書，而且基本完整地保存了下來，許多亡佚之書只有在《史記》之中才能一窺全豹，這是中國文化史上的一件劃時代的大事。這部分的上古文獻包含有大量的韻語，我們將這部分韻語單獨放諸一類，不與其他時代的韻語相混淆，以此來考察先秦時期的音系。

7‧2 西漢部分

（1）褚少孫增補內容的性質辨析

班彪曾在《史記論》〔註16〕中談到：「（司馬遷）作本紀、世家、列傳、書、表，凡百三十篇，而十篇缺焉。」李賢注曰：「十篇謂遷歿之後，亡景紀、武紀、禮書、樂書、兵書、將相年表、日者傳、三王世家、龜策傳、傅靳列傳。」《漢書‧藝文志》也說過：「《太史公書》百三十篇，十篇有錄無書。」《漢書‧司馬遷傳》：「而十篇有缺，有錄無書。」《史記‧索引》引張晏記載說：「遷沒之後，亡《景紀》、《武紀》、《禮書》、《樂書》、《律書》、《漢興以來將相年表》、《日者列傳》、《三王世家》、《龜策列傳》、《傅靳蒯列傳》。元、成之間，褚先生補缺，作《武帝紀》、《三王世家》、《龜策》、《日者列傳》，言辭鄙陋，非遷本意也。」但是我們現在所見的《史記》十篇卻仍然存在，這就導致後世論爭蜂起。

那麼《史記》中增補的語料的性質應該是怎樣的呢？它屬於什麼時代的呢？我們這就需要先瞭解一下褚少孫的情況。《史記‧孝武本紀‧集解》引張晏曰：「《武紀》，褚先生補作也。褚先生名少孫，漢博士。」《索隱》云：「張晏云：『褚先生穎川人，仕元成間』。韋棱云『褚少孫，梁相褚大弟之孫，宣帝代為博士，

〔註15〕施向東，《史記》中的韻語，156 頁。

〔註16〕《後漢書‧班彪傳》。

寓居於沛，事大儒王式，號爲「先生」，續《太史公書》』。阮孝緒亦以爲然也。」
《漢書・儒林・王式傳》中也有不多的褚少孫的記載。程金造先生在《司馬遷
年月四考》〔註17〕一文中，推定褚少孫是漢代元成年間的一個博士，其年歲與
司馬遷相接。離司馬遷生活的時代也只不過相差七、八十年，語音相去不會太
遠。這樣看來，褚少孫與司馬遷的語音是不會有很明顯差別的。因此本文將褚
氏補文中的押韻材料，也一併收錄，和司馬遷的韻語放在一起研究。

今本《史記》中凡是褚少孫所增補的文章，大多標明「褚先生曰」，因此
還是很容易識別的。他所補的如《外戚世家》、《三王世家》、《日者列傳》、《龜
策列傳》等篇，這些都爲研究漢代韻語保存了第一手的資料。不僅僅在《史
記》當中，在前四史的其他史書當中，有些作品的眞偽也是頗有異議的，但
本文還是將這些作品全部收錄，一方面因爲這些作品本身的眞偽問題還沒有
定論，再者這部分作品只占相當少的比例，不會妨礙所得出的結論。

（2）卜筮套語也屬於西漢時代的語料。「（卜筮套語）大約是爲了便於記
憶，口口相傳，所以用了相當齊整的韻文。《龜策列傳》衛平與宋元王一段對
話，洋洋數千言，通篇用韻，而且押韻很嚴。從押韻的風格看，很近於秦始
皇刻石銘文。這一段話當出自漢代的職業迷信家，不會是春秋時代實際的語
言。」〔註18〕因此把它當作漢代語音材料還是合適的。

7・3 後漢部分

在《史記》中可以發現後漢時期的韻語，乍看起來是非常奇怪的，本文
只發現了一條：（史記－112－2964－9）牧豎僕虜。這段文字屬於班固議論性
的文字，此段言語與原文時有矛盾，且不成系統。《史記》流傳過程中，讀史
者抄注其他書的材料，或勾勒要點，或抒發評論，這些均爲備註，往往寫於
篇後，是爲備忘之用或抒發觀後感的。之所以出現在《史記》當中，可能是
因爲讀史者誤抄入正文中，或無意補史而竄亂了原作。

8・《史記》的語言特點

司馬遷多以詩人的筆觸敘述史實，往往非常投入，飽蘸激情，悲歡離合，

〔註17〕《司馬遷與史記》，「文史哲」叢刊第三輯，中華書局，1957。
〔註18〕施向東，《史記》中的韻語，157 頁。

不能自己，時常沉浸在歷史人物所處的氛圍環境之中，任憑情感奔揚噴吐，這樣看來司馬遷所記史的語言則應多爲口語，《史記》的語言性質應該是接近於當時官話的口語。

朱星先生在《〈史記〉的語言研究》〔註19〕一文中認爲《史記》在語言方面有如下幾個特點：①把《尚書》、《左傳》、《國語》等古史料中的古奧字句適當地改寫爲秦漢的文言文，較通俗易懂。②適當地採用當時口語。③創造了一些新的句法，長句。④還保留了一些古代的特殊用詞句法。這證明了《史記》在語言上確是沿用兩千多年的書面統一語，是文言文最早的典範，《史記》是文言文的奠基作品。《史記》的語言性質應屬於官話系統，而並非是用其家鄉話寫作而成的。

9·《史記》體例

司馬遷開創了宏偉而博大精深的五體結構體例，從而孕育了紀傳體史書的誕生。自班固以下，歷代傚仿，成爲中國傳統史學的主幹。《史記》能成爲享譽世界的名著，體例的創新起到了非常重要的作用。體例反映了作者的世界觀、主導思想，特別是所要包含內容的載體，即創作思想和創作內容的表現形式。對於本文而言，最重要的是，辨析體例可以使韻語的性質更加清晰，對我們的分韻工作有直接的幫助。從這樣的理解出發，就會更清楚地認識到《史記》開創的五體史例的重要意義。《史記》體例由五體構成：《本紀》十二篇，《表》十篇，《書》八篇，《世家》三十篇，《列傳》七十篇，凡一百三十篇。

（1）本　紀

①「本紀」之意是法則、綱要。以王朝爲體系，記載天子、國君及時勢主宰者的事迹，反映朝代變遷之大勢，是認識歷史的綱紀。司馬遷作十二本紀，將漢以前的歷史劃分爲上古、近古、今世三個段落。五帝、夏、殷、周等四篇本紀寫上古史，合稱五帝三王。其中《五帝本紀》敘述傳說中的黃帝、顓頊、帝嚳、唐堯、虞舜時代的史事，大體反映了古代氏族社會末期的一些歷史線索。《夏本紀》、《殷本紀》、《周本紀》，分別敘夏、商、周三代的史事，是關於三代史實唯一較系統較完備的記載，從中可以瞭解我國古代奴隸制國

〔註19〕朱星，《史記》的語言研究，河北師範學報，1982，2。

家形成、發展與衰亡的歷史脈絡。《秦本紀》、《秦始皇本紀》、《項羽本紀》三篇本紀寫近古史，中心表現春秋戰國以及秦漢之際霸政興衰的歷史。《秦本紀》、《秦始皇本紀》，敘秦先世業績，以及秦始皇兼併六國，建立統一的中央集權和二世滅亡的史事。《項羽本紀》，敘秦末及楚漢之際的史事，主要記楚敗漢興。因此這幾章中所出現的韻語，除了司馬遷評論性的文字之外，理應認爲是先秦時代的韻語。

　　《史記》中，上古史的絕大部分史料來自六經傳記，如《五帝本紀》取材於《尚書・堯典》和《大戴禮記》中的《五帝德》、《帝系姓》；《夏本紀》取材於《尚書》的《禹貢》和《甘誓》；《殷本紀》多據《尚書・商書》；《周本紀》多取材於《尚書・周書》，並分別補採了《詩經》、《國語》的一些記載。《史記》中春秋時期的史料多來自《春秋》與《三傳》，特別是《春秋左氏傳》。春秋戰國時期的人物傳記部分取材於《禮記》。此部分摘引的文獻，應認爲是先秦時期的韻語。

　　②《高祖本紀》、《呂太后本紀》、《孝文本紀》、《孝景本紀》、《孝武本紀》集中敘述了漢興百年間的史事，是《史記》的當代史部分。因此這部分出現的韻語，應該認爲是屬於西漢時期的。

　　（2）十　表

　　十表編年與十二本紀互爲經緯，劃分時代段落，展現天下大勢，亦爲全書綱紀。十表明確地把古代三千年史劃分爲上古、近古、今世三個段落，共五個時期。上古史表分爲《三代世表》和《十二諸侯年表》兩個時期：《三代世表》，起黃帝，迄西周共和；《十二諸侯年表》，起共和，迄孔子卒，即公元前 841 年至公元前 476 年，表現王權衰落的霸政時代。近古史表分爲《六國年表》和《秦楚之際月表》兩個時期：《六國年表》，起周元王元年，迄秦二世之滅，即公元前 475 年至公元前 207 年，表現暴力征伐得天下的戰國時代；《秦楚之際月表》，起陳涉發難，迄劉邦稱帝，即公元前 209 年至公元前 201 年，共八年。由此看來十表中所摘引的典籍皆應屬於先秦時期的韻語。

　　（3）八　書

　　「書」是以事類爲綱，敘述同類性質的重要史事及其發展過程。八書之中，《禮書》、《樂書》、《兵書》亡缺，後人分《律曆書》爲《律書》、《曆書》，以足

八書之數〔註 20〕。今本八書中《禮書》、《樂書》、《律書》正文前均有序，研究者認為為司馬遷原文，或為司馬遷草創未就，後人有所改竄、增補，尚無定論。因此，除去文章中特別指出摘引的先秦典籍，其他的韻語皆應當作是西漢時期的，後人有所改竄、增補，或尚無定論的，則不在本文的討論範圍之內。

（4）世　家

「世家」是《史記》五體中比較複雜的一種。它是用編年和紀傳的形式，記載捍衛天子的諸侯、有功於國家的貴族、於民族有傑出貢獻的先賢、於歷史進程有重大影響的家族或個人的歷史和事迹。雖然世家所記人物複雜，但仍可以依其性質做出明確的歸類。《史記》三十世家，可以分為六類：

①從開篇的《吳太伯世家》第一至《田敬仲完世家》第十六，所記為春秋時代的列國諸侯吳、齊、魯、燕、管、蔡、曹、陳、杞、衛、宋、晉、楚、越、鄭，又加上戰國時代的各國諸侯齊、韓、趙、魏等，他們都是周王朝的屏藩之臣。這一類是編年紀事，形式上與本紀大體相同，只是比本紀地位略低一等。又因不是採用紀傳體，在記事上不如列傳詳盡。②《孔子世家》③《陳涉世家》。

①②③中的材料，除了作者評論性的話語之外，其餘的韻語，性質應屬於先秦時期。

④《外戚世家》專指皇家婦室。這裡所記的是呂、博、竇、王諸太后及衛皇后、王、李夫人。⑤《楚元王世家》、《荊燕世家》、《齊悼惠王世家》、《梁孝王世家》、《五宗世家》、《三王世家》，此六家均是王室宗親、股肱。⑥《蕭相國世家》、《曹相國世家》、《留侯世家》、《陳丞相世家》、《絳侯周勃世家》，他們是漢代開國的社稷之臣，輔弼肱股。

④⑤⑥中的韻語，除了引用的先秦時期的文獻之外，其他的韻語應屬於西漢時期。

（5）列　傳

「列傳」主要記述了周秦至漢武帝時期重要的歷史人物、民族、鄰國及各類特殊事業的有關事迹。其中的韻語性質頗為複雜，其包含先秦、西漢時期的各種韻語，需具體分析。

〔註20〕依司馬貞說。

第二節　《漢書》的文獻考查

1·作者生平

　　班固的父親班彪是東漢一位著名的史學家，學識淵博，才高而好述作。他深感司馬遷的《史記》只記到西漢武帝太初年間的史實，之後的歷史便缺而不錄，後來雖有揚雄、劉歆等做綴集工作，「然多鄙俗，」〔註21〕，實爲憾事。於是，他廣泛地搜集前代史料，雜採眾書，作《史記後傳》65 篇，以續補《史記》之遺缺。可惜，沒有成書之際他就與世長辭了。《漢書》就是在《後傳》的基礎上完成的。

　　班固（公元 32～92 年），字孟堅，扶風安陵人，生於東漢光武帝建武八年。班固自幼聰慧好學，9 歲就能誦詩賦。班固 23 歲時，其父病逝。他離開太學扶其父靈柩回安陵家中守喪。居家期間，仔細地閱讀了父親留下的《史記後傳》遺稿，發現有許多不詳之處，於是決定繼承父親的未竟事業。正當班固潛心整理和撰寫《漢書》的第五個年頭，不料禍從天降，有人告發他私改國史，因此被捕入獄，家藏資料書稿被全部抄走。其弟班超遠在西域，聽到消息後擔心哥哥無法自明，星夜趕回京師，上書漢明帝，爲兄伸冤。此時，扶風郡太守也把班固所撰書稿呈給皇帝批閱。明帝聽了班超的解釋，又看了書稿，十分讚賞班固的才學，立即開釋並任命他爲蘭臺令史。蘭臺是東漢國家的藏書之地，類似今天的國家圖書館。班固在此供職，如魚得水，得以飽覽天下書籍。班固又奉詔與陳宗等人編撰光武帝劉秀的傳記《世祖本紀》，明帝看後，認爲他確有撰寫史書的才能，就命他爲郎〔註22〕，繼續撰寫《漢書》。班固與當時把持朝綱的外戚竇憲因同鄉而關係密切。公元 89 年，他以中護軍身份隨竇憲遠征匈奴，出塞 3000 餘里，大敗北匈奴，至燕然山〔註23〕，作《封燕然山銘》，刻石記功，史稱「燕然勒銘」。三年後，竇憲失勢自殺，漢和帝誅殺竇氏集團，班固受到株連，先被免官，後被仇家洛陽令種兢逮捕入獄，不久死在獄中，享年 61 歲。

〔註21〕　《後漢書》列傳第三十上。

〔註22〕　皇帝侍從官。

〔註23〕　今蒙古共和國杭愛山。

　　班固爲撰寫《漢書》，潛精集思，歷時 20 餘載，共撰紀 12 篇，傳 70 篇，志 9 篇，還有「八表」、「天文志」尙未完成，這個歷史重任就落到其妹班昭的肩上。班昭（約公元 49～約 120 年），字惠姬，自幼受到家庭環境的薰陶，熟讀儒家經典和各類史籍，在父兄的教育下，逐漸掌握了豐富的歷史和天文地理知識，寫作才能也日益精深，成爲我國古代罕見的女學者。公元 113 年（永初七年），班昭在完成了《漢書》的全部「校敘」，又編撰了「八表」之後，已經 60 多歲，年老體衰，力不從心，於是在徵得鄧太后同意的情況下，請經學家馬融之兄馬續〔註 24〕，編撰《天文志》。馬續根據班昭的寫作原則和要求，又經數年努力，完成了《天文志》。最後由班昭統稿總其成。至此，傾注父子、兄妹兩代三人數十年心血的史學名著《漢書》，終於問世。令人驚奇的是，《漢書》雖經四人之手完成，後人讀起來卻十分貫通，如出一人之手筆。可見，班昭的續寫部分及對全部書稿的整理、修改、潤色的文史功力是非常強的。

　　總之，一部《漢書》，由其父班彪開端，其子班固承大業，其女班昭總其成。父子兄妹兩代三人，畢其精力，垂範後世。以斷代爲史，紀、傳、表、志，整齊劃一，堪稱二十四史中的典範。

2・《漢書》的斷限

　　《漢書》是中國第一部斷代史，記事始於漢高祖元年（前 206 年），終於王莽地皇四年（23 年），記述了西漢一代和短促的王莽新朝，共 230 年間的史事。全書包括本紀十二篇，表八篇，志十篇，列傳七十篇，共一百篇，後人將其中篇幅過長的又分爲上、下篇或上、中、下篇，編成了現在大家所見到的 120 卷本。

3・《漢書》的版本

　　中華書局《二十四史》點校本中的《漢書》，以王先謙《漢書補注》爲底本，用北宋景祐本、明汲古閣本和清武英殿本、金陵書局本相參校，取各家之長，編輯而成。本文採用此版本。

〔註 24〕一說是馬融之弟。

4・《漢書》引書的形式

引用的形式可以分為下面三種情況：

（1）原文照搬，這種情況下的韻語的性質，可以認為應歸屬所摘抄的書籍的時代。例：《王莽傳下》：《易》曰：「受茲介福，於其王母。」這是從六二爻辭的原文中摘引的。

（2）省略引用，這種情況下的韻語的性質，也可以認為是所摘抄的書籍的時代。如：《傅常鄭甘陳段傳》：《易》曰：「有嘉折首，獲匪其醜。」此語出自《上九爻辭》，屬於省略引用，原文為：「王用出征，有嘉折首，獲匪其醜，無咎。」

（3）對原文進行改動、解釋後的引用，這種情況下韻語的性質，應認定為屬於作者的時代。如：《賈鄒枚路傳》：詩曰：「匪言不能，胡此畏忌，聽言則對，誦言則退。」這是變化引用，原文為：「聽言則答，誦言則退」。

5・《漢書》的語料性質的辨析

（1）**先秦**：引經據典是《漢書》行文的一大特色。《詩經》是儒家的一部重要經典，其具有言約意廣、易誦易記等優點，自然成為《漢書》頻頻徵引的對象。《漢書》中所引的《詩》〔註25〕，散見於著者的敘述和評論文字，以及書中載錄的大量詔令、策命、奏議、書、論、賦等言辭中，一般冠以「《詩》曰」、「其《詩》曰」、「又曰」、「《詩》云」、「《詩》不云乎」等字樣。據筆者統計，《漢書》中共引用《詩經》220 則左右，包括《國風》47 則，《小雅》78 則，《大雅》66 則，《頌》26 則，逸《詩》3 則。因此這部分韻語，可以用來研究先秦時期的音系特點。

（2）**西漢**：包括繼承前代的詔令、策命、奏議、文論、詩賦、記言等內容。

（3）**東漢**：班固獨立創作的讚語以及評論性的行文韻語，還有志、表中的介紹性的文字等等，皆應屬於東漢時期的語料。和帝永元元年，班固隨從車騎將軍竇憲出擊匈奴，參預謀議。後因事入獄，永元四年死在獄中。那時《漢書》還有八表和《天文志》沒有寫成，漢和帝叫班固的妹妹班昭補作，馬續協助班

〔註25〕包括對詩中成句、半成句、詞語的引用和對詩句大意的引用等等。

昭作了《天文志》。因此班昭、馬續所補的材料，及其評論性的話語，主要應體
現了東漢時期的語音特點。

6·《漢書》的體例

　　《漢書》是我國第一部斷代史，首開紀傳體斷代史的先河，是現存的研究
西漢歷史材料最豐富的史書，與《史記》並稱爲「史漢」，一向受到史家的推崇。
《漢書》的體例沿襲了《史記》首創的本紀列傳的記事方式，不同之處在於，
去「世家」，並改「書」爲「志」。

7·《漢書》的語言特點

　　班固與歷史保持相當的距離，原本實在，從容儒雅，文質彬彬，即使有所
褒貶，也不像司馬遷那樣外露，那樣容易動情。由此觀之，班固的語言應該較
少口語，多爲正統官話。

　　由於當時辭賦創作的影響，班固本人也是著名的辭賦作家，因此在創作《漢
書》時，他還比較注意語言的典雅富麗，趨於駢化。班固又喜歡使用古字或假
借字，如：「供張」寫作「共張」；「東廂」寫作「東箱」等等，就修辭、聲律而
言，較爲刻板。這也使得《漢書》在文學語言方面不像《史記》那樣更接近口
語。

8·《史記》與《漢書》的比對

　　《史記》是通史，其記事是上起軒轅皇帝，下至漢武帝太初年間（公元
前 104～前 101）；《漢書》是斷代史，其記事是上起漢高祖元年（前 206），下
至王莽地皇四年（23），其間從劉邦建國（前 206）到漢武帝太初末年（前 101）
這一段的歷史是相互重合的。但是班固在處理這段史實時，並沒有完全另起
爐灶，而是直接引用或改編了《史記》中的許多內容。這就使《史記》和《漢
書》有了很大程度的相似性。

　　《漢書》100 篇中有 61 篇摘引了《史記》，其摘抄的主要有以下幾種情況：

　　第一種：全文照抄。《漢書·司馬相如傳》除個別文字有所改動外，長達
七、八千字都是抄襲了《史記·司馬相如列傳》的文章，其「讚語」亦襲用
《史記》列傳的「太史公曰」，只是刪去了最後的一句話；《漢書·郊祀志》

除開頭一段序論與昭帝以後部分之外，其餘都是襲用《史記‧封禪書》；《漢書‧荊燕吳傳》論荊王劉賈、燕王劉澤，亦是襲用《史記》相應的「太史公曰」；《漢書‧張周趙任申屠傳》形式上雖有差別，但其文字則抄自《史記》相關的文章等等。

第二種：基本照抄。如《漢書‧吳王濞傳》基本上是照抄《史記‧吳王濞列傳》；《漢書‧韓安國傳》則基本上襲用了《史記‧韓長孺列傳》；《漢書‧司馬遷傳》基本上襲用了《史記‧太史公自序》和《報任少卿書》；《漢書‧文帝紀》基本上是襲用《史記‧孝文本紀》；《漢書‧高惠高后文功臣表》亦基本襲用《史記‧高祖功臣侯者年表》與《惠景間侯者年表》的有關部分而成，等等諸如此類。

第三種：部分照抄而又有所刪除、新添、改動。《漢書‧李廣傳》基本承襲了《史記‧李將軍列傳》的有關文章，但有所增補，而《漢書》所附的《李陵傳》，則是重新寫作；《漢書‧衛青霍去病傳》基本上襲用了《史記‧衛將軍驃騎列傳》，並稍有增寫、刪改而成；《漢書‧公孫弘傳》基本上抄襲了《史記‧平津侯傳》而又有所增補續寫；《史記‧西南夷列傳》主要寫西南夷七國的地理情況與漢關係的事情。它基本襲用《史記》的有關材料，然後續寫而成。

下面本文具體指出《漢書》對《史記》的襲用、刪除、新添、改動的情況，同時區分其性質，括號中的數字表示《史記》或《漢書》的卷數：

（1）《漢書》的《高帝紀》（1 卷）基本承襲了《史記》的《高祖本紀》（8 卷）。但是讚語是重新寫作的。因此《漢書》此本紀除了讚語之外，其餘的韻語可以和《史記》放在一起研究。

（2）《漢書》的《高后紀》（3 卷）承襲了《史記》的《呂太后本紀》（9 卷）的讚語，雖然本章節從篇幅上看，有一半沿襲了史記，但總體上看，與史記有諸多不同，所以基本上屬於重新寫作。因此《漢書》此紀的韻語不與《史記》放在一起研究。

（3）《漢書》的《文帝紀》（4 卷）基本承襲了《史記》的《孝文本紀》（10 卷），只是略有刪節、改寫或增補。但是讚語重新寫作。因此《漢書》此本紀除了讚語之外，其餘的韻語可以和《史記》放在一起研究。

（4）《漢書》的《景帝紀》（5 卷）與《史記》的《孝文本紀》（10 卷）和《孝景本紀》（11 卷）相比，可算作重寫之作。只是採用了《議定孝文帝廟樂

詔》及其議論部分。因此《漢書》此本紀除了《議定孝文帝廟樂詔》及其議論部分之外，其餘的韻語可以和《史記》放在一起研究。

（5）《漢書》的《刑法志》（23卷）從《史記》的《孝文本紀》（10卷）中採用了收帑諸相坐律令事與因淳于公少女上書而廢肉刑事，其餘皆爲《漢書》所增補，所以此志爲《漢書》的創新之篇。因此本志的韻語基本上不和《史記》放在一起研究。〔註26〕

（6）《漢書》的《食貨志》（24卷）與《史記》的《平準書》（30卷）相比，《漢書》的《食貨志》，分爲上下兩篇，分別敘述食與貨。上篇襲用《史記》書前面一部分，但大部分增寫，下篇襲用其餘大部分。《漢書》志中增補甚多。如上篇增補自神農、黃帝至秦部分。又增錄賈誼《論積貯疏》；晁錯《論貴粟疏》與《勿收農民租疏》；董仲舒《諫令關中民益種宿麥疏》、《諫令賦斂省繇役疏》等。下篇增補自周太公至秦部分。而且增錄賈誼《諫勿令民放鑄錢書》等文。《漢書》又將卜式《請從軍書》與武帝《賜式爵關內侯詔》較詳寫。並且讚語也不襲用史記，爲其新作。因此，《漢書》此志除了增補的內容和讚語，其餘的內容可以和《史記》一起研究。

（7）《漢書》的《郊祀志》（25卷）與《史記》的《封禪書》（28卷）相比，《漢書·郊祀志》除開頭一段序論〔註27〕，與昭帝以後部分之外，全部襲用了《史記·封禪書》文。《漢書》志襲用《史記》時，將開頭一段刪去不取，而新寫開頭序論。《漢書》志續寫自昭帝至王莽時有關郊祀的內容。《史記》的「太史公曰」較短，《漢書》志讚語不襲取，新寫，較長。《漢書》志基本上襲用了《史記》而成，但續寫部分也頗多。因此我們將《漢書》襲用的部分和《史記》併入一起研究。

（8）《漢書》的《天文志》（26卷）與《史記》的《天官書》（27卷）相比，《漢書·天文志》基本上襲用了《史記·天官書》而成，但其增刪改移的情形頗複雜。《漢書》的志開頭序論部分爲新寫，經星部分全部襲用《史記》文；五星部分不但寫作順序有異，而且內容也重新創作，《史記》頗長，《漢書》較略。總論部分，《史記》以「太史公曰」形式，較長，《漢書》不用「贊

〔註26〕「收帑諸相坐律令事與因淳于公少女上書而廢肉刑事」中基本上不存在韻語。

〔註27〕自「洪範八政」至「所從來尚矣」。

曰」形式，只有襲取一些句子，而增寫或續寫至漢末，也比較長。《漢書》志無讚語，而將《史記》「太史公曰」一些句子寫入總論部分。因此我們只把經星部分的韻語和《史記》放在一起研究。

（9）《漢書》的《五行志》（27卷）與《史記》的《呂太后本紀》（9卷）相比，《漢書・五行志》只從《史記・呂太后本紀》採取呂后因見蒼犬之禍而病崩一事。其餘皆爲《漢書》所增補，當然包含昭帝以後至漢末事。實爲《漢書》所新創之篇。《漢書》志無讚語。因此此志的韻語不與《史記》放在一起研究。

（10）《漢書》的《地理志》（28卷）與《史記》的《貨殖列傳》（129卷）相比，《漢書・地理志》從《史記・貨殖列傳》中採取寫各地風俗特產部分的一些內容，其餘皆爲《漢書》所增補，當然也包含昭帝以後至漢末事。實爲班固所新創之篇。所襲用的一些資料的安排順序與位置亦與《史記》不同，句子亦多少改寫。《漢書》志無讚語。因此此篇不和《史記》放在一起研究。

（11）《漢書》的《溝洫志》（29卷）與《史記》的《河渠書》（29卷）相比，《漢書・溝洫志》除「太史公曰」部分之外，襲用了《史記・河渠書》全文，加上大幅增補、續寫而成。讚語未加襲用。因此襲用的部分，和《史記》一併研究。

（12）《漢書》的《陳勝項籍傳》（31卷）與《史記》的《陳涉世家》（48卷）《項羽本紀》（7卷）相比，《漢書》將《史記》中的《項羽本紀》改爲《項籍傳》，《陳涉世家》改爲《陳勝傳》，二者合爲一篇。《漢書・陳勝傳》全部承襲了《史記・陳涉世家》。只是個別文字上有些刪增、略改等情形。《漢書》對陳勝的讚語，全部襲用了《史記》。《漢書・項籍傳》基本上承襲了《史記・項羽本紀》而大幅刪改而成。《漢書》傳承襲用《史記》本紀時，刪去或略寫部分頗多。鴻門宴一大段文字，多爲略寫。《漢書》的讚語完全襲用史記的「太史公曰」。因此《漢書》此傳的韻語，基本是和《史記》一起研究。

（13）《漢書》的《張耳陳余傳》（32卷）與《史記》的《張耳陳余列傳》（89卷）相比，《漢書・張耳陳余傳》襲用了《史記・張耳陳余列傳》，多少刪去、續寫而成。其他刪略的個別句子也很多。讚語襲取「太史公曰」，但改寫後面幾句。因此我們把襲用的部分和《史記》放在一起研究。

（14）《漢書》的《魏豹田儋韓王信傳》（33卷）與《史記》的《魏豹彭

越列傳》（90 卷）《田儋列傳》（94 卷）《韓信盧綰列傳》（93 卷）相比，《漢書》從《史記‧魏豹彭越列傳》中選取《魏豹傳》，從《韓信盧綰列傳》中選取《韓信傳》，加上選取《田儋列傳》置於其中間，合為《魏豹田儋韓王信傳》一篇。《漢書‧魏豹傳》全部襲用了《史記‧魏豹傳》，只有個別文字上稍有刪增。讚語全不襲取《史記》。《漢書‧田儋傳》全部襲用了《史記‧田儋列傳》，只有個別文字上多少刪略，或稍微改寫。《漢書‧韓王信傳》襲用《史記‧韓信傳》，而稍加增補、續寫而成。《漢書》傳增補高帝責讓信書。因此本傳除了增補的高帝責讓信書外，其他的韻語基本和《史記》放在一起研究。但是此篇韻語極少。

（15）《漢書》的《韓彭英盧吳傳》（34 卷）與《史記》的《淮陰侯列傳》（92 卷）、《魏豹彭越列傳》（90 卷）、《黥布列傳》（91 卷）、《韓信盧綰列傳》（93 卷）相比，《漢書》取《史記‧淮陰侯列傳》與《黥布列傳》，也從《魏豹彭越列傳》中選取《彭越傳》，從《韓信盧綰列傳》中選取《盧綰傳》，加上新增立的《吳芮傳》，合為一篇。《漢書‧韓信傳》基本上襲用了《史記‧淮陰侯列傳》，但大幅刪略。讚語合論五人，沒有襲取《史記》。《漢書‧彭越傳》全部襲用了《史記‧彭越傳》。《漢書‧英布傳》全部襲用了《史記‧黥布傳》。名稱將黥布改為英布，變得有體統些。《漢書‧盧綰傳》基本上襲用了《史記‧盧綰傳》，而刪略、調動而成。《漢書‧吳芮傳》為班固新立之傳，篇幅頗短。但是此篇只在讚語處發現韻語，因此本傳韻語不與《史記》混同。

（16）《漢書》的《荊燕吳傳》（35 卷）與《史記》的《荊燕世家》（51 卷）《吳王濞列傳》（106 卷）相比，《漢書》將《史記‧荊燕世家》與《吳王濞列傳》合為《荊燕吳傳》。《漢書‧荊王劉賈傳》與《燕王劉澤傳》先後均襲用《史記‧荊燕世家》。《漢書》讚語合論三人，其中論荊燕兩王部分，全襲用《史記》。《漢書‧吳王濞傳》基本上承襲了《史記‧吳王濞列傳》，而刪略一段文字而成。刪略《史記》傳中袁盎諫斬晁錯部分〔註28〕移入於《爰盎晁錯傳》中之《晁錯傳》。讚語基本上襲用了《史記》。因此將襲用部分與《史記》合用，其餘的分開使用。

〔註28〕 自「上方與晁錯調兵算軍食」至「上卒問盎」，自「盎裝治行」至「錯衣朝衣斬東市」。

（17）《漢書》的《楚元王傳》（36 卷）與《史記》的《楚元王世家》（50卷）相比，《漢書·楚元王傳》基本上襲用《史記·楚元王世家》，而多加增補、續寫而成。《漢書》讚語沒有襲取《史記》。因此將襲用部分與《史記》合用，讚語等其餘的部分分開使用。

（18）《漢書》的《季布欒布田叔傳》（37 卷）與《史記》的《季布欒布列傳》（100 卷）、《田叔列傳》（104 卷）相比，《漢書》將《史記·季布欒布列傳》與《田叔列傳》合為《季布欒布田叔傳》。《漢書·季布傳》與《欒布傳》全部襲用《史記·季布傳》。並且全部沿用了《史記·季布欒布列傳》「太史公曰」。《史記·田叔列傳》「褚先生曰」以前部分，《漢書·田叔傳》也加以襲用。因此《漢書》本傳的韻語基本和《史記》放在一起研究。

（19）《漢書》的《高五王傳》（38 卷）與《史記》的《齊悼惠王世家》（52 卷）《呂太后本紀》（9 卷）相比，《漢書》取《史記·齊悼惠王世家》與《呂太后本紀》中散見之高祖五子之事，合為《高五王傳》。讚語中有關齊悼惠王部分，依《史記》「太史公曰」若干改寫。其他部分增寫一半多。讚語中除前面有關齊悼惠王部分幾句之外，後面全部新寫。《漢書》傳襲用了《史記·呂太后本紀》所附的五王事與《齊悼惠王世家》，編製而成。因此本傳把襲用的韻語和《史記》合併研究，讚語及其新作的部分，單獨使用。但是讚語及其他新創作的部分，基本上不存在韻語。

（20）《漢書》的《蕭何曹參傳》（39 卷）與《史記》的《蕭相國世家》（53 卷）《曹相國世家》（54 卷）相比，《漢書》將《史記·蕭相國世家》與《曹相國世家》合為《蕭何曹參傳》。《漢書·蕭何傳》襲用了《史記·蕭相國世家》，增補、續寫而成。《漢書》讚語合論蕭、曹兩人，但多依《史記·蕭相國世家》「太史公曰」改寫。《漢書·曹參傳》全部襲用《史記·曹相國世家》。讚語也採用了《曹相國世家》「太史公曰」的幾句話。因此本文將襲用的部分，與《史記》合併研究，其餘的新作單獨研究。但是讚語以及其他新創作的部分，基本上不存在韻語。

（21）《漢書》的《張陳王周傳》（40 卷）與《史記》的《留侯世家》（55卷）、《陳丞相世家》（56 卷）、《絳侯周勃世家》（57 卷）相比，《漢書》將《史記》之《留侯世家》、《陳丞相世家》、《絳侯周勃世家》，合為《張陳王周傳》。《漢書·張良傳》承襲了《史記·留侯世家》，而稍稍刪改而成。讚語合論四

人，其中論張良部分，依《史記・留侯世家》的「太史公曰」多少改寫。《漢書・陳平傳》全部承襲了《史記・陳丞相世家》所附的《王陵傳》的以前部分。個別句子上有所刪增。讚語中有關陳平部分稍選取《史記》世家「太史公曰」中一些句子，但可謂重新寫作。《漢書・王陵傳》基本上襲用了《史記・陳丞相世家》所附的《王陵傳》。讚語中有關王陵部分三句，新寫。《漢書・王陵傳》在形式上雖是新增立之傳，但從內容上看，全部襲用了《史記》的二篇有關部分編製而成。《漢書・周勃傳》襲用了《史記・降侯周勃世家》，並增補而成。讚語中有關周勃部分多少採取《史記》世家「太史公曰」。因此《漢書》的「留侯世家」部分、「陳平傳」部分、「王陵傳」部分以及「周勃傳」的韻語基本可以和《史記》一併研究。「張良傳」及其讚語部分則不與《史記》混同。

（22）《漢書》的《樊酈滕灌傅靳周傳》（41 卷）與《史記》的《樊酈滕灌列傳》（95 卷）、《傅靳蒯成列傳》（98 卷）相比，《漢書》將《史記・樊酈滕灌列傳》與《傅靳蒯成列傳》（後人所補之篇），合爲《樊酈滕灌博靳列傳》一篇。《漢書・樊酈滕灌傳》全部襲用了《史記・樊酈滕灌列傳》。個別句子上有些刪增、更改。讚語多少還是襲用了《史記・樊酈滕灌列傳》，但多增寫改寫。沒有襲取《傅靳蒯成列傳》。《漢書・傅靳周傳》則全部襲用了《史記・傅靳蒯成列傳》，稍刪一些個別句子。但是本傳正文未發現韻語，只在讚語處發現一處，因此將此處的韻語和《史記》一併研究。

（23）《漢書》的《張周趙任申屠傳》（42 卷）與《史記》的《張丞相列傳》（96 卷）相比，《漢書・張周趙任申屠傳》全部承襲了《史記・張丞相列傳》，個別句子上有些刪增更改之處。《漢書》讚語襲取《史記》，而刪去一、兩個句子。但是本傳未發現韻語。

（24）《漢書》的《酈陸朱劉叔孫傳》（43 卷）與《史記》的《酈生陸賈列傳》（97 卷）、《劉敬叔孫通列傳》（99 卷）相比，《漢書》將《史記・酈生陸賈列傳》與《劉敬叔孫通列傳》，合爲《酈陸朱劉叔孫傳》一篇。《漢書・酈陸朱傳》全部襲用了《史記・酈生陸賈列傳》，個別句子上多少刪略而成。《漢書》讚語部分襲用《史記》三、四句外，其餘全新重寫。《漢書・劉叔孫傳》全部沿用了《史記・劉敬叔孫通列傳》。因此我們將襲用的部分和《史記》放在一起研究。

（25）《漢書》的《淮南衡山濟北王傳》（44 卷）與《史記》的《淮南衡山列傳》（118 卷）相比，《漢書》取《史記・淮南衡山列傳》，加上增寫的《濟北王傳》合爲《淮南衡山濟北王傳》一篇。《漢書・淮南王傳》基本上襲用了《史記・淮南王傳》，但《劉長傳》增補一大段，《劉安傳》後面刪略了很多的篇幅。讚語全部襲用了《史記・淮南衡山列傳》。《漢書・淮南王傳》基本上襲用《史記・淮南王傳》，但刪略、增補的也很多。《漢書・衡山王傳》全部襲用了《史記・衡山王傳》。《史記》無《濟北王傳》，《漢書・濟北王傳》爲班固純增立之傳，但比較簡短。因此除了增補的部分，其他襲用的韻語和《史記》一併研究。

（26）《漢書》的《蒯伍江息夫傳》（45 卷）與《史記》的《淮陰侯列傳》（92 卷）、《淮南衡山列傳》（118 卷）相比，《史記》本無《蒯通》、《伍被》、《江充》、《息夫躬傳》。《漢書》從《史記》中抽出蒯通事、伍被事，加上增寫《江充傳》、《息夫躬傳》，合爲《蒯伍江息夫傳》一篇。讚語皆爲新寫。因此本傳的韻語基本不和《史記》混同。

（27）《漢書》的《萬石衛直周張傳》（46 卷）與《史記》的《萬石張叔列傳》（103 卷）相比，《漢書・萬石衛直周張傳》襲用了《史記・萬石張叔列傳》全文，稍加增補而成。讚語依然襲用《史記》。因此本傳的韻語，基本可和《史記》一併研究。但是本傳未發現韻語。

（28）《漢書》的《文三王傳》（47 卷）與《史記》的《梁孝王世家》（58 卷）相比，《漢書・梁孝王傳》基本上襲用了《史記・梁孝王世家》，加上調動，續寫而成。讚語襲用了《史記》，並增添了三、四句。《漢書・梁孝王傳》與《梁懷王傳》，頗爲簡短，依從《史記・梁孝王世家》增補、續寫而成。因此除了續寫部分，其餘的部分可與《史記》一併研究。

（29）《漢書》的《賈誼傳》（48 卷）與《史記》的《屈原賈生列傳》（84 卷）相比，《漢書・賈誼傳》從《史記・屈原賈生列傳》中襲用了《賈生傳》，並大幅增補而成。《漢書》增補了三篇奏疏。其中《陳政事疏》，篇幅非常長，而《處置淮陽各國疏》與《諫封淮南厲王諸子疏》較短。又增寫了文帝思賈生之言分齊爲六國事。《漢書》讚語全爲新寫。因此把增補的三篇奏疏單獨研究，而諸如《屈原賦》等韻語，則與《史記》研究。

（30）《漢書》的《爰盎晁錯傳》（49 卷）與《史記》的《袁盎晁錯列傳》

（101 卷）相比，《漢書·爰盎傳》全部襲用了《史記·袁盎傳》。讚語也襲取了《史記》。《漢書·晁錯傳》基本上襲用了《史記·晁錯傳》，大幅增補而成。《漢書》增錄了晁錯的《教太子術數疏》、《言兵事疏》、《守邊備塞疏》、《募民徙塞下宜爲什伍疏》、《賢良對策》等奏疏五篇。所增補之篇幅很長。讚語新寫。因此除了增寫的晁錯的文章及其讚語之外，其餘襲用的歸入《史記》一併研究。

（31）《漢書》的《張馮汲鄭傳》（50 卷）與《史記》的《張釋之馮唐列傳》（102 卷）、《汲鄭列傳》（120 卷）相比，《漢書》將《史記·張釋之馮唐列傳》與《汲鄭列傳》，合爲《張馮汲鄭傳》。《漢書·張馮傳》全部襲用了《史記·張釋之馮唐列傳》。《漢書》讚語並未襲取《史記》。《漢書·汲鄭傳》襲用《史記·汲鄭列傳》而成，刪增一些個別句子。《漢書》的讚語則爲新作。但在讚語中未發現韻語，因此將《張馮汲鄭傳》中的韻語和《史記》一併研究。

（32）《漢書》的《賈鄒枚路傳》（51 卷）與《史記》的《魯仲連鄒陽列傳》（83 卷）相比，《漢書》從《史記·魯仲連鄒陽列傳》中選取了《鄒陽傳》；加上增寫的《賈山傳》、《枚乘傳》、《路溫舒傳》，合爲《賈鄒枚路傳》一篇。因此除了《鄒陽傳》的韻語和《史記》一起研究之外，其餘增寫的《賈山傳》、《枚乘傳》、《路溫舒傳》中的韻語皆獨立研究。

（33）《漢書》的《竇田灌韓傳》（52 卷）與《史記》的《魏其武安侯列傳》（107 卷）、《韓長孺列傳》（108 卷）相比，《漢書》將《史記·魏其武安侯列傳》與《韓長孺列傳》，合爲《竇田灌韓傳》一篇。《漢書·竇田灌傳》全部襲用了《史記·魏其武安侯列傳》。只是個別字句上稍微刪增。讚語部分依照《史記》，多有增加改寫。《漢書·韓安國傳》基本上襲用了《史記·韓長孺列傳》，加上大幅增補，稍加刪略而成。讚語只是襲用小部分。因此，除了讚語，其他部分基本和《史記》一起研究。

（34）《漢書》的《景十三王傳》（53 卷）與《史記》的《五宗世家》（59 卷）相比，《漢書·景十三王傳》基本上承襲了《史記·五宗世家》，而增補，續寫甚多，其情形較爲複雜。《漢書》景十三王各傳可謂基本上承襲了《史記·五宗世家》所含的十三王傳記，《漢書》皆襲用《史記》傳文的有四王傳：《臨江哀王閼傳》、《臨江閔王榮傳》、《膠西於王端傳》以及《清河哀王閼傳》。其餘

九王傳或多或少地增補、續寫。《漢書》讚語並沒有沿用《史記》，皆爲新寫。但是讚語中未發現韻語。因此將襲用部分的韻語和《史記》放在一起研究。

（35）《漢書》的《李廣蘇建傳》（54 卷）與《史記》的《李將軍列傳》（109 卷）、《衛將軍驃騎列傳》（111 卷）相比，《漢書》選取《史記·李將軍列傳》與《衛將軍驃騎列傳》所附的《蘇建傳》，加上將《史記·李將軍列傳》所附的《李陵傳》，大幅增改寫，附於《李廣傳》。又新寫《蘇武傳》，附於《蘇建傳》，合爲《李廣蘇建傳》。《漢書·李廣傳》基本上襲用了《史記·李將軍列傳》，而大幅增補而成。《李陵傳》可視爲重新寫作。其外，有些個別句子增寫。《漢書》讚語中論李廣部分基本上襲取了《史記》，但多有刪增之句。《漢書·李廣傳》雖承襲了《史記·李將軍列傳》，但有所增補，而且其所附的《李陵傳》可謂重新的寫作。《漢書·蘇建傳》也是班固的重新寫作，只是少量襲用了《史記》。讚語部分新寫，而且頗短。由於本傳的韻語，基本出現在《李陵傳》和讚語中，因此不和《史記》一併研究。

（36）《漢書》的《衛青霍去病傳》（55 卷）與《史記》的《衛將軍驃騎列傳》（111 卷）相比，《漢書·衛青霍去病傳》襲用了《史記·衛將軍驃騎列傳》，稍爲增寫、刪略而成。讚語全部襲用《史記》。因此本傳的韻語，基本可和《史記》一起研究。

（37）《漢書》的《董仲舒傳》（56 卷）與《史記》的《儒林列傳》（88 卷）相比，《漢書·董仲舒傳》採用了《史記·儒林列傳》中的《董仲舒傳》，並大大地增補而成。《史記·董仲舒傳》頗短，而《漢書·董仲舒傳》甚長，實可謂重新寫作。《漢書》的讚語也是新寫。因此本傳的韻語，基本和不《史記》一起研究。

（38）《漢書》的《司馬相如傳》（57 卷）與《史記》的《司馬相如列傳》（117卷）相比，《漢書·司馬相如傳》分上下兩篇，全部襲用了《史記·司馬相如列傳》。個別文字上多有更改之處。讚語亦襲用《史記》列傳「太史公曰」，只刪最後一句。因此此篇韻語，基本和《史記》一起研究。

（39）《漢書》的《公孫弘卜式兒寬傳》（58 卷）與《史記》的《平津侯主父列傳》（112 卷）、《平準書》（30 卷）、《儒林列傳》（88 卷）相比，《漢書》從《史記·平津侯主父列傳》中選取了《平津侯傳》，又從《儒林列傳》中選取事件，經過增補、更改，合爲《公孫弘卜式兒寬傳》一篇。《漢書·公孫弘傳》基

本上襲用了《史記·平津侯傳》，多增補續寫而成。贊語為新寫。《漢書·卜式傳》從《史記·平準書》選取了部分，然後重新組合而成。《漢書·兒寬傳》採用了《史記·儒林列傳》中寫兒寬的部分，並多改寫、多增補而成。因此公孫弘傳的韻語基本和《史記》一起研究，但讚語除外。而卜式傳和兒寬傳的韻語，基本不和《史記》一併研究。

（40）《漢書》的《張湯傳》（59 卷）與《史記》的《酷吏列傳》（122 卷）相比，《漢書·張湯傳》基本上襲用了《史記·酷吏列傳》中的《張湯傳》，稍刪略，並大幅續寫而成。讚語新寫。因此將襲用部分和《史記》一併研究，其它的獨立研究。

（41）《漢書》的《杜周傳》（60 卷）與史記的《酷吏列傳》（122 卷）相比，《漢書·杜周傳》基本上襲用了《史記·酷吏列傳》中的《杜周傳》，並大幅續寫而成。續寫其子孫傳，如其子的《杜延年傳》，其孫的《杜緩傳》、《杜欽傳》，曾孫的《杜業傳》。讚語新寫。因此杜周傳的韻語可與《史記》一併研究，而杜周的子孫傳的韻語，則獨立研究。

（42）《漢書》的《張騫李廣利傳》（61 卷）與《史記》的《大宛列傳》（123 卷）相比，《漢書·張騫傳》基本上襲用了《史記》列傳寫張騫部分，而多刪略而成。《漢書》襲用《史記》時，刪略部分頗多。《漢書》傳末續寫子孫事八句。讚語全襲用，只刪去一句。《漢書·李廣利傳》襲用了《史記·大宛列傳》寫李廣利的部分，多少增刪而成。本傳的韻語本應視其襲用和刪略的部分而作定奪，但是在本傳中未發現韻語。

（43）《漢書》的《司馬遷傳》（62 卷）與《史記》的《太史公自序》（130卷）相比，《漢書》將《史記·太史公自序》改為《司馬遷傳》，承襲其傳文。但刪略百三十篇小序，只存其目。而增錄《報任少卿書》，頗長。《漢書》讚語不襲取《史記》，為新寫。因此襲用部分和《史記》一併研究，而《報任少卿書》以及讚語則獨立研究。

（44）《漢書》的《武五子傳》（63 卷）與《史記》的《三王世家》（60 卷）相比，《漢書》從《史記》的《三王世家》中採用《三王封策文》，而大幅增補、續寫，作成《齊懷王》、《燕刺王》、《廣陵厲王》三傳，加上新寫《戾太子傳》與《昌邑哀王傳》，置於三王傳之前後，合為《武五子傳》。《史記》本無《戾太子傳》，純為班固所新創。《漢書》從中只選取三王封策文，其餘的奏疏與詔書，

皆不襲取，刪去。《齊懷王傳》只襲取齊王封策文，而增寫閩母王夫人有寵，六句而已。《燕刺王傳》襲取了燕王策，刪了一些句子，而大幅增寫武帝末昭帝的時事。《廣陵厲王傳》襲取了廣陵王策，也刪一些句子，而多增寫昭帝時事，其子孫事續寫至漢末。《漢書》讚語，沒有襲取《史記》，為新作。《漢書・齊懷王傳》較短，可謂承襲了《史記》，但《燕刺王傳》與《廣陵厲王傳》，雖襲取《史記》封策文，而實際上可謂重新寫作。《史記》本無《昌邑哀王傳》，為班固所創寫。因此，三王封策文、齊王封策文和燕王策的部分韻語，可以和《史記》一併研究，而其他的韻語須獨立研究。

（45）《漢書》的《嚴朱吾丘主父徐嚴終王賈傳》（64卷）與《史記》的《東越列傳》（114卷）、《酷吏列傳》（122卷）、《平津侯主父列傳》（112卷）相比，《漢書》以《史記・東越列傳》和《酷吏列傳》的事例大幅進行增寫，各成為《嚴助傳》、《朱買臣傳》。又將《史記・主父偃傳》改為《主父徐嚴》三傳。加上新寫的《吾丘壽王傳》、《終軍傳》、《王褒傳》、《賈捐之傳》，合為《嚴朱吾丘主父徐嚴終王賈傳》，分上下二篇。本傳實可謂班固新寫之傳。讚語亦新寫。因此本傳的韻語可單獨研究。

（46）《漢書》的《公孫劉田王楊蔡陳鄭傳》（66卷）與《史記》的《衛將軍驃騎列傳》（111卷）相比，《漢書・公孫劉田王楊蔡陳鄭傳》為八人合傳，除了《公孫賀傳》之外，皆為班固所創寫。《漢書・公孫賀傳》襲用了《史記・衛將軍驃騎列傳》所附的《公孫賀傳》，而多少增補、改寫而成。讚語亦新寫。因此除了《公孫賀傳》的韻語和《史記》一併研究外，其餘的韻語皆獨立研究。《公孫賀傳》的韻語並不多。

（47）《漢書》的《儒林傳》（88卷）與《史記》的《儒林列傳》（121卷）相比，《漢書・儒林傳》基本上襲用了《史記》列傳，但改寫、調動、增寫情況也不少，《漢書》將《史記》開頭「太史公曰」全重新改寫。《漢書》讚語新寫。《史記・儒林列傳》本無載丁寬、趙子兩人，而為班固所增。但在本傳中無韻語。

（48）《漢書》的《酷吏傳》（90卷）與《史記》的《酷吏列傳》（122卷）相比，《漢書・酷吏傳》基本上承襲了《史記》，並大幅刪去、調動、增補而成。《漢書》刪去了《張湯傳》與《杜周傳》，各獨立成篇，而多增補其子孫傳。《漢書》增載了田廣明、田延年、嚴延年、尹賞四人傳。《漢書》讚語基

本上襲用了《史記》，但有不少刪增更改之處。因此本傳將襲用的韻語部分和《史記》一併研究。增添的尹賞傳的韻語則單獨研究。

（49）《漢書》的《貨殖傳》（90卷）與《史記》的《貨殖列傳》（129卷）相比，《漢書·貨殖傳》基本上承襲了《史記·貨殖列傳》，多刪略、多增補而成。《漢書》刪去了寫漢代各地經濟情況的一大段。《漢書》亦無讚語。因此本傳將襲用《史記》的諺語，和《史記》一併研究。其餘的單獨研究。

（50）《漢書》的《游俠傳》（92卷）與《史記》的《游俠列傳》（124卷）相比，《漢書·游俠傳》基本上襲用《史記·游俠列傳》，而重新寫作前序，增載四人傳而成。《漢書》將《史記》列傳前序部分，全部改寫，可謂重新寫作。《漢書》無讚語。因此除了襲用的部分，其餘的韻語單獨研究，本傳的韻語基本出現在《漢書》的增添之處，所以基本可以單獨研究。

（51）《漢書》的《佞倖傳》（93卷）與《史記》的《佞倖列傳》（125卷）相比，《史記·佞倖列傳》主要寫鄧通、韓嫣、李延年三人，而附見者有五人。《漢書·佞倖傳》襲用了《史記·佞倖列傳》，而續寫前序，增載三人傳而成。讚語《漢書》亦新寫。本傳的韻語，只在讚語處出現，因此獨立研究。

（52）《漢書》的《匈奴傳》（94卷）與《史記》的《匈奴列傳》（110卷）相比，《漢書·匈奴傳》分上下兩篇，襲用了《史記·匈奴列傳》，並稍增補、大幅續寫而成。《漢書》增錄了冒頓遺高后書與高后報書一段。班固又續寫了更長的一部分。《漢書》讚語不襲取，新寫，頗長。因此本傳的韻語基本不和《史記》一併研究。

（53）《漢書》的《西南夷兩粵朝鮮傳》（114卷）與《史記》的《西南夷列傳》（116卷）、《南越列傳》（113卷）、《東越列傳》（114卷）、《朝鮮列傳》（115卷）相比，《漢書·西南夷傳》襲用了《史記》，並多續寫而成。《漢書》讚語只採取了《史記·西南夷列傳》三句，其餘的並不襲取，可謂重新寫作。但是在本傳中尚未發現韻語。

（55）《漢書》的《西域傳》（96卷）與《史記》的《大宛列傳》（123卷）相比，《漢書·西域傳》分上下兩篇，敘述西域五十三國之情形，寫作時襲用《史記·大宛列傳》中張騫言西域八國情形部分的若干句子，但實可謂是班固所新創之篇。讚語新寫。因此本傳的韻語基本不和《史記》一併研究。

（56）《漢書》的《外戚傳》（97卷）與《史記》的《外戚世家》（49卷）

相比，《漢書‧外戚傳》，分上下兩篇，襲用了《史記‧外戚世家》，加上從《呂太后本紀》選取呂太后殘害戚夫人與姬王子部分，而多少刪略、調動、改寫，多增補、大幅續寫而成。《漢書》序論亦不襲取，讚語亦新寫。因此除了戚夫人的韻語之外，其餘的韻語單獨研究。

第三節　《三國志》的文獻考查

　　魏文帝黃初元年到晉武帝太康元年〔註29〕，是中國歷史上的魏、蜀、吳三國鼎立時期，記載這六十年歷史的而且又相對完整的史書，當屬西晉初年陳壽所著的《三國志》。《三國志》，六十五卷，包括《魏書》三十卷，《蜀書》十五卷，《吳書》二十卷。其主要記載了魏、蜀、吳三國鼎立時期的歷史。它作為研究中古時期的一部重要典籍，同時也具有很重要的語料價值，是我們研究三國魏晉時期語音的重要資料。

1‧作者生平

　　陳壽（233～297），字承祚，巴西安漢人〔註30〕。生於漢後主劉禪建興十一年，卒於晉惠帝元康七年。年幼在古邑安漢度過，在西果山讀私塾。大約在公元250～253年間〔註31〕，陳壽來到當時蜀漢的首都成都，進入太學學習。授業於譙周，在譙周的弟子中，陳壽有子游之譽，以熟悉古代文獻和歷史著作而聞名。在成都擔任益州典學從事，並親自在太學傳道授業。

2‧《三國志》的斷限

　　陳壽的《三國志》是我國歷史上繼班固的《漢書》之後的又一部紀傳體斷代史。它比較完整地記載了從魏文帝皇初元年到晉武帝太康元年六十年（220～280）的歷史史實。

3‧《三國志》的材料來源

　　《三國志》的材料來源，一為魏蜀吳三國已成的史書，一為有關記錄和陳

〔註29〕公元220～280年。

〔註30〕今四川南充市。

〔註31〕蜀漢後主劉禪延熙十三至十六年。

壽多方面調查、搜集所得來的史料。陳壽在寫《三國志》以前，已出現了一些有關魏、吳的史作，當時魏史有魏人魚豢所撰的《魏略》50 卷，西晉王沈所撰的《魏書》48 卷，吳史有三國吳人韋昭所撰的《吳書》55 卷，蜀史有王崇所撰的《蜀史》等等。而陳壽的《三國志》不可避免地會受到各家的影響。但是由於皆為一個時代的作品，所以其語料的時代性質應該是一致的。

4・《三國志》的語料性質辨析

陳壽生活在三國至西晉的過渡時期，可見陳壽生命中的大部分時光都是在三國時期度過的，因此他編纂《三國志》要與范曄撰的《後漢書》很不相同。《三國志》基本上可視為當時人撰當朝史。更何況三國時期總共只有短短的六十年。因此，一定要在陳壽的行文語言跟原始的記言語料之間找出明顯的差異，不僅很困難，而且也沒有必要。因此，在語料的時代性方面，記事和記言並沒有明顯的不同。

5・《三國志》的版本

本文所據的版本為中華書局陳乃乾校點本裴注《三國志》〔註 32〕，這一版本將四種最通行的《三國志》刻本：百衲本、清武英殿刻本、金陵活字本和江南書局刻本，互相勘對，擇善而從。並利用梁章鉅、盧弼兩家的成果，以其去偽存真，最大限度地保留著作的原貌。在此基礎之上，又加採蔣衮、翁同書、楊通、吳承仕諸家之說，對《三國志》作了進一步的整理。因此，這一版本堪稱迄今為止最全面、最完整、最權威的版本。這樣的版本為我們研究魏晉時期的語音系統提供了可靠、翔實的語料基礎。

6・《三國志》的語言特點

《三國志》亦屬散文，其句式整齊，格律嚴格，自有不同。韻文本身沒有刻意追求均衡工整，只是披之管絃，便於詠唱即可。句式貴於自然，參差不齊，定中有變，變而不亂。韻律上，如哲人之低語，自然流暢，達到節奏鮮明、音調鏗鏘、抑揚有致、便於誦讀的效果。

〔註32〕1982 年，第 2 版。

第四節　《後漢書》的文獻考查

　　《後漢書》是我國古代歷史散文作品的傑出典範之一，在其優美流暢的散文中間，包含有非常豐富的韻語材料，這對於研究東漢以及南朝時期的語音，是極其可貴的。總的說來《後漢書》的韻文類型包括以下幾種：章表、奏啟、對策、詔令、墓誌銘、頌贊、辭賦、謠諺及箴銘等。而本文就是根據這些韻語來歸納當時的韻部系統的。

1·作者生平

　　范曄（398〜445），字蔚宗，是南朝劉宋時期著名的史學家。順陽人士，今河南內鄉西南人。生於東晉安帝隆安二年，卒於南朝宋文帝元嘉二十二年。出繼從伯弘之，襲封爲武興縣五等侯。少好學，博涉經史，善文章，能隸書，曉音律。年十七，州辟主簿，不就。後爲彭城王義康冠軍參軍，隨府轉右軍參軍，入補尙書外兵郎，出爲荊州別駕從事史。累遷至尙書吏部郎。文帝即位，左遷爲宣城太守。至宋文帝元嘉元年〔註33〕，因事觸怒劉義康，貶爲宣城太守。《後漢書》大約就是在這個時期完成的。全書原定十紀，十志，八十列傳，合爲百卷。但是十志沒有完成。元嘉二十二年，有人告發他參與了劉義康的篡位陰謀，致使范曄下獄而死。直至梁代劉昭把司馬彪《續漢書》中的八篇志分爲三十卷補入《後漢書》，這就是我們現在所看到的《後漢書》通行本。

　　由於司馬彪的八志也在我們的研究範圍之內，因此下面再簡單瞭解一下司馬彪的生平：司馬彪（？〜約306），字紹統，高陽王睦之長子，河內溫縣〔註34〕人。魏晉時期的史學家。「少篤學不倦，然好色薄行，爲睦所責，故不得爲嗣，雖名出繼，實廢之也。彪由此不交人事，而專精學習，故得博覽群籍，終其綴集之務。初拜騎都尉。泰始中，爲秘書郎，轉丞。注《莊子》，作《九州島春秋》。以爲先王立史官以書時事，載善惡以爲沮勸，撮教世之要也。是以《春秋》不修，則仲尼理之；《關雎》既亂，則師摯修之。前哲豈好煩哉？蓋不得已故也。漢氏中興，訖於建安，忠臣義士亦以昭著，而時無良史，記

〔註33〕424年。

〔註34〕在今河南。

述煩雜，譙周雖已刪除，然猶未盡，安順以下，亡缺者多。彪乃討論眾書，綴其所聞，起於世祖，終於孝獻，編年二百，錄世十二，通綜上下，旁貫庶事，為紀、志、傳凡八十篇，號曰《續漢書》。」〔註35〕

2·《後漢書》的斷限

《後漢書》是我國古代的史學名著，和《史記》、《漢書》、《三國志》並稱為「前四史」。所記之事為後漢一代，起自光武帝建武元年，終至獻帝建安二十五年，凡一百九十五年。全書共一百二十卷，其中紀十卷，列傳八十卷，志三十卷。

3·《後漢書》的版本

本文選用中華書局點校本《後漢書》，中華書局的此版本是迄今為止最為全面、校勘最完善的一個版本。其所使用的底本是商務印書館影印的紹興本，這是現存較完整的南宋本，與其它傳世的幾個本子比，它的訛誤最少。並且它還採用汲古閣本和武英殿本跟紹興本進行對校，這樣最大程度上降低了訛誤的成分。而且它還吸取了前人研究和校勘成果，是一個質量較好的本子。這對於用韻材料選取的真實性做了有力的保證。

4·《後漢書》的材料來源

《後漢書》記載了東漢 195 年的歷史，是研究東漢的重要正史。語言現象是連續的、漸變的，其語料所代表的時代自然與作者同進。但材料是前人的，雖然材料一經作者染指，無不變色變質，但是也有沿襲的成分保留於其中。《後漢書》就屬於這種情況。從語言學的角度來看，范曄撰寫此書主要是以蔡邕等人的《東觀漢記》為依據的，因此本文語言資料的真實性就有了很大的保證。

《東觀漢記》是一部以紀傳體撰寫的記載東漢歷史的著作。東漢時，學者奉命在東觀〔註36〕編修國史，初稱《漢記》，到了《隋書·經籍志》中才題

〔註35〕《晉書》，52 卷，2141 頁。

〔註36〕洛陽宮中的殿名，它是當時皇家藏書和修史之處。

為《東觀漢記》。參加編寫的人很多，先後有班固、劉珍、蔡邕等，但沒有完書。該書始作於漢明帝時期，以班固為首創作了光武帝本紀、功臣列傳及新市、平林、公孫述、隗囂等人的載記，共二十八篇。安帝時，劉珍兩度奉詔著述東觀，始有《漢記》之名，所撰為光武至永初諸帝紀、表、名臣傳、節士傳、儒林傳、外戚傳等。桓帝時，先有邊韶領銜作《獻穆孝崇二皇后傳》、《順烈皇后傳》、《安思閻后傳》、《儒林傳》、《百官表》、《宦者傳》。此時，《漢記》已有一百一十四篇之多。後由伏無忌主持補修《諸王表》、《王子表》、《功臣表》、《恩澤侯表》、《南單于傳》、《西貫傳》、《地理志》等。於是該書諸體齊備。靈帝時，蔡邕又兩度組織撰作《朝會》、《車服》、《律曆》等志十篇，並續作紀傳。漢末喪亂，蔡邕為王允所殺，全書未竟全功，遂告終結。但是此書從唐代時就已經開始散逸，至元代時已無全本流傳。《東觀漢記》修成後，與《史記》、《漢書》合稱為「三史」，在魏晉之時極有影響。後來所有的關於後漢的紀、傳的史學著作都是以《東觀漢記》為原本而寫成的，當然范曄的《後漢書》也不例外。

　　研究《後漢書》的著作當以朱東潤先生的《後漢書考索》〔註37〕最為系統。根據朱先生的考察，第一，范曄的《後漢書》是根據第一手的史料，以及謝承、司馬彪等人的著作寫成的。尤其是《東觀漢記》，范曄始終認為是「本書」。這意味著范曄的《後漢書》的最主要的藍本就是《東觀漢記》。這裡就透露范曄作書的時候，只準備與《東觀漢記》並存。第二，范曄敘述功臣之後，到和熹鄧后臨朝為止。第三，范曄作書，不避諱抄襲各家史書，因此，書中時常有自相矛盾的地方，顯露著來源不一。〔註38〕不難看出，這部以東觀為主要著述場所的《漢記》，是一部與東漢王朝幾乎相始終的紀傳體正史，是記述東漢歷史的最原始材料。儘管該書由時人撰述當時君臣的事迹，不免有迴護曲筆的嫌疑；書又成於眾人之手，質量自然參差不齊；且書非完書，安、順二帝以下，亡缺尤多，但畢竟成為各家《後漢書》取材的基本來源，這是我們研究《後漢書》時所必須要注意的。

〔註37〕朱東潤，後漢書考索，華東師範大學出版社，1996。

〔註38〕見《史記考索‧後漢書考索》之《范曄作書的藍本》。

5．《後漢書》的語料性質辨析

范曄撰寫此書主要是以蔡邕等人的《東觀漢記》為依據，並參考吸取了魏晉以來的各種相關史料，所以這本書所反映的語言資料不應僅屬於東漢，而且還反應了先秦以及漢魏六朝多個時段的語言面貌。

對於《後漢書》材料的年代，目前學術界有著幾種不同的看法：

一種看法是把《後漢書》中的所有語料都看成是作者時代的。馬建忠的《馬氏文通》〔註39〕在「例言」裏提到他引證的另外三部著作，即《後漢書》、《三國志》和《晉書》。這就可以看出馬氏在論著中把《後漢書》當作了魏晉時期的語料來使用。朱慶之等學者也認為應該以作者寫作的時間為依據，朱先生指出：「例如范曄《後漢書》，儘管研究表明它是以《東觀漢記》為主同時博采十八家『後漢書』編撰而成的，其中還收錄了許多東漢人的奏疏、文章，但是我們仍以其為公元五世紀南北朝時期的文獻。道理很簡單，因為古人為編書而抄書並不著意保持原材料的原貌。」〔註40〕

范曄雖然身為南朝宋人，可是《後漢書》所反映的史實以及所採用的原始材料，卻是東漢時期的。由此看來，馬氏和朱氏的這種籠而統之的做法是值得商榷的。

另一種看法是認為《後漢書》的語料應該分為原始資料和其他資料兩部分，原始資料屬於東漢時期，其他資料屬於作者時代。方一新、王云路先生認為：「除了原始資料外，《後漢書》、《宋書》原則上應分別視為劉宋、蕭梁語料，利用前者來探討東漢詞義演變，利用後者來探求劉宋詞彙發展……」。〔註41〕持此觀點的還有楊小平先生，「筆者認為《後漢書》所採用的原始材料，都是東漢時期的，根據其語言多與魏晉時期的語言用例同，語法、詞彙、語音等多與魏晉同時期的語料同，我們仍把它大部看為公元五世紀魏晉南北朝時期的文獻」。〔註42〕

本文的觀點：

《後漢書》的韻語表現的音系具有多元性，即它不僅反映了東漢時期的語

〔註39〕商務印書館，2000。

〔註40〕朱慶之，佛典與中古漢語詞彙研究臺北：臺北文津出版社，1992年，59頁。

〔註41〕方一新，王云路，中古漢語研究，北京：商務印書館，2000年，148頁。

〔註42〕楊小平，《後漢書》語言研究，巴蜀書社，2004，20頁。

音特點，還體現了范曄所處的東晉和南朝劉宋時期的語音特點，部分語料還可以印證先秦和魏晉時期的語音。

范曄撰寫《後漢書》以前，已經出現了多家後漢史的著作。東漢明帝至靈帝時，經過班固、劉珍、伏無忌、邊韶、蔡邕等幾代人的相繼撰述，寫成了紀傳體《東觀漢記》，記載了東漢光武帝至靈帝的東漢史。此後，吳謝承和晉薛瑩、司馬彪、劉義慶、謝沈、張瑩、袁山松、袁宏、張璠等都有著述。范曄在各家基礎上，博采眾書、斟酌損益。其中對《東觀漢記》的吸取尤多。這體現在他從《東觀漢記》中摘引了大量的古代典籍，如《詩》、《書》、《易》等作品，還有各種刻石銘文，民間的諺語、熟語、童謠，漢代張衡、馬融、蔡邕等文人的詩騷歌賦，朝廷的詔書、奏摺等等。除去上古時期的作品，其它所有的韻語都是本文用來探求東漢語音特點的材料。這也為語料的眞實性提供了有力的保證，使得本文更加接近當時的語言實際。而且這部分韻語材料較多，可以勾勒出東漢時期的音系輪廓。

史之有論，自古而然，如《左傳》有「君子曰」，《史記》有「太史公曰」。范曄《後漢書》，於篇末既有論，又有贊。《後漢書》序論的語言特色是駢散兼具，音節和諧，鏗鏘可頌。這些論贊，對於研究作者的史學思想，研究當時的歷史，都是不可或缺的重要材料，當然對於研究東晉和南朝時期的語音也有重大的價值。范曄《後漢書》贊 90 篇，各紀、列傳每篇一贊，皆四字韻語，形式整齊，本文利用這部分材料來考證東晉和南朝劉宋時期的語音特點。由於這部分韻語材料不多，所以它所反映的特點，可以做為南朝劉宋時期語音研究的一個補充。

具體而言：

（1）屬於先秦時代的語料：摘自先秦諸子文獻的語料。

（2）屬於後漢時代的語料：詔書、奏言、奏摺、上書、上疏、刻石、銘文、童謠、辭賦、遺命、上言、帝手書、讖記、諫曰、賜曰、制曰、策曰、書曰、表曰、序曰、禱曰、訟曰、勅曰、讓曰、戒曰、報曰、薦曰、謝曰、誓曰等等。

（3）屬於作者時代的語料：作者的行文、議論；人物的普通對話；論和贊。

（4）梁代劉昭把司馬彪《續漢書》中的八篇志分爲三十卷補入《後漢書》，這樣志中的韻語又要分爲四部分：①先秦語料：摘引先秦的典籍②西漢語料：摘引西漢的典籍③東漢語料：童謠、詔書④魏晉語料：行文、讚語。

司馬彪的韻語具體如下：

①先秦：我們將司馬彪所引用的《詩經》、《河圖》、《尙書帝命驗》、《春秋文曜鈞》、《運斗樞》、《河圖會昌符》、《雒書甄曜度》、《孝經鈞命決》等書的韻語語料都列入先秦時期。同樣這部分材料和《後漢書》中其它的先秦韻語放在一起進行研究。

【合韻】

昌（陽）光（陽）興（蒸）（後漢書志－2－3026－4）軌（幽）堪（侵）（後漢書志－2－3026－7）應（蒸）躬（冬）（後漢書志－2－3026－9）文（文）渾（文）神（眞）官（元）（後漢書志－2－3037－2）經（耕）明（陽）（後漢書志－2－3037－3）宗（冬）用（東）承（蒸）萌（陽）（後漢書志－7－3163－1）中（冬）封（東）（後漢書志－7－3165－8）宗（冬）萌（陽）（後漢書志－7－3165－9）符（侯）封（東）（後漢書志－7－3165－13）姓（耕）境（陽）（後漢書志－13－3275－12）赤（鐸）陰（侵）（後漢書志－13－3277－3）子（之）服（職）（後漢書志－29－3640－10）

【獨用】

侯獨用：驟、陋（後漢書志－2－3026－7）

之獨用：之、已（後漢書志－2－3026－8）時、謀（後漢書志－13－3265－3）祠、祀、時（後漢書志－15－3305－1）子、志、災（後漢書志－15－3309－5）

職獨用：得、息（後漢書志－2－3026－8）

歌獨用：和、播（後漢書志－2－3026－8）

陽獨用：量、衡、象（後漢書志－2－3026－11）昌、當、常、王（後漢書志－7－3165－10）煌、彭（後漢書志－13－3272－6）霜、黃（後漢書志－15－3308－2）

質獨用：日、實（後漢書志－2－3027－1）

魚獨用：父、五（後漢書志－7－3165－11）拒、予（後漢書志－7－3165

－12）

　　耕獨用：聖、平（後漢書志－7－3165－12）盛、命（後漢書志－16－3328
－1）

　　祭獨用：世、際（後漢書志－7－3165－13）

　　幽獨用：孝、修（後漢書志－7－3165－13）

　　東獨用：功、庸（後漢書志－29－3639－1）

　　②西漢：我們將司馬彪所引用的《京房・易傳》的韻語放在西漢時期研究。

【獨用】

質獨用：節、室（後漢書志－14－3292－2）

之獨用：時、災、來（後漢書志－15－3319－12）

　　③東漢：我們將後漢時期獨用的韻語，放入范曄後漢時期的韻譜中，因為
這些都是具有相同性質的材料，這樣做的話，可以豐富韻語的數量，對於弄清
後漢時期的語音特點有很大的幫助。

【合韻】

　　違（微）時（之）（後漢書志－2－3026－3）虧（歌）衰（微）（後漢書志
－2－3035－6）道（幽）子（之）（後漢書志－7－3158－1）融（冬）龍（東）
（後漢書志－30－3673－3）嚼（藥）鐃（宵）（後漢書志－13－3283－2）

【獨用】

　　陽獨用：常、昌（後漢書志－2－3035－6）堂、梁（後漢書志－13－3282
－1）王、芒（後漢書志－13－3284－3）方、黃、當、當、方、當（後漢書志
－30－3673－3）張、荒（後漢書志－13－3277－3）陽、強（後漢書志－16－
3332－8）

　　眞獨用：臣、尹（後漢書志－7－3166－11）

　　職獨用：福、極（後漢書志－7－3166－11）得、北（後漢書志－13－3280
－8）

　　脂獨用：諧、眉（後漢書志－13－3280－8）

　　元獨用：弦、邊（後漢書志－13－3281－6）班、間（後漢書志－13－3281
－15）

侯獨用：鈎、侯（後漢書志－13－3281－6）

魚獨用：枯、姑、胡、馬、車、胡（後漢書志－13－3281－11）烏、逋、徒、車（後漢書志－13－3281－15）鼓、怒（後漢書志－13－3282－1）

耕獨用：平、姓（後漢書志－13－3282－9）井、整（後漢書志－13－3283－2）青、生（後漢書志－13－3285－1）

④魏晉：

【合韻】

衡（庚）行（庚）情（清）綜（宋）（後漢書志－1－2999－3）呂（語）數（遇）（後漢書志－1－2999－3）形（青）動（東）靜（靜）（後漢書志－1－3001－4）知（支）曉（宵）（後漢書志－1－3015－3）造（號）休（尤）（後漢書志－2－3034－14）改（海）福（屋）（後漢書志－2－3034－14）科（戈）也（馬）（後漢書志－2－3036－11）該（咍）已（止）（後漢書志－2－3036－12）正（勁）應（證）尙（漾）（後漢書志－2－3037－1）分（問）文（文）（後漢書志－2－3039－7）文（文）存（魂）（後漢書志－2－3038－14）修（尤）久（有）（後漢書志－2－3042－1）短（緩）建（願）躔（仙）變（線）焉（仙）（後漢書志－3－3055－1）速（屋）朔（鐸）（後漢書志－3－3055－4）北（德）極（職）（後漢書志－3－3055－8）短（緩）焉（仙）（後漢書志－3－3055－8）章（陽）元（元）（後漢書志－3－3056－2）蔀（厚）紀（止）（後漢書志－3－3056－2）光（唐）上（養）（後漢書志－3－3056－12）天（先）辰（眞）（後漢書志－3－3056－12）事（志）時（之）（後漢書志－3－3056－12）功（東）隆（東）（後漢書志－3－3056－12）紀（止）事（志）之（之）（後漢書志－3－3057－1）文（文）時（之）流（尤）（後漢書志－3－3057－2）備（至）畢（質）（後漢書志－3－3057－5）極（職）儀（支）（後漢書志－3－3082－1）容（鍾）恭（鍾）從（鍾）隆（東）（後漢書志－6－3153－1）天（先）民（眞）（後漢書志－7－3164－8）敬（映）明（庚）（後漢書志－7－3165－1）異（志）意（志）（後漢書志－7－3165－2）文（文）倫（諄）（後漢書志－7－3166－6）堂（唐）雍（鍾）（後漢書志－7－3166－7）臺（咍）序（語）（後漢書志－7－3166－7）古（姥）恕（御）（後漢書志－7－3166－9）民（眞）昆（魂）（後漢書志－7－3166－10）視（至）微（微）

至（至）（後漢書志－10－3214－4）原（元）勢（月）（後漢書志－10－3214－4）建（願）端（桓）幹（翰）酸（桓）觀（桓）（後漢書志－18－3374－4）分（問）君（文）紛（文）聞（文）（後漢書志－23－3534－1）書（魚）獄（燭）（後漢書志－28－3623－4）利（至）害（泰）（後漢書志－29－3639－1）事（志）之（之）災（咍）（後漢書志－29－3639－1）情（清）功（東）長（陽）（後漢書志－29－3639－5）大（泰）折（薛）（後漢書志－29－3639－6）樂（鐸）福（屋）（後漢書志－29－3639－6）國（德）熾（志）（後漢書志－29－3640－11）纓（清）上（養）（後漢書志－29－3640－12）己（止）悔（隊）（後漢書志－29－3641－1）下（馬）御（語）（後漢書志－29－3641－1）缺（屑）制（祭）（後漢書志－29－3641－2）定（徑）經（青）正（勁）（後漢書志－29－3641－2）色（職）服（屋）（後漢書志－30－3661－1）

質獨用：一、失（後漢書志－2－3041－14）

遇獨用：註、數（後漢書志－3－3082－2）

月獨用：發、月（後漢書志－3－3084－1）

微獨用：微、機（後漢書志－7－3166－2）

止獨用：祀、止、紀、始（後漢書志－9－3206－1）

德獨用：默、德、克、忒、國（後漢書志－28－3633－2）

燭獨用：局、玉、欲、縟（後漢書志－30－3678－4）

第五節　前四史的語音基礎及時代層次

　　總的來說，本文認為前四史所代表的語音基礎應該是先秦、西漢、東漢以及三國、劉宋時期的官話音系。司馬遷、班固、范曄、陳壽所創作的史書不可能完全是運用方言寫作而成的。道理很簡單，他們的作品流傳千載，必定是依附了官話的影響力，如果真的完全是用方言創作而成，其作品應該不會流傳如此之久且如此完整、影響如此久遠。王力先生在《南北朝詩人用韻考》中說到：「做官的人就是喜歡打官腔，也許還喜歡依照官音押韻。雖然有時候在藍青官話裏可以留些土音的痕迹，但已經很難代表一地的方音了。因此，我們發現時代對於用韻的影響大，而地域對於用韻的影響小。」〔註43〕

〔註43〕王力，南北朝詩人用韻考，商務印書館，2003，5頁。

這也意味著，史書中的韻語以方音入韻的作品是少數，多數韻語還是趨向於押共同語的韻部。

鄭張尚芳先生在《上古音系》中也認為：「從上古直到近代，漢語的書面語一直是以中州音為標準音的，這是存在著幾千年的雅言傳統，雖然不同的作者可能會在文中夾雜某些方言成分，不過為了保持交際功能，語言主體是不可能變的。直到今天，漢語各方言儘管分歧巨大，而其讀書音的文讀系統也總是靠攏中州雅言語音標準的。因此漢語史所研究的歷代音系，除非特別選擇，都是以中州雅言的書音音系為對象的。」〔註44〕本文所研究音系的語音基礎也是如此。

1 · 先秦時期共同語的基礎

眾所周知，帝王都邑是政治中心，同時也往往就是經濟和文化的中心。從史實上看，自商、周、秦以來，黃河流域一帶形成了共同語。隨著時代的推移、社會的發展，它的使用範圍也一天天地擴大，同時逐步向帝王都邑集中。因此周秦時代的共同語是以河南－山西－陝西這一三角地帶中的語言為其基礎方言的。

2 · 西漢時期共同語的基礎

漢代共同語的基礎，已經由周秦雅言為之準備好了。西漢初期，共同語基本上還是以河洛一帶的語言為基礎，開始的時候並沒有立即轉移至長安。原因是西漢初期的數十年間，發生了吳楚等七國之亂，天下尚不安定，各地的割據還甚為嚴重。那時，作為首都長安的語言還不可能得到廣泛的傳播。西漢前期就仍然使用前代流傳下來的中原共同語。

然而中期，社會日漸安定，在漢朝統治的幾百年間，漢語共同語有了穩定的發展。由於漢代重視經學，漢武帝時還設立了五經博士。經學的大力推廣，使得書面共同語的流傳越來越廣泛。這個書面共同語，從呂不韋主持編纂的《呂氏春秋》直至漢代劉安的《淮南子》，都表現出了相當成熟的、統一的語言規範。這時期共同語的語音基礎就應該轉移為長安音了。

〔註44〕鄭張尚芳，上古音系，上海教育出版社，2003，6頁。

　　長安從公元前二〇六年至公元二十五年是西漢的國都〔註45〕，皇室、貴族、官吏皆集中於此。同時它又是全國商賈貿易的集散地。一句話，在西漢兩百多年間，長安是政治、經濟、文化和貿易的中心。因此以長安為中心的陝西方言，由於政治、經濟的原因而加強了它的語言優勢，那麼，西漢時期的共同語就應該是以長安－洛陽之間及山西一帶的方言為其基礎方言的，它是周秦雅言歷史的繼承和歷史的發展。因此從基礎方言的地域角度來說，西漢通語與周秦雅言不一定會發生很大的變動。司馬遷作《史記》時，使用的就是相當統一的也比較接近口語的共同語。

3・東漢時期共同語的基礎

　　這個時期的語音基礎應該是洛陽音。這種推測，有兩個事實上的根據：

　　第一，說起洛陽，它是歷史悠久的古都。西周雖都於鎬京，但周公還經營了洛邑，稱之為東都。東周以後，洛陽繼鎬京而成為全國政治、經濟、文化的中心。秦並六國，洛邑遂廢。到了東漢之時，從公元 25 年至公元 220 年皆以洛陽為帝都，洛陽本是東周的京都，居民多為商人後裔。漢代的《鹽鐵論》曾道：「宛、周（指洛陽）齊魯，商遍天下，富貫海內。」〔註46〕宛、洛一帶的中原漢語伴隨著「商遍天下」而流播於全國，繼續發揮共同語的作用。由此可見，全國的政治、經濟、文化中心就由長安轉移到了洛陽。前文說過，政治、經濟和文化上有勢力的方言，可以成為共同語的代名詞。正因為洛陽直到漢代仍然保持著重要的商業城市的地位，所以它的語言，仍能保持共同語的地位。

　　第二，從魏晉南北朝的共同語向上推，也能證明這個論斷是正確的。這一時期的共同語，是以洛陽話為中心的，而標準音即是洛陽音。陳寅恪先生在《從史實論切韻》一文中也說到：「洛陽者，東漢、曹魏、西晉三朝政治文化之中心，而東晉、南朝之僑姓高門，又源出此數百年來一脈綿延之士族，則南方冠冕君子所操之北音，自宜以洛陽及其近旁者為標準矣。」〔註47〕可見，曹魏時期的共同語也是以洛陽一帶的中原音為代表的。

〔註45〕離秦的舊都頗為接近。

〔註46〕鹽鐵論校注，西漢・桓寬著，王利器校注，中華書局，1992 年。

〔註47〕陳寅恪，從史實論切韻，嶺南學報，1949，3 卷 2 期。

小　結

漢代共同語的標準音，可以這樣假定：西漢建國初期仍然沿襲周秦雅言，但不久後語音基礎就轉移爲長安話，而東漢時期的語音基礎應該是洛陽話。

4・三國時期共同語的基礎

就像我們反覆強調的，語言演進的軌迹一般總是與社會政治、經濟、文化發展的軌迹相契合的。三國時期的共同語也是以洛陽話爲中心。在這個歷史階段上沒有發生什麼事件能夠引起共同語的改變，曹魏皇室不大可能讓語言也來個改朝換代。曹魏〔註48〕一直以中原爲中心統治中國北部。不久後又統一了西晉〔註49〕，並沿續前代建都於河洛地區。河洛建都近三百年之久，從而形成了曹魏的標準音「洛語」、「晉語」。

5・劉宋時期共同語的基礎

晉代之後，開始了南北朝對峙的時期。這個時期，由於洛陽仍是北方許多王朝的京都，它的共同語地位就一直被保存下來。因此南朝的官話應該也是洛陽音，即南渡之時把北方的共同語帶到了南方，並且保存了下來。同時我們也應該注意到，南方的吳音對這種官話肯定會產生一定的影響。因爲南朝諸代，多以金陵話〔註50〕爲南方的共同語。並且南方的士族在政治、經濟上都佔有很重要的地位，這樣南朝作家在用韻時就很容易兼顧到南音和北音。李露蕾先生也認爲南北朝時期的詩文韻部具有綜合南北的性質〔註51〕。張琨先生在《張琨談漢藏系語言和漢語史的研究》〔註52〕一文中也談到過，南朝的文人詩韻也不能完全反映南朝人們所說的活語言，只能代表一種同時反映南、北方言特點的書面語。本文認同這種觀點。

從上述中我們可以發現，周、秦、漢代〔註53〕的文學語言基礎是北方方言，

〔註48〕公元 220 到 265 年。

〔註49〕265 到 317 年。

〔註50〕今南京。

〔註51〕李露蕾，論南北朝語音研究的特殊性——對南北朝韻部研究的再思考，西華大學學報，2005，5。

〔註52〕語言學論叢（第 13 輯），北京：商務印書館，1984。

〔註53〕公元前 1122 到公元 220 年。

而魏晉宋時期〔註 54〕是個過渡階段，中心由北向南移。到了齊、梁時代〔註 55〕就基本是以南方方言爲主導了。

6．前四史語音基礎小結

《史記》、《漢書》的全部韻語材料能夠體現先秦、西漢和東漢時期的語音特點，但是其主導的材料所反映的音系應該是西漢時期的。西漢建國初期仍然沿襲周秦雅言，但不久後其語音基礎就轉移爲長安話。

《後漢書》的全部韻語材料可以體現先秦、後漢以及作者范曄、司馬彪時代的音系，當然其主導的音系應該是後漢時期。東漢時期的語音基礎應該是洛陽話。

《三國志》的語料最主要的體現了三國時期的語音特點。三國時期的語音基礎亦如前代，應該爲洛陽話。

7．前四史的時代層次

（1）《史記》包括先秦、西漢、東漢時期的語料。

（2）《漢書》包括先秦、西漢、東漢時期的語料。

（3）《三國志》包括先秦、魏晉時期的語料。

（4）《後漢書》包括先秦、西漢、東漢、魏晉、劉宋時期的語料。

〔註 54〕220 到 479 年。

〔註 55〕480 到 587 年。

第四章　韻例問題

第一節　韻例的介紹

1·韻例的重要性

　　欲確定韻腳，必先弄清韻例。史書中的韻文沒有固定的格律，這樣從散文中提煉出押韻字就變成了一件不容易的工作。因此韻字識別的準確與否，跟對韻例認識的準確與否有著密切的關係。

　　韻例的分析尤爲重要，孔廣森就曾經說道：「欲審古音，必先求乎古人用韻之例」〔註1〕。江永也說過：「古有韻之文亦未易讀，稍不精細，或韻在上而求諸下，韻在下而求諸上，韻在彼而誤叶此；或本分而合之，本合而分之；或閒句散文而以爲韻，或是韻而反不韻；甚則讀破句，據誤本，雜鄉音，其誤不在古人而在我」。〔註2〕這些話都是很有見地的。王力先生也認爲：「韻例的研究很重要，只有瞭解了《詩經》的韻例，才能更好地瞭解《詩經》時代的韻部。」〔註3〕由此可見韻例的重要性。

〔註1〕孔廣森，《詩聲類》，中華書局，1983，9頁。

〔註2〕江永，《古韻標準·例言》，中華書局，1982，36頁。

〔註3〕王力，詩經韻讀／楚辭韻讀，北京：中國人民大學出版社，2004，46頁。

2．研究韻例時的注意事項

首先，我們應該注意《詩經》的韻例同散文的韻例是有一定區別的。散文中的押韻部分較之詩文押韻，顯得更加靈活更加自由，也許句句押韻，也許好幾個句相隔才出現一個韻腳，這都是要具體問題具體分析的。而且散文的用韻在字數上未必是要求完全一致的，結構大體相同即可。因此散文的韻例應該不會像《詩經》那樣繁複。

其次，韻與非韻的判定問題是頗爲複雜，但又是非常重要的，因爲它關係到詩歌的聲律問題，同時也關係到遠韻能否同用的問題。將這個問題辨別的清晰，可以減少對合韻的解釋，特別可以避免誤認不合聲律的合韻，可以使我們所得出的韻部更爲精準。例如有一些諺語，如「桃李不言，下自成蹊。」〔註4〕等，我們看不出其押韻的痕迹。或許它們本來無韻，或許它們原是更大的整體的一部分，經節錄之後失去了韻語的面貌。這些問題都需要我們認眞地進行辨析。

第三，韻例和韻部的互證，是不是循環論證呢？當然不是的。在這個問題上我們同意王力先生的觀點：「決定韻部，主要是看它的系統性。這個系統性是靠《切韻》系統往上推，因爲語音雖是發展的，但是語音的系統性發展是有條理可尋的。根據這個系統性來假定上古韻部，然後使用韻式和韻部的互證，自然可以得出科學的結論。」〔註5〕

3．確定韻例的標準

我們所使用的確定韻例的標準採用了王力先生在《詩經韻讀》〔註6〕中所使用的方法，同時我們還參考了金周生先生在《〈史記·太史公自序〉韻語商榷》〔註7〕中的意見，並結合了本文材料的特點，所得出的標準如下：

3·1 大停頓處不能無韻。所謂大停頓處，就是一個語法句的終了。就是一個句號前的韻腳，它應該是一個韻的標誌。「一個語法句的終結處，除了罕

〔註4〕《史記·李將軍列傳》。

〔註5〕王力，詩經韻讀／楚辭韻讀，北京：中國人民大學出版社，2004，99頁。

〔註6〕王力，詩經韻讀／楚辭韻讀，北京：中國人民大學出版社，2004。

〔註7〕金周生，《史記·太史公自序》韻語商榷，兩漢文學學術研討會論文集，臺北：華嚴出版社，1995。

見的例外，總是要押韻的。大停頓處的字，即使不同韻部，一般也應該認爲是韻腳。」〔註8〕

3·2 小停頓處可以無韻。小停頓處常常出現在單句的末尾。這種小停頓是可韻可不韻的，如果小停頓處和大停頓處的韻語相差過大，那麼則可以忽略小停頓處的韻，不認爲該處用韻。憑藉這個原則我們可以避免許多意外的合韻。

3·3 韻母差別大的一般不押韻。「韻母差別大，從聲律上說，根本不可能押韻。」〔註9〕如果遇到這種情況，本文就認爲它屬於非韻。

3·4 位置不同的不押韻，句尾的字一般不和別句的倒數第二個字押韻。這條規律說的只是一般情況，如果句尾是一個虛字，韻就常常落在倒數第二個字上，那麼這個時候，句尾的字就可以和倒數第二個字押韻了。

3·5 一般不隔兩句才用韻。中國詩歌最常見的韻例是隔句用韻，一般不會隔兩句才用韻。例如：──，──A，──B，──B，──B，──B。

BBBB是肯定用韻的，A雖和BBBB不同韻，但如果不認爲其用韻，就是隔了兩句，那麼就是疏韻〔註10〕了。因此，本文把這個韻段處理成A和B的合韻。

3·6 班固在《兩都賦·序》〔註11〕中曾道：「故孝成之世，論而錄之，蓋奏御者千有餘篇。」這說明漢成帝之時，「奏御」的賦就有上千篇，那麼非「奏御」的賦呢？可見當時賦的數量是相當巨大的，而史書中賦的數量也很多，是本文用韻研究的主體之一。因此，我們有必要弄清賦的用韻特點。漢大賦的特點是：以人物的問答組織全篇，首尾用散句，篇中入韻，句式長短不一，多三、四、六言，選用的韻也變化不定。設辭問答和韻散配合是賦體的兩大要素。以設辭問答而言，現存的先秦兩漢的辭賦幾乎每篇都是如此。韻散配合在辭賦中表現在整體結構方面。從整體結構來看，辭賦多由首、中、尾三部分構成。其首部多爲散文句式，通過人物對答來敘述作賦的緣由；中部則以大段的韻文構成，這也是賦的主體。其句式靈活多變，長短不一，錯落有

〔註8〕《詩經韻讀》，42頁。

〔註9〕《詩經韻讀》，44頁。

〔註10〕隔兩句用韻的，就叫疏韻。

〔註11〕龔克昌等，《全漢賦》評注，花山文藝出版社，2003。

秩。它基本採用三、四、五、六、七、八等句外，還時常夾雜騷體四三言、五六言、四四言和三三言等句式，使其結構避免了單調重複，更加吸引讀者；尾部又用散句歸結，同時托出作者作賦的本意。但是我們同時也要注意到，就算辭賦的首部和尾部是以散文句式爲主，但也不排斥可能會有韻文句式和興到筆至的散漫用韻。同樣，在以韻文爲主的辭賦中部，也往往摻雜參差的散文句式和不用韻的句子。

瞭解賦的用韻特點，我們才能更好地找出賦的韻例所在。

3·7「我認爲找韻腳字除了要由韻例上分析外，也當從文例上觀察。所謂文例，是指上下文意的改變與上下文的對應關係而言；因爲文意的改變是換韻的時機，而對應的文句在押韻字上也往往有對應的關係。」〔註12〕金先生以《史記·太史公自序》中的例子來解釋他的觀點，如下：

（1）「維驥騄耳，乃章造父。趙夙事獻，衰續厥緒。佐文尊王，卒爲晉輔。襄子困辱，乃擒智伯。主父生縛，餓死探爵。王遷辟淫，良將是斥。嘉鞅討周亂，作趙世家第十三天下。」（2）「已平，親屬既寡；悼惠先壯，實鎮東土。哀王擅興，發怒諸呂，馴鈞暴戾，京師弗許。屬之內淫，禍成主父。嘉肥股肱，作齊悼惠王世家第二十二。」《趙世家》與《齊悼惠王世家》都是以四字句爲主，且爲隔句押韻，末二句不入韻，這就是「上下對應的文句在押韻字上也有對應的關係」，因此我們就不必爲末句的不入韻而感到懷疑；而從上下文意看，因爲是介紹不同的世家，文意已經改變，所以有換韻的現象。從《趙世家》的句讀來看，前半段與後半段都已各自成句，產生換韻的情形，也是不足爲奇的。因此通過韻例與文例的雙重判斷，我們就可以對史書中的韻語加以衡量了。

金先生的觀點對我們深有啟發。

3·8 從寬原則。散文中的韻語，多數不會像詩歌那樣句句齊整，句式參差，不對稱的韻語是經常會見到的，因此我們不能以詩詞歌賦的韻語形式來強求散文，否則將會錯失許多珍貴的語音現象，這也就是爲什麼我們要以一個從寬的原則來判斷韻例的原因。當然所謂的「從寬」不是盲目地、一味地將看似有韻語的韻段一併拿來，我們也有自己的一套標準，並對具體韻段作出具體的分析。

〔註12〕金周生《〈史記·太史公自序〉韻語商榷》，279～280 頁。

第二節　史書韻例的種類

史書中的韻例稍複雜一些，它的起韻位置不定，押韻句數不定，換韻位置不定，結尾的無韻句數也不定，所以在總結的時候麻煩一些。根據韻字在句子中的位置，可以將前四史的韻例分成「句尾韻」、「句中和句尾互協韻」以及「句中韻」三類。下面分別介紹這三種情況：

1・句尾韻

句尾韻是最常見的情況。由於相同的韻多處在句末長休止的重要位置上，兼且同中有異〔註13〕，異中顯同，所以能夠產生既迴環往復又具微妙變化的美感和節奏感，它是漢語詩歌音樂性的重要來源，並且能夠加強作品的統一感。它分為只有一個韻的韻段和有多個韻的韻段兩種類型。

1・1 只有一個韻的韻段

只有一個韻的韻段是指一個韻段自始至終只押一個韻。韻文內部的用韻密度越大其情感的強度也就越大。它包括：句句相協〔註14〕、隔句相協兩種類型。

1・1・1 句句相協。例如：

其辭曰：鑠王師兮征荒裔，剿凶虐兮截海外，夐其邈兮亙地界，封神丘兮建隆嵑，熙帝載兮振萬世。（後漢書－23－815－9）〔註15〕

「裔、外、界、嵑、世」皆押「月」部。

嗟薄祐兮遭世患，宗族殄兮門戶單。身執略兮入西關，歷險阻兮之羌蠻。山谷眇兮路曼曼，眷東顧兮但悲歎。冥當寢兮不能安，饑當食兮不能餐，常流涕兮皆不乾，薄志節兮念死難，雖苟活兮無形顏。（後漢書－84－2802－11）

「患、單、關、蠻、曼、歎、安、餐、乾、難、顏」皆押「元」部

惟彼方兮遠陽精，陰氣凝兮雪夏零。沙漠壅兮塵冥冥，有草木兮春不榮。人似禽兮食臭腥，言兜離兮狀窈停。……玄雲合兮翳月星，北風厲兮肅泠泠。胡笳動兮邊馬鳴，孤雁歸兮聲嚶嚶。樂人興

〔註13〕同韻字的聲母或介音往往不同。

〔註14〕也稱之為「連韻式」。

〔註15〕韻字後面括號內的數字分別表示「卷次序號」和「頁碼」、「韻段所在的行數」。

兮彈琴箏，音相和兮悲且清。心吐思兮匈憒盈，欲舒氣兮恐彼驚，含哀咽兮涕沾頸。家既迎兮當歸寧，臨長路兮捐所生。兒呼母兮號失聲，我掩耳兮不忍聽。追持我兮走熒熒，頓復起兮毀顏形。還顧之兮破人情，心恇絕兮死復生。（後漢書－84－2802－13）

「精、零、冥、榮、腥、停、星、泠、鳴、嬰、箏、清、盈、驚、頸、寧、生、聲、聽、熒、形、情、生」皆押「耕」部。

句句相協中還包括一種特殊押韻形式，即「同字為韻」。

1・1・1・1 同字為韻

因多數音韻學家研究韻腳字，其目的是為了繫聯以歸納韻部，同字相押對此毫無用處，所以多不為取。須承認，同字反覆只是初具節奏感，帶有一定的音樂性，但是由於缺乏變化，效果始終比較單調。雖然，同字相押缺乏變化，且十分單調，但我們還是應該承認其押韻，其情形有點像現代民間的「百子歌」。這種押韻形式是為了說理雄辯透徹，所以它尚鋪陳，多排比。如：

> 京都歌曰：承樂世董逃，遊四郭董逃，蒙天恩董逃，帶金紫董逃，行謝恩董逃，整車騎董逃，垂欲發董逃，與中辭董逃，出西門董逃，瞻宮殿董逃，望京城董逃，日夜絕董逃，心摧傷董逃。（後漢書－13－3284－6）

「董」押「東」部；「逃」押「宵」部。

> 是故日以實之，月以閏之，時以分之，歲以周之，章以明之，蔀以部之，紀以記之，元以原之。（後漢書－3－3056－2）

「之」押「之」部。

> 「古者名官職不言曹；始自漢已來，名官盡言曹，吏言屬曹，卒言侍曹，此殆天意也。」（三國－42－1022－4）

「曹」押「宵」部。

> 故古者封內甸服，封外侯服，侯衛賓服，蠻夷要服，戎狄荒服，遠近勢異也。（漢書－64－2777－1）

「服」押「職」部。

> 象以典刑，流宥五刑，鞭作官刑，撲作教刑，金作贖刑。（史記－1－24－7）

「刑」押「耕」部。

1・1・2 隔句相協。如：

　　　贊曰：皇極惟建（元），五事剋端（元）。罰咎入涁，逆亂浸

干（元）。火下水騰，木弱金酸（元）。妖豈或妄，氣炎以觀（元）。

（後漢書－18－3374－4）

「建、端、干、酸、觀」皆押「元」部。

　　　贊曰：伏波好功（東），爰自冀、隴（東）。南靜駱越，西屠燒

種（東）。徂年已流，壯情方勇（東）。（後漢書－24－863－3）

「功、隴、種、勇」押「東」部。

　　　古之奔臣，禮有來逼（德），怨興司官，不顧大德（德）。靡

有匡救，倍成奔北（德），自絕於人，作笑二國（德）。（三國－45

－1090－4）

「逼、德、北、國」亦皆隔句入「德」部。

1・2 多個韻的韻段

韻段不一定是一韻到底的，兩韻及兩韻以上的韻段特別常見。它分為三種

情況：交韻、抱韻、換韻。

1・2・1 交　韻

所謂交韻，是指韻句之間交叉相押。交韻的基本格式是一個句段中，數句

之中不同韻部相互間隔，奇句與奇句押韻，偶句與偶句押韻，奇句與偶句交相

為韻的形式。

標準的格式：ABAB；延展的交韻：ABABAB

例如：

　　　察淫侈之華譽（魚），顧介特之實功（東），聘畎畝之群雅（魚），

宗重淵之潛龍（東）。（後漢書－60－1969－4）

此例「魚」和「東」交韻。

　　　遂棲鳳皇於高梧（魚），宿麒麟於西園（元），納僬僥之珍羽

（魚），受王母之白環（元）。（後漢書－60－1969－7）

此例「魚」和「元」交韻。

雖時獻一策，偶進一言，釋彼官責，慰此素飧。（三國－42－1035
－8）

「策、責」入「錫」韻，「言、飧」入「魂」韻，此爲「錫、魂」交韻。

乃律天時，制爲神軍，取象太一，五將三門；疾則如電，遲則
如雲，進止有度，約而不煩。（三國－62－1414－8）

「軍、雲」入「眞」韻，「門、煩」入「魂」韻，此爲「眞」和「魂」交韻。

吉虖告我，凶言其災。淹速之度，語余其期。（漢書－48－2226
－5）

「我、度」押「歌」部，「災、期」押「之」部

雖然交韻多以兩韻爲常，但在散文中卻可以看到三韻交替組成交韻的韻
例，如：（三國－42－1035－9）「盍亦緌衡緩轡，回軌易塗，輿安駕肆，思馬
斯徂，審厲揭以投濟，要夷庚之赫憮，播秋蘭以芳世，副吾徒之彼圖，不亦
盛與！」

「轡、肆」入「質」韻，「塗、徂、憮、圖」入「魚」韻，「濟、世」入「祭」
韻，此韻段的排列順序爲：質、魚、質、魚、祭、魚、祭、魚。魚部韻串接著
前面的質部韻和後面的祭部韻，形成「質」、「魚」、「祭」三韻交替出現，前後
相復，形成特殊的交韻方式。

1．2．2抱　韻

所謂抱韻，也是四句兩韻，但它是第一句和第四句相押，第二句和第三句
相押。

標準格式：ABBA

抱韻變式一：AABBAA

抱韻變式二：ABBACC

例證如下：

以賜有恩信，故親厚之（之），數蒙宴私（脂），時幸其第（脂），
恩賜特異（職）。（後漢書－14－565－8）

「之」和「異」是「之職」合韻；「私」和「第」是「脂」部獨用。

太微積星（耕），名爲郎位（物），入奉宿衛（月），出牧百姓（耕）。
（後漢書－54－1773－3）

「衛」和「位」是「月物」合韻；「星」和「姓」是「耕」部獨用。

　　　　都荔遂芳，窅窕桂華。孝奏天儀，若日月光。（漢書－22－1049
　　－3）

「芳、光」入「陽」部，「華、儀」入「歌」部。

　　　　合不以得，違不以失，得不克詘，失不慘悷；不樂前以顧軒，
　　不就後以慮輕，不囂譽以干澤，不辭愆以忌紲。（三國－42－1037
　　－10）

「失、紲」入「質」韻，「悷、輕」入「脂」韻，此為「質」與「脂」兩韻
形成抱韻。

　　散文中抱韻的應用較為普遍，但抱韻中所用的兩個韻，韻腳的位置卻不
固定，也沒有一定的規律。如：（三國－42－1036－4）「利回其心，寵耀其目，
赫赫龍章，鑠鑠車服，偷幸苟得，如反如仄，淫邪荒迷，恣睢自極，和鸞未
調而身在轅側，庭寧未踐而棟折榱覆。」

　　「目、服、覆」入「屋」韻，「仄、極、側」入「職」韻，「屋、職」兩韻
形成抱韻。這種情形與句子整齊的詩歌語言不同，顯然是散文句式的特點所決
定的。

1‧2‧3 換　韻

　　所謂換韻，是指一個韻段中的幾個韻次第相押。它是一韻夾雜在其它各韻
之中，雖然被其它各韻間隔，卻是有規律地反覆出現。韻腳的轉換適宜於體現
曲折多變的情感。

　　換韻與抱韻、交韻的區別在於：抱韻是一個韻抱住另一個韻；換韻卻是一
個韻與各個不同的韻交替出現。而且在這些交替出現的韻部當中，只有一個韻
部是相同的；其它不同的韻部都能在相互間隔中自成韻語。交韻一般只用兩個
韻，至多三個韻；換韻卻一定要用三個或三個以上的韻。

換韻標準換韻：AABBCC；延伸換韻一式：AABBBCCC

例證如下：

　　　　長安為之語曰：竈下養（陽），中郎將（陽）。爛羊胃（物），騎
　　都尉（物）。爛羊頭（侯），關內侯（侯）。（後漢書－11－471－13）

此例「陽」、「物」、「侯」三部換韻。

　　故鄙諺有云：生男如狼（陽），猶恐其尪（陽）；生女如鼠（魚），
猶恐其虎（魚）。（後漢書－84－2788－8）

此例「陽」、「魚」換韻。

　　雖跂者未一，偽者未分，聖人垂戒，蓋均無貧；故君臣協美於
朝，黎庶欣戴於野，動若重規，靜若疊矩。濟濟偉彥，元凱之倫也，
有過必知，顏子之仁也，侃侃庶政，冉、季之治也，鷹揚鷟騰，伊、
望之事也。（三國－42－1037－1）

「分、貧」入「眞」韻，「野」入「歌」韻，「矩」入「魚」韻，「倫、仁」
入「眞」韻，「治、事」入「之」韻。「眞」部韻一共出現兩次，其間雜以歌部
和魚部、之部韻。散文句段中，間韻的應用就像用了一個主旋律，把整個句段
串聯在一起，使韻段形成了迴環往復的韻律之感。

　　且夫天地爲爐，造化爲工；陰陽爲炭，萬物爲銅。合散消息，
安有常則？千變萬化，未始有極。忽然爲人，何足控揣；化爲異物，
又何足患！小智自私，賤彼貴我；達人大觀，物亡不可。（漢書－48
－2228－1）

「工、銅」入「東」部；「則、極」入「職」部；「揣、患」入「元部」；
「我、可」入「歌」部。

　　維二十九年，時在中春，陽和方起。皇帝東游，巡登之罘，臨
照于海。從臣嘉觀，原念休烈，追誦本始。大聖作治，建定法度，
顯箸綱紀。外教諸侯，光施文惠，明以義理。六國回辟，貪戾無厭，
虐殺不已。皇帝哀眾，遂發討師，奮揚武德。義誅信行，威燀旁達，
莫不賓服。烹滅強暴，振救黔首，周定四極。普施明法，經緯天下，
永爲儀則。大矣哉！宇縣之中，承順聖意。群臣誦功，請刻于石，
表垂于常式。（史記－6－249－3）

「起、海、始、紀、理、已」入「之」部；「德、服、極、則、意、式」入
「職」部。

　　交韻、抱韻和換韻這三種特殊的用韻方式可以使韻段前後相銜，韻律迴旋，
悅耳動聽，從而在音響上形成一個完美無缺的整體，使詩歌具有內在的吸引力。
這三種入韻方式不僅增強了韻的密度，加快了韻律節奏，還產生一種緊迫的聲

響效果。在仍以口授耳記誦讀爲主的漢魏晉時期，散文句子這種韻式的應用確實有其特殊的語言效果。

2・句中和句尾互協韻

2・1 三字韻語

一般是第一字和第三字押韻。如：

中於宮（漢書－21－958－3）

「中、宮」入「冬」部。

觸於角（漢書－21－958－3）

「觸、角」入「屋」部。

祉於徵（漢書－21－958－3）

「祉、徵」入「之」部。

章於商（漢書－21－958－3）

「章、商」入「陽」部。

宇於羽（漢書－21－958－3）

「宇、羽」入「魚」部。

忖於寸，蔓於尺，張於丈，信於引。（漢書－21－967－1）

「忖、寸」入「文」部；「蔓、尺」入「鐸」部；「張、丈」入「陽」部；「信、引」入「眞」部。「文、鐸、陽、眞」四部換韻。

2・2 四字韻語

謠諺一般都很短，押韻自有特點，除了通常的腳韻，也存在腰韻。四字韻語分爲兩種類型，一種是第一字和第四字押韻，另一種是第二字和第四字押韻。

2・2・1 第一字和第四字押韻

故孳萌於子，紐牙於丑，引達於寅，冒茆於卯，振美於辰，已盛於巳，咢布於午，昧薆於未，申堅於申，留孰於酉，畢入於戌，該閡於亥。（漢書－21－964－7）

「孳、子」入「之」部；「紐、丑」入「幽」部；「引、寅」入「眞」部；

「冒、卯」入「幽」部;「振、辰」入「眞」部;「巳、巳」入「之」部;「咢、午」屬於「鐸、魚」合韻;「昧、未」入「物」部;「申、申」入「眞」部;「留、酉」入「幽」部;「畢、戌」屬於「質、物」合韻;「該、亥」入「之」部。

　　　　驕子不孝。（史記－58－2091－1）

「驕、孝」入「宵」部。

2・2・2 第二字和第四字押韻

　　　　出甲於甲，奮軋於乙，明炳於丙，大盛於丁，豐茂於戊，理
　　紀於己，斂更於庚，悉新於辛，懷任於壬，陳揆於癸。（漢書－21
　　－964－8）

「甲、甲」入「葉」部;「軋、乙」屬於「月、質」合韻;「炳、丙」入「陽」部;「盛、丁」入「耕」部;「茂、戊」入「幽」部;「紀、己」入「之」部;「更、庚」入「陽」部;「新、辛」入「眞」部;「任、壬」入「侵」部;「揆、癸」入「脂」部。

　　　　竊鉤者誅。（史記－124－3182－5）

「鉤、誅」入「侯」部。

　　　　內平外成。（史記－1－35－3）

「平、成」入「耕」部。

　　　　寧爵勿刀。（史記－129－3297－5）

「爵、刀」屬於「藥、宵」合韻。

　　　　人之將死，其言也善。（史記－126－3208－3）

「言、善」入「元」部。

　　　　甌窶滿篝，污邪滿車，五穀蕃熟，穰穰滿家。（史記－126－
　　3198－5）

「窶、篝」入「侯」部;「邪、車、家」入「魚」部;「穀、熟」入「屋」部。

2・3 六字韻語

　　一般來說是第三字和第六字押韻，也有第二字和第六字押韻的，如：

先號咷而後笑。（漢書－99－4187－7）

「咷、笑」入「宵」部。

臣不密則失身。（漢書－86－3507－1）

「密、身」屬於「質、眞」合韻。

任少卿分別平。（史記－104－2799－7）

「卿、平」入「陽」部。

侯之門仁義存。（史記－124－3182－5）

「門、存」入「文」部。

力田不如逢年，善仕不如遇合。（史記－125－3191－1）

「田、年」入「眞」部；「仕、合」屬於「之、緝」合韻。此例爲第二字和第六字押韻。

2・4 七字韻語

　　所謂七字韻語是指一個韻段只有一句話，這句話只有七個字，其中第四字和第七字押韻〔註16〕。清人趙翼對七字韻語也有簡單的論述，他在《陔餘叢考・卷二十一》〔註17〕中說：「漢人諺語，多七字成句，大率以第四字與第七字?韻，此亦一體也。俱就其人姓氏之韻，而以品題語協之，亦一時風氣然也。」七字韻語一般是歌謠、諺語，當初都是在人們的口頭上流傳，而後才被錄於書中保存下來，因此這類韻語很能反映古韻的變化，是研究古韻的一種很好的材料。七字韻語的內容大多是和人的姓氏有關，而且一般具有褒揚性。

2・4・1《史記》中的七字韻語

甘泉防生芝九莖。（史記－12－479－2）

「生、莖」入「耕」部。

倉廩實而知禮節，衣食足而知榮辱，上服度則六親固。（史記－62－2132－8）

「實、節」入「質」部；「足、辱」入「屋」部；「度、固」屬於「鐸、魚」

〔註16〕但是也有第三字和第七字押韻的特例存在。

〔註17〕陔餘叢考，清・趙翼，石家莊：河北人民出版社，1990。

合韻。

2．4．2《漢書》中的七字韻語

　　　　倉廩實而知禮節。（漢書－24－1128－1）

「實、節」入「質」部。

　　　　五侯治喪樓君卿。（漢書－92－3707－5）

「喪、卿」入「陽」部。

　　　　欲求封，過張伯松。（漢書－99－4086－4）

「封、松」入「東」部。此例是第三字和第七字押韻。

　　　　父不父則子不子，君不君則臣不臣。（漢書－63－2744－4）

「父、子」屬於「魚、之」合韻；「君、臣」爲「文、眞」合韻。此例也是第三字和第七字押韻。

2．4．3《後漢書》中的七字韻語數量最多，這種歌謠傾向於反映官吏為政的特點，多為對良吏的稱頌以及表彰有名之士的德行和經學，多來自民間百姓發自內心之作，其形式為散體歌謠，通俗易懂。

　　　　諸儒爲之語曰：「關西孔子楊伯起。」（後漢書－54－1759－4）

此例「子」和「起」押「之」部。

　　　　故京師爲之語曰：「《五經》從橫周宣光。」（後漢書－61－2023－1）

此例「橫」和「光」押「陽」部。

　　　　鄉人爲之謠曰：「天下規矩房伯武，因師獲印周仲進。」（後漢書－57－2186－1）

此例「矩」和「武」押「魚」部，「印」和「進」押「眞」部。

　　　　學中語曰：「天下模楷李元禮，不畏強禦陳仲舉，天下俊秀王叔茂。」（後漢書－57－2186－5）

此例「楷」和「禮」押「脂」部，「禦」和「舉」押「魚」部，「秀」和「茂」押「幽」部。

　　　　時人歎曰：「殿中無雙丁孝公。」（後漢書－37－1264－5）

此例「雙」和「公」押「東」部。

關東號之曰：「五經復興魯叔陵。」（後漢書－25－883－9）

「興、陵」押「蒸」部。

歌之曰：「枹鼓不鳴董少平。」（後漢書－77－2490－7）

「鳴、平」押「耕」部。

時人稱曰：「欲知仲桓問任安。」又曰：「居今行古任定祖。」
（後漢書－69－2551－6）

「桓、安」押「元」部；「古、祖」押「魚」部。

京師爲之語曰：「說經鏗鏗楊子行。」（後漢書－69－2552－1）

「鏗、行」押「陽」部。

故京師爲之語曰：「解經不窮戴侍中。」（後漢書－69－2554－2）

「窮、中」押「多」部。

鄉里號之曰：「德行恂恂召伯春」。（後漢書－69－2573－10）

「恂（眞）、春（文）」屬於「眞文」合韻。

時人爲之語曰：「《五經》無雙許叔重。」（後漢書－79－2588
－1）

「雙、重」押「東」部。

甑中生塵范史雲，釜中生魚范萊蕪。（後漢書－81－2689－9）

「塵（眞）雲（文）」爲「眞文」合韻；「魚、蕪」押「魚」部。

常聞「關東觥觥郭子橫」，竟不虛也。（後漢書－82－2709－7）

「觥、橫」押「陽」部。

時人謂之論曰：「避世牆東王君公。」（後漢書－82－2760－9）

「東、公」押「東」部。

故京師爲之語曰：「《五經》紛綸井大春。」（後漢書－83－2764
－6）

「綸、春」押「文」部。

時人爲之語曰：「關東大豪戴子高。」（後漢書－83－2773－1）

「豪、高」押「宵」部。

鄉里之語曰：「道德彬彬馮仲文。」（後漢書－28－1004－3）

「彬、文」押「文」部。

> 諸儒爲之語曰：「問事不休賈長頭。」（後漢書－36－1235－2）

「休（幽）頭（侯）」爲「幽、侯」合韻。

> 故京師諺曰：「萬事不理問伯始，天下中庸有胡公。」（後漢書－44－1510－3）

「理、始」押「之」部；「庸、公」押「東」部。

> 避世牆東王君公。（後漢書－82－2760－9）

「東、公」押「東」部。

2・4・4 在裴注《三國志》中七字韻語屬鳳毛麟角，僅見一例：

> 「萬目不張舉其綱，眾毛不整振其領。」。（三國－24－680－8）

「張、綱」入「陽」韻，「整、領」入「耕」韻。

通過以上各例可以看出，七字韻語的前四字或講德行、或講學問、或講官聲、或講性格、或講地位，都是對一個人某方面優點的總結，都是褒揚性詞語；後三字多是姓和字，也有稱官位、綽號、美諡的。

筆者在前四史中尋得了三十餘條七字韻語，經研究發現其句式並不複雜，以褒揚性的韻語來說，多數爲判斷句。七字韻語的押韻很整齊，一般是陰聲韻押陰聲韻、陽聲韻押陽聲韻，入聲韻押入聲韻。七字韻語當初都是流傳在人們口頭上，而後才被錄於書中保存下來的，所以，這類韻語能夠反映古韻的變化。七字韻語是一種固定的韻語形式，我們可以利用它來進行校勘和研究上古的語音情況。但古代韻語一般以偶字相押爲常，七字韻語雖說是一種時代風尚，但確實是韻語中的特例，因此，它只在東漢和魏晉南北朝風行一時，其後便逐漸歸於消亡。

2・5 八字韻語，其分爲兩種類型

2・5・1 第四字和第八字押韻，如：

> 旋、璣、玉衡以齊七政。（漢書－26－1274－5）

「衡、政」爲「陽、耕」合韻。

> 將軍輔政而不早定。（漢書－60－2670－2）

「政、定」入「耕」部。

2・5・2 第三字和第八字押韻，如：

　　　　力戰鬥不如巧爲奏。（漢書－99－4086－4）

「鬥、奏」入「侯」部。

　　　　刺繡文不如倚市門。（史記－129－3274－5）

「文、門」入「文」部。

2・6 十字韻語

　　　　蓋嘉其敬意而不及其財賄，美其歡心而不流其聲音。（漢書－22－1028－9）

「意、賄」爲「職、之」合韻；「心、音」入「侵」部。

2・7 十三字韻語

　　　　今足下與天下從則可以成大功。（史記－97－2705－5）

「從、功」入「東」部。

3・句中韻

　　這種情況又稱之爲「虛字腳」。「虛字腳」是指如果句尾是一個虛字，那麼韻就常常落在倒數第二字或第三字上，即王力先生所稱的「富韻」。「因爲句尾虛字本來已經可以押韻了，但是同字押韻還不夠好，所以要在前面再加韻字，實際上構成了兩字韻腳，所以叫富韻。」〔註18〕它包括：之字腳、兮字腳、矣字腳、也字腳、止字腳、思字腳、忌字腳、隻字腳、焉字腳、哉字腳、與字腳、乎而腳、我字腳、女字腳。但是如果虛字被用作韻腳，那麼倒數第二字就不再用韻了。

　　①京房《易傳》曰：「山崩，陰乘陽，弱勝強也。」（後漢書－16－3332－8）

「陽」和「強」入「陽」部，「也」字不入韻。

　　②意以爲獲無用之虜，不如安有益之民；略荒裔之地，不如保殖五穀之淵；遠救於已亡，不若近而存存也。（後漢書－80－2607－4）

「民」、「淵」和「存」是「眞文」合韻，「也」字不入韻。

〔註18〕《詩經韻讀》，36 頁

③知禍將至而留之，非智也；見正不從而疑之，非義也。（三國－40－992－15）「智、義」爲支部獨用。

「智、義」爲「支」部獨用，「也」字不入韻。

④樂民者，其樂彌長；樂身者，不樂而亡。（三國－61－1400－9）

「民、身」爲眞部獨用，「者」字不入韻。

⑤匪風發兮，匪車揭兮，顧瞻周道，中心怛兮。（漢書－72－3058－5）

「發、揭、怛」入「月」部，「兮」字不入韻。

⑥嘉薦芳矣，告靈饗矣。（漢書－22－1050－5）

「芳、饗」入「陽」部，「矣」字不入韻。

⑦人生而靜，天之性也；感於物而動，性之頌也。（史記－24－1186－1）

「靜、性」入「耕」部，「動、頌」入「東」部，「也」字不入韻。

⑧窮本知變，樂之情也；著誠去僞，禮之經也。（史記－24－1202－2）

「情、經」入「耕」部，「也」字不入韻。

4．史書中的特殊韻例

除了上述的三大類韻例之外，還存在一些特殊的韻例，這些語料我們也不可以忽視。如下：

①君不密，則失臣；臣不密，則失身。（漢書－36－1962－5）

「君、臣」爲「文、眞」合韻；「臣、身」又入「眞」部。句首和句尾字押韻是非常罕見的。這種情況的出現，可能只是一種巧合，好在其數量不多，因此也一併收錄了。

②是歲，改十一公號，以「新」爲「心」，後又改「心」爲「信」。（漢書－99－4132－1）

「新、心、信」爲「眞、侵」合韻。通過更改的謚號，我們也可以瞭解語音的變遷。

③政以行之，刑以防之。（漢書－22－1028－5）

「政、刑」入「耕」部。此例除了句尾用韻外，句首字也入韻。

④贏，爲王不寧；其縮，有軍不復。（史記－27－1320－4）

「贏、寧」入「耕」部；「縮、復」入「覺」部。此兩句的字數不對稱，但也可押韻，這是值得注意的現象。

⑤夫大弦濁以春溫者，君也；小弦廉折以清者，相也。（史記－46－1889－3）

「溫、君」入「文」部；「清、相」爲「耕、陽」合韻。

⑥聲訓材料：

《史記》、《漢書》中多此材料，下面只舉數例：徵，祉也。（漢書－21－958－3）羽，宇也。（漢書－21－959－6）鐘者，種也。（漢書－21－959－6）呂，旅也。（漢書－21－959－9）族，奏也。（漢書－21－959－11）洗，絜也。（漢書－21－959－12）蕤，繼也。（漢書－21－959－12）賓，導也。（漢書－21－959－13）林，君也。（漢書－21－959－14）則，法也。（漢書－21－959－15）南，任也。（漢書－21－960－1）射，厭也。（漢書－21－961－6）

⑦反切材料：

這種材料幾乎都是出現在《三國志》中，如：咥，申隨反（三國－1－8－10）椑音扶歷反（三國－2－81－1）荏音仕狸反（三國－3－108－2）邵音其己反（三國－3－110－3）洨音胡交反（三國－3－112－2）令音郎定反（三國－8－239－1）支音其兒反（三國－8－239－1）排，蒲拜反（三國－24－677－6）睚，五賣反（三國－27－741－12）眥，士賣反（三國－27－741－12）柳，五葬反（三國－32－872－5）猇，許交反（三國－32－890－7）撱，虛晚反（三國－42－1023－5）譊音奴交反（三國－42－1023－10）讙音休袁反（三國－42－1023－10）咋音徂格反（三國－42－1023－10）句古候反（三國－43－1051－2）帢，苦洽反（三國－28－792－10）汕，敕連反（三國－28－793－）令音朗定反（三國－55－1285－8）支音巨兒反（三國－55－1285－8）

⑧直音材料：

這種材料也都是出現在《三國志》中，如：瓠音孤（三國－1－28－9）沟音句（三國－1－28－9）樻音衛（三國－2－61－4）虹音絳（三國－3－112－2）橫音光（三國－6－176－7）黌音翼（三國－10－319－2）狟音桓（三國－18－545－8）繁音婆（三國－21－602－8）閩音聞（三國－21－611－4）离音離（三國－23－657－14）祏音石（三國－24－678－1）佷，音恒（三國－32－890

－7）习音笏（三國－32－891－1）棓與棒同（三國－28－792－9）衜音道（三國－59－1363－7）汗音干（三國－60－1378－5）

　　前四史的聲訓、直音和反切材料所反應出的聲、韻特點，我們會在下一章中進行詳細地討論。

第五章　前四史的注音材料

第一節　注音方式簡介

綜觀《史記》、《漢書》、《三國志》的正文，可以發現了一條規律，那就是司馬遷、班固和陳壽均採用了一部分以聲求源的注音方法，以此來詮釋事物的命名的原因。可以說這條規律的使用，在司馬遷以前是不多見的，個別學者曾運用過，古文獻中偶而也出現過，但總是支離破碎，無章可循。眞正把它作爲一條規律並運用於實踐的，司馬遷是第一人。除了使用聲訓之外，班固還利用直音的方法來解釋字音，陳壽還使用反切來注音。需要說明的是，本文只是把聲訓、反切和直音的材料作爲一個重要的佐證，而絕不會單獨使用這些材料。

1・聲　訓

1・1 聲訓的定義

沈兼士先生在《右文說在訓詁學上之沿革及其推闡》之第二節《聲訓與右文》中認爲：「古之所謂聲訓，按其性質，可分爲兩類：一類爲泛聲訓，即泛用一切同音或音近（雙聲或疊韻）之字相訓釋；二類爲同聲母字相訓釋。」〔註1〕

〔註1〕 沈兼士，右文說在訓詁學上之沿革及其推闡，《沈兼士學術論文集》，中華書局，
　　　 1986，12，82 頁。

王力先生在《同源字典》中說道：「聲訓，是以同音或音近的字作爲訓詁，這是古人尋求語源的一種方法。」〔註2〕王寧先生在《論形訓與聲訓》中說：「聲訓是用音近義通的詞來作訓，因爲訓釋詞與被訓詞之間有同音的關係，所以被稱作聲訓。但是，聲訓的目的並不是爲了顯示讀音，而仍是爲了顯示意義。」〔註3〕這是一個很重要的論斷，道出了聲訓的宗義。

聲訓起源於漢代，這種方法對詞義起源的解釋往往是主觀臆測的，有些其實就是牽強附會，但是它卻反映了被釋詞和釋義詞的聲音關係，可以用來研究古音。《史記》的聲訓主要出現在的律書、樂書、曆書中，個別的本紀、列傳中也偶而出現過。而《漢書》的聲訓材料則主要出現於律曆志當中。由此可知《漢書》從《史記》中繼承了某些聲訓材料。史書中聲訓分佈得較爲零散，不成系統，需要花費大量的精力去收集。

1·2 聲訓的方式

聲訓的方式主要有如下幾種：

1·2·1 取同一韻部字爲訓，包括同音字在內。如：德者，得也。《史記·樂書》〔1184頁〕這裡以「得」釋「德」，「得、德」均爲端母職部。柏人者，迫於人也。《史記·陳余列傳》〔2584頁〕這裡以「迫」釋「柏」，「柏、迫」上古音同爲幫紐鐸部字。

1·2·2 取異部的雙聲字爲訓。如：會稽者，會計也。《史記·夏本紀》〔89頁〕這裡以「計」釋「稽」，「計」上古爲見母質部，「稽」上古爲見母脂部，聲母同爲見母，而韻部相異。

1·2·3 取異聲同部字爲訓。如：亥者，該也。言陽氣藏於下，故該也。《史記·律書》〔1244頁〕這裡以「該」釋「亥」，「該」上古爲見母之部，「亥」上古爲匣母之部。韻母同爲之部。

1·2·4 平上去三聲字取入聲字爲訓，或入聲字取平上去三聲字爲訓。如：族，奏也。（漢書－21－959－9），「族」的音韻地位爲「從、屋、合、一、入」〔註4〕；「奏」的音韻地位爲「精、侯、開、一、去」。二者聲母屬於同一發音部

〔註2〕 王力，同源字論，載《同源字典》，商務印書館，1982，10頁。

〔註3〕 王寧，論形訓與聲訓，載《北京師範大學學報》，1989，4，39頁。

〔註4〕 分別爲上古的聲、上古的韻、中古的開合、中古的等、中古的聲調。音韻地位來源

位，韻部的主要元音一致。此二字聲韻皆不同，這可能體現了方音之異。

　　1‧2‧5 取陽聲韻字訓陰聲韻字，或陰聲韻字訓陽聲韻字。如：西，遷也。（漢書－21－971－5）。「西」的音韻地位為「心、脂、開、四、平」；「遷」的音韻地位為「清、元、開、三、平」。二者聲母屬同一部位，韻部卻相差很遠，可能體現了作者的方音現象。

　　1‧2‧6 聲韻皆異。如：牛者，冒也，言地雖凍，能冒而生也。《史記‧律書》〔1244 頁〕此處以「冒」釋「牛」，「冒」上古為明母幽韻，「牛」上古為疑母之韻，聲母明、疑為鄰紐，幽、之兩韻合韻。二者聲、韻雖不同，但聲韻相近，可以相訓。

小　結

　　根據第一種方式，我們可以知道很多字在漢代的韻部歸類。

　　根據第二種方式，我們可以瞭解古聲母的關係。聲訓是以音同或音近的字為訓的，用作聲訓的字，其聲母也必然相同或相近。然而一些聲訓的聲母在語音上無法看出其關聯，這就可能預示著複輔音的存在。

　　根據第三種方式，我們可以瞭解古韻母的關係。

　　根據第四種方式，我們可以瞭解一些陰聲韻與入聲韻相配的關係。

　　根據第五種方式，我們可以窺視出一些陰陽對轉的關係和個別的方音特點。

　　根據第六種方式，我們或許可以看出某些方音特點。

1‧3 聲訓的表現形式

1‧3‧1 音　同

單字訓：如以「茲」釋「子」（音同易字單字訓）。這一類是最基本的聲訓
　　　　方式。

增字訓：如以「滋味」釋「未」（音同易字增字訓）。這一類往往在訓釋語
　　　　中，有一中心語與被訓釋詞語中的一個詞相同，但整個訓釋的形
　　　　式往往是描述性的。

1‧3‧2 音　近

易字訓分成三類：

於郭錫良先生的《漢語古音手冊》。

單字訓：以「計」釋「稽」（音近易字單字訓）。

增字訓：以「根基」釋「箕」（音近易字增字訓）。

疊字訓：如以「軋軋」釋「乙」（音近易字疊字訓）。

2·直　音

2·1 直音的定義

直音，即用一個漢字直接標注另一個漢字讀音的方法。甲音乙，即是說甲和乙讀音相同。以往的研究者皆認為直音產生於漢末。唐代顏師古注《漢書》，其徵引了二十三家注，各家都有直音，其中漢末服虔、應劭的最早。而本文在《漢書》正文中發現了諸多的直音，這樣就把直音產生的年代前移到了班固時代。

2·2 直音的優缺點

直音與聲訓、讀若相比，是注音方法的一個進步。讀若只是指明兩個字的讀音相近似，直音則指明注音字與被注音字同音，看了注音字，立即就可以讀出被注音字的準確讀音。

當然，直音也有一定局限，清代陳澧在《切韻考·卷六》中曾說道：「然或無同音之字，則其法窮；雖有同音之字，而隱僻難識，則其法又窮。」〔註5〕事實的確如此，如果個個都是冷僻字，若用直音法，拿其中的任何一個給另外一個字注音，都等於失去意義。儘管直音有諸如此類的缺點，但從後漢以來，仍然經常有人採用，歷經近兩千年而不衰。

2·3 直音的形式

直音的形式歸納如下：

①甲音乙丙（或丙乙）之乙。如：《律曆志》有「庬音條桑之條。」即「庬音條」。

②甲音乙丙（或丙乙）。這與上一種形式相同，只是省略了「之乙」的字樣。如：《禮樂志》有「喢音『湛湛露斯』」。也即「喢音『湛湛露斯』之湛」。

③甲音乙。這種情況在史書中最為常見。如：（三國－32－890－7）很，音恒；（三國－32－891－1）笤音笳。

〔註5〕廣東高等教育出版社，2004。

第二節　語料時代的甄別

1 · 《史記》的聲訓應該屬於前漢時期的材料。

2 · 《漢書》的聲訓應該屬於後漢時期的材料。雖然班固的聲訓材料，有個別的沿襲了司馬遷的聲訓，但是我們並不準備把沿用的這幾個聲訓放到西漢時期，因爲這幾個語料正說明西漢和東漢的語音沒有發生變化，因此班固才沒有另起爐竈，而是因襲了司馬遷舊的注音。所以《漢書》的聲訓我們一併都放入了後漢時期進行研究。

3 · 《三國志》的注音材料應該屬於作者陳壽所處時代的材料。

第三節　《史記》的音注特點

《史記》中的注音材料如下，共 26 條：

1 · 舍者，舒氣也。《史記·律書》（史記 25－1243－3）

2 · 德者，得也。《史記·樂書》（史記 24－1184－4）

3 · 子者，滋也。《史記·律書》（史記 25－1244－6）

4 · 壬之爲言任也，言陽氣任養萬物於下也。《史記·律書》（史記 25－1244－7）

5 · 卯之爲言茂也，言萬物茂也。《史記·律書》（史記 25－1245－7）

6 · 辰者，言萬物之蜄也。《史記·律書》（史記 25－1246－3）

7 · 景者，言陽氣道竟，故曰景風。《史記·律書》（史記 25－1247－1）

8 · 罻者，言萬物氣奪可伐也。《史記·律書》（史記 25－1247－6）

9 · 閶者，倡也；閶者，藏也。《史記·律書》（史記 25－1248－1）

10 · 明者，孟也；幽者，幼也。幽明者雌雄也。《史記·曆書》（史記 26－1255－3）

11 · 寅言萬物始生螾然也，故曰寅。《史記·律書》（史記 25－1245－4）

12 · 狼者，言萬物可度量，斷萬物，故曰狼。《史記·律書》（史記 25－1247－3）

13 · 未者，言萬物皆成，有滋味也。《史記·律書》（史記 25－1247－6）

14 · 柏人者，迫於人也。《史記·陳余列傳》（史記 89－2584－1）

15 · 南呂者，言陽氣之旅入藏也。《史記·律書》（史記 25－1247－10）

16·建星者，建諸生也。《史記·律書》（史記25-1244-9）

17·會稽者，會計也。《史記·夏本紀》（史記2-89-3）

18·危，垝也。言陽氣之垝，故曰危。《史記·律書》（史記25-1243-6）

19·亥者，該也。言陽氣藏於下，故該也。《史記·律書》（史記25-1244-1）

20·癸之為言揆也，言萬物可揆度，故曰癸。《史記·律書》（史記25-1244-7）

21·牛者，冒也，言地雖凍，能冒而生也。《史記·律書》（史記25-1244-8）

22·夷則，言陰氣之賊萬物也。《史記·律書》（史記25-1247-7）

23·濁者，觸也，言萬物皆觸死也，故曰濁。《史記·律書》（史記25-1247-9）

24·酉者，萬物之老也，故曰酉。《史記·律書》（史記25-1247-10）

25·箕者，言萬物根基，故曰箕。《史記·律書》（史記25-1245-2）

26·丙者，言陽道著明，故曰丙。《史記·律書》（史記25-1247-3）

現逐條分析於下：

1·舍者，舒氣也。

　　舍，書魚書馬開三上〔註6〕；舒，書魚書魚開三平

此二字在西漢時期的聲韻完全相同，中古時期的聲調和韻部發生變化，就不再相同了。

2·德者，得也。

　　德，端職端德開一入；得，端職端德開一入

二字完全同音。

3·子者，滋也

　　子，精之精止開三上；滋，精之精之開三平

此二字在西漢時期的聲韻完全相同，中古時期的聲調和韻部不同。

4·壬之為言任也。

―――――――――――

〔註6〕其音韻地位依次為：上古的聲、韻；中古的聲、韻、開合、等第、聲調。

壬，日侵日侵開三平；任，日侵日侵開三平

二者完全同音。

5·卯之為言茂也。

卯，明幽明巧開二上；茂，明幽明候開一去

此二字在西漢時期的聲韻完全相同，中古時期的聲調和韻部、等第皆不同，這意味著二字中古發生了分化。

6·辰者，言萬物之蜄也。

辰，禪文禪眞開三平；蜄，禪文禪震開三去

此二字在西漢時期的聲韻完全相同，中古時期的聲調不同。

7·景者，言陽氣道竟。

景，見陽見梗開三上；竟，見陽見映開三去

此二字在西漢時期的聲韻完全相同，中古時期的聲調和韻部不同。

8·罸者，言萬物氣奪可伐也。

罰，並月並月合三入；伐，並月並月合三入

二者完全同音。

9·闇者，倡也。

闇，昌陽昌陽開三平；倡，昌陽昌陽開三平

二者完全同音。

10·明者，孟也；幽者，幼也。

明，明陽明庚開三平；孟，明陽明映開二去

此二字在西漢時期的聲韻完全相同，中古時期的聲調和韻部、等第皆不同。

幽，影幽影幽開四平；幼，影幽影幼開四去

此二字在西漢時期的聲韻完全相同，中古時期的聲調和韻部皆不同。

11·寅言萬物始生蚓然也。

寅，余眞餘眞開三平；蚓，余眞餘眞開三平

二者完全同音。

12·狼者，言萬物可度量

狼，來陽來唐開一平；量，來陽來漾開三去

此二字在西漢時期的聲韻完全相同，差異只是在於「量」有-s 尾。中古時期的聲調和韻部、等第皆不同。

13‧未者，有滋味也。

　　　未，明物明未合三去；味，明物明未合三去
　　二字完全同音。

14‧柏人者，迫於人也。

　　　柏，幫鐸幫陌開二入；迫，幫鐸幫陌開二入
　　二字完全同音。

15‧南呂者，言陽氣之旅。

　　　呂，來魚來語開三上；旅，來魚來語開三上
　　二字完全同音。

16‧建星者，建諸生也。

　　　星，心耕心青開四平；生，山耕山庚開二平

二字西漢時期屬於同一韻部。鄭張先生擬測的「星」字聲母爲 sl-，「生」字聲母爲 shl-。〔註7〕首先提出上古漢語有複聲母的是英國牧師艾約瑟，他根據諧聲材料，認爲 p-、t-、k-母與 l-母在諧聲上有聯繫。〔註8〕高本漢贊成艾約瑟的主張，並舉出許多證據證明上古漢語存在複聲母。國內林語堂、陸志韋、董同龢、趙振鐸、何九盈、楊劍橋等學者也陸續發表文章承認上古存在複聲母。當然也有學者持反對意見，最有影響的應屬王力先生。先生在《漢語史稿》和《漢語語音史》中對此問題都有論述。李藍先生的《湖南城步青衣苗人話》〔註9〕是第一篇有關漢語方言中有複輔音記錄的文章，而且難以辯駁地可以確定其爲地地道道的漢語。李藍先生的材料爲這個爭論畫上了一個最終的句號。

隨著近十幾年上古音研究的深入，中外學者對複聲母的討論已經主要不是複聲母的有無問題了，而是進一步弄清楚複聲母有哪些成分、結構規則怎樣、演變

〔註7〕擬音來源於鄭張尚芳的《上古音系》。

〔註8〕Joseph Edking，《文字產生之初的漢語狀況》（The state of the Chinese Language at the Time of Invention of Writing），第二屆遠東會議，1874。

〔註9〕中國社會科學出版社，2004。

條例如何等等。鄭張尚芳先生對 70 至 90 年代複聲母研究所取得的成就做了深刻的總結，先生已經認識到複聲母內部組成的區別，並且已經確定了後加音的數目及其出現的條件。因此本文涉及到的複輔音構擬大多數來源於鄭張先生。

17・會稽者，會計也。

　　稽，見脂見齊開四平；計，見質見霽開四去

　二者上古和中古的聲母完全相同，韻部雖非一部，但其主元音應相同。

18・危，垝也。

　　危，疑歌疑支合三平；垝，見歌見紙合三上

　二者西漢時期屬於同一韻部。聲母屬於同一個發音部位，「危」字聲母為 ŋ-，「垝」字聲母為 k-。

19・亥者，該也。

　　亥，匣之匣海開一上；該，見之見咍開一平

　二者西漢時期屬於同一韻部。其聲母為見匣互諧，由此可知，喉牙關係至為密切，彼此相通的情形十分普遍，故學術界有「喉牙不分」、「喉牙互通」的說法。下文的東漢、三國時期的聲母皆有見匣互協的例子。「亥」字聲母為 k-，「該」字聲母為 g-。

20・癸之為言揆也。

　　癸，見脂見旨合三上；揆，群脂群旨合三上

　二者除聲母外，其他皆同，而其聲母也屬於同一發音部位。

21・牛者，冒也。

　　牛，疑之疑尤開三平；冒，明幽明號開一去

　西漢之幽音近合韻，這應該體現了方音的特點。「牛」字聲母為 ŋʷ-，「冒」字聲母為 m-。

22・夷則，言陰氣之賊萬物也。

　　則，精職精德開一入；賊，從職從德開一入

　二者除聲母外，其他皆同，而其聲母也屬於同一發音部位。

23・濁者，觸也。

　　濁，定屋澄覺開二入；觸，昌屋昌燭合三入

二者西漢時期屬於同一韻部。「濁」字聲母爲 dr-，「觸」字聲母爲 th-。

24・酉者，萬物之老也。

酉，余幽餘有開三上；老，來幽來晧開一上

二者西漢時期屬於同一韻部。喻世長先生將其擬爲複輔音 dl-。〔註10〕喻四的歸屬歷來各家說法不一，曾運乾先生的《喻母古讀考》，以其歸定母。〔註11〕李方桂先生認爲喻母是一個很接近 d-的 r-〔註12〕。王力先生早期接受高本漢的 d-，把喻四歸入端組〔註13〕。後期將喻四擬爲 ʎ-，歸於章組。〔註14〕鄭張先生的「酉」字聲母爲 ʎ-，「老」字聲母爲 r-。

25・箕者，言萬物根基。

箕，見之見之開三平；基，群之群之開三平

二者除聲母外，其他皆同，而其聲母也屬於同一發音部位。

26・丙者，言陽道著明。

丙，幫陽幫梗開三上；明，明陽明庚開三平

二者西漢時期屬於同一韻部，而其聲母也屬於同一發音部位。

第四節　《漢書》的音注特點

《漢書》中的注音材料：

共二十五條，列其細目如下：

1・令者，命也。（漢書－65－2844－8）

2・鬼之爲言歸也。（漢書－67－2908－10）

3・夫吏者，理也。（漢書－99－4171－3）

4・角，觸也。（漢書－21－958－1）

5・宮，中也。（漢書－21－958－2）

6・徵，祉也。（漢書－21－958－2）

〔註10〕喻世長，用諧聲關係擬測上古聲母系統，音韻學研究第一輯。

〔註11〕曾運乾，喻母古讀考，東北大學季刊，第 2 期，1927 年。

〔註12〕《上古音研究》，13～14 頁。

〔註13〕《漢語史稿》，66 頁。

〔註14〕《漢語語音史》，23 頁。

7．羽，宇也。（漢書－21－958－3）

8．鐘者，種也。（漢書－21－959－6）

9．呂，旅也。（漢書－21－959－9）

10．族，奏也。（漢書－21－959－9）

11．南，任也。（漢書－21－959－15）

12．寅，木也，爲仁。（漢書－21－961－6）

13．寸者，忖也。（漢書－21－966－4）

14．尺者，蒦也。（漢書－21－966－4）

15．丈者，張也。（漢書－21－966－4）

16．引者，信也。（漢書－21－966－4）

17．鈞者，均也。（漢書－21－969－11）

18．北，伏也。（漢書－21－971－3）

19．冬，終也。（漢書－21－971－3）

20．南，任也。（漢書－21－971－4）

21．夏，假也。（漢書－21－971－4）

22．西，遷也。（漢書－21－971－5）

23．東，動也。（漢書－21－971－7）

24．春，蠢也。（漢書－21－971－7）

25．社者，土也。（漢書－25－1269－1）

逐條分析如下：

1．令者，命也。（漢書－65－2844－8）

令，來耕來勁開三去；命，明耕明映開三去

二者東漢時期屬於同一韻部。高本漢擬爲複輔音 ml-〔註15〕，鄭張先生的「令」的上古聲母爲 r-,「命」的上古聲母爲 mr-。〔註16〕

2．鬼之爲言歸也。（漢書－67－2908－10）

鬼，見微見尾合三上；歸，見微見微合三平

二者東漢時期聲韻皆同，差別僅在上聲字有-ʔ尾。中古時期聲調不同。

〔註15〕高本漢，《漢文典》，潘悟云等譯，上海辭書出版社，1997。

〔註16〕鄭張尚芳，《上古音系》，上海教育出版社，2003。

3・夫吏者，理也。（漢書－99－4171－3）

    吏，來之來志開三去；理，來之來止開三上

二者東漢時期聲韻皆同。中古時期聲調不同。

4・角，觸也。（漢書－21－958－1）

    角，見屋見覺開二入；觸，昌屋昌燭合三入

二者東漢時期屬於同一韻部。「角」的上古聲母為 kr-，「觸」的上古聲母為 th-。

5・宮，中也。（漢書－21－958－2）

    宮，見冬見東合三平；中，端冬知東合三平

二者除聲母之外其餘皆同。「中」的上古聲母為 t-，「宮」的上古聲母為 k-。

6・徵，祉也。（漢書－21－958－2）

    徵，知之知之開三上；祉，透之徹止開三上

二者聲母屬於同一發音部位，「徵」的上古聲母為 t-，「祉」的演變為 thɯʔ <khl'。二字韻部同為之部。

7・羽，宇也。（漢書－21－958－3）

    羽，匣魚雲虞合三上；宇，匣魚雲虞合三上

二字完全同音。

8・鐘者，種也。（漢書－21－959－6）

    鐘，章東章鐘合三平；種，章東章腫合三上

二者東漢時期屬於聲韻皆同。中古時期聲調不同。

9・呂，旅也。（漢書－21－959－9）

    呂，來魚來語開三上；旅，來魚來語開三上

二字完全同音。

10・族，奏也。（漢書－21－959－9）

    族，從屋從屋合一入；奏，精侯精候開一去

二者聲母屬於同一發音部位，韻部的主要元音一致。此二字聲韻皆不同，這應該體現了方音之異。

11・南，任也。（漢書－21－959－15）

    南，泥侵泥覃開一平；任，日侵日侵開三平

二者東漢時期屬於同一韻部。「南」的上古聲母為 n-，「任」的上古聲母為 ŋ-。

12·寅，木也，為仁。（漢書－21－961－6）

寅，余眞余眞開三平；仁，日眞日眞開三平

二者除聲母之外其餘皆同。「寅」的上古聲母為 l-，「仁」的上古聲母為 ŋ-。

13·寸者，忖也。（漢書－21－966－4）

寸，清文清慁合一去；忖，清文清混合一上

二者東漢時期屬於聲韻皆同。中古時期聲調不同。

14·尺者，蒦也。（漢書－21－966－4）

尺，昌鐸昌昔開三入；蒦，影鐸影陌合二入

二者東漢時期屬於同一韻部。影母多和章母互協，與昌母互協的例子較少見。

15·丈者，張也。（漢書－21－966－4）

丈，定陽澄養開三上；張，端陽知陽開三平

二者東漢時期屬於同一韻部，聲母屬於同一個部位。透泥互協，高本漢擬為複輔音 t'n-。〔註17〕「丈」字的上古聲母為 d-，「張」字的上古聲母為 t-。

16·引者，信也。（漢書－21－966－4）

引，余眞余軫開三上；信，心眞心震開三去

二者東漢時期屬於同一韻部。喻世長先生擬為複輔音 sd-〔註18〕。「引」的上古聲母為 l-，「信」的上古聲母為 hl-。

17·鈞者，均也。（漢書－21－969－11）

鈞，見眞見諄合三平；均，見眞見諄合三平

二者完全同音。

18·北，伏也。（漢書－21－971－3）

北，幫職幫德開一入；伏，並職並屋合三入

〔註17〕高本漢，《漢語詞典》，張世祿譯，商務印書館，1935。

〔註18〕喻世長，《用諧聲關係擬測上古聲母系統》，《音韻學研究》，1980年第1輯，中華書局。

二者東漢時期屬於同一韻部，聲母屬於同一個部位。中古時期語音逐漸分離。

19．冬，終也。（漢書－21－971－3）

冬，端冬端冬合一平；終，章冬章東合三平

二者東漢時期屬於同一韻部，而聲母體現了照三（章系）歸端說。明確提出此說的是黃侃先生，他根據說文諧聲和經籍異文中照三組與端知兩組通讀的現象，提出了照、穿、神、審、禪五紐上古歸舌音端系。錢大昕也認為「古人多舌音，後代多齒音，不獨知、徹、澄三母為然。」〔註19〕意即為：照三上古多為舌音端類。令人意想不到的是，東漢時期仍然有此種語音現象的殘餘。「冬」的上古聲母為 t-，「終」的上古聲母亦為 t-。

20．南，任也。（漢書－21－971－4）

南，泥侵泥覃開一平；任，日侵日侵開三平

二者東漢時期屬於同一韻部。

21．夏，假也。（漢書－21－971－4）

夏，匣魚匣馬開二上；假，見魚見馬開二上

二者除聲母外，其餘皆同。其聲母為見匣互協，由此可知，喉牙關係至為密切，彼此相通的情形十分普遍，故學術界有「喉牙不分」、「喉牙互通」的說法。「夏」的上古聲母為 g-，「假」的上古聲母為 k-。

22．西，遷也。（漢書－21－971－5）

西，心脂心齊開四平；遷，清元清仙開三平

二者聲母屬同一部位，韻部卻相差很遠，此例可能體現了作者的方音現象。「西」字的上古擬音為 suɯl，「遷」字的上古擬音為 shen。

23．東，動也。（漢書－21－971－7）

東，端東端東合一平；動，定東定董合一上

二者東漢時期屬於同一韻部，聲母屬於同一個部位。

24．春，蠢也。（漢書－21－971－7）

春，昌文昌諄合三平；蠢，昌文昌準合三上

〔註19〕《十駕齋養新錄》。

二者東漢時期聲韻皆同，中古時期二者的語音就發生了變化。

25‧社者，土也。（漢書－25－1269－1）

社，禪魚禪馬開三上；土，透魚透姥合一上

二者東漢時期屬於同一韻部。「社」的上古聲母爲 ɦl-，「土」的上古聲母爲 l-。

第五節　《三國志》的音注特點

《三國志》的音注材料：

1‧睚，申隨反（三國－1－8－10）

2‧觚音孤（三國－1－28－9）

3‧泃音句（三國－1－28－9）

4‧樧音衛（三國－2－61－4）

5‧椑音扶歷反（三國－2－81－1）

6‧茌音仕狸反（三國－3－108－2）

7‧邔音其己反（三國－3－110－3）

8‧洨音胡交反（三國－3－112－2）

9‧虹音絳（三國－3－112－2）

10‧橫音光（三國－6－176－7）

11‧令音郎定反（三國－8－239－1）

12‧支音其兒反（三國－8－239－1）

13‧翼音翼（三國－10－319－2）

14‧狟音桓（三國－18－545－8）

15‧瑒，音徒哽反，一音暢（三國－21－599－7）

16‧繁音婆（三國－21－602－8）

17‧闅音聞（三國－21－611－4）

18‧禽音離（三國－23－657－14）

19‧排，蒲拜反（三國－24－677－6）

20‧祏音石（三國－24－678－1）

21‧睚，五賣反（三國－27－741－12）

22・皆，士賣反（三國－27－741－12）

23・栁，五葬反（三國－32－872－5）

24・猇，許交反（三國－32－890－7）

25・佷，音恒（三國－32－890－7）

26・習音笱（三國－32－891－1）

27・撜，虛晚反（三國－42－1023－5）

28・譊音奴交反（三國－42－1023－10）

29・讙音休袁反（三國－42－1023－10）

30・咋音徂格反（三國－42－1023－10）

31・句古候反（三國－43－1051－2）

32・汗音幹（三國－60－1378－5）

33・帢，苦洽反（三國－28－792－10）

34・汕，敕連反（三國－28－793－）

35・令音朗定反（三國－55－1285－8）

36・支音巨兒反（三國－55－1285－8）

37・衛音道（三國－59－1363－7）

現逐一分析於下：

1・眭，申隨反（三國－1－8－10）

　　眭，《廣韻》戶圭切，上古匣母支部；中古齊韻平聲

　　申，書眞書眞開三平；隨，邪歌邪支合三平

「眭」字與《廣韻》音尙有區分，但音値已經很接近了。可見三國時期，齊韻和支韻尙未分立。

2・孤音孤（三國－1－28－9）

　　孤，見魚見模合一平；孤，見魚見模合一平

二字完全同音。

3・泃音句（三國－1－28－9）

　　泃，見侯見侯開一平；句，見侯見侯開一平

二字完全同音。

4・樻音衞（三國－2－61－4）

椳，匣月云祭合三去；衛，匣月云祭合三去

二字完全同音。

5・椑音扶歷反（三國－2－81－1）

　　椑，並錫開四入，《廣韻》扶歷切

　　扶，並魚並虞合三平；歷，來錫來錫開四入

此字和《廣韻》時同音。

6・茌音仕狸反（三國－3－108－2）

　　茌，崇之開三平，《廣》士之切

　　仕，崇之崇止開三上；狸，來之來之開三平

此字和《廣韻》時同音。

7・邔音其己反（三國－3－110－3）

　　邔，溪之開三上，《廣》群計切

　　其，群之群之開三平；己，見之見止開三上

此字和《廣韻》時同音。

8・洨音胡交反（三國－3－112－2）

　　洨，匣宵匣肴開二平，《廣》胡茅切

　　交，見宵見肴開二平；胡，匣魚匣模合一平

此字和《廣韻》時同音。

9・虹音絳（三國－3－112－2）

　　虹，匣東見絳開二去，鄭張先生擬音 kɣʌŋ；絳，見冬見絳開二去，鄭
　　張先生擬音 kɣʌŋ。

二者完全同音。

10・橫音光（三國－6－176－7）

　　橫，匣陽匣庚合二平，鄭張先生擬音 kuɑŋ；光，見陽見唐合一平，鄭
　　張先生擬音 kuɑŋ。

二者語音一致。

11・令音郎定反（三國－8－239－1）

　　令，來耕來勁開三去，《廣》郎定反

定，定耕定徑開四去；郎，來陽來唐開一平

此字和《廣韻》時同音。

12．支音其兒反（三國－8－239－1）

支，章支章支開三平，《廣》章移切

兒，日支日支開三平；其，群之群之開三平

二者中古聲母有別，韻一致。

13．翼音翼（三國－10－319－2）

翼，余職余職開三入；翼，余職余職開三入

二者完全同音。

14．狟音桓（三國－18－545－8）

狟，匣元匣桓合一平；桓，匣元匣桓合一平

二字同音。

15．瑒，音徒哽反，一音暢（三國－21－599－7）

瑒，余陽余陽開三平，《廣》與章切

暢，透陽徹漾開三去；徒，定魚定模合一平；哽，見陽見梗開二上

二者中古聲母有別，韻一致。

16．繁音婆〔註20〕（三國－21－602－8）

繁，並戈合一平；婆，並戈合一平

二者同音。

17．閺音聞（三國－21－611－4）

閺，明文明文合三平；聞，明文明文合三平

二者同音。

18．禽音離（三國－23－657－14）

禽，群侵群侵開三平；離，來歌來支開三平

二者聲韻相差皆遠，這可能體現了方音的特點。

19．排，蒲拜反（三國－24－677－6）

排，並微並皆開二平，《廣》步皆切

〔註20〕此處用於人名。

拜，幫月幫怪開二去；蒲，並魚並模合一平

二者中古聲相同，從此例看來皆韻和怪韻三國時尚未分立。

20・祏音石（三國－24－678－1）

祏，透鐸透鐸開一入；石，禪鐸禪昔開三入

二者中古聲母有別，韻一致，鐸韻和昔韻三國時尚未分立。而聲母體現了照三（章系）歸端說。這條規律在魏晉依然適用，讓人不禁懷疑有方音現象的存在。

21・睚，五賣反（三國－27－741－12）

睚，疑支疑佳開二平，《廣》五懈切

賣，明支明卦開二去；五，疑魚疑姥合一上

由此例可知，三國時期佳韻和卦韻尚未分立。

22・眥，士賣反（三國－27－741－12）

眥，從支從佳開三去，《廣》士懈切

賣，明支明卦開二去；士，崇之崇止開三上

由此亦可知，三國時期佳韻和卦韻尚未分立。鄭張先生的擬音爲 dʒɣɛ，二者韻基完全一致。此例的聲母可以證明照二（莊系）歸精說。此說爲黃侃首提，他根據陳澧《切韻考》對正齒音的分析，把其中分出的照組二等聲母（莊初床）分別歸併於齒頭音（精清從心）。讓人疑惑的是，黃先生的照二歸精說在魏晉時期依然適用。這種聲母的互通，可能體現了方音的特點。

23・柳，五葬反（三國－32－872－5）

柳，疑陽疑宕開一去，《廣》五浪切

五，疑魚疑姥合一上；葬，精陽精宕開一去

此字與《廣韻》同音。

24・猇，許交反（三國－32－890－7）

猇，曉肴開二平，《廣》許交反

交，見宵見肴開二平；許，曉魚曉語開三上

此字與《廣韻》同音。

25・佷，音恒（三國－32－890－7）

佷，匣登開一平；恒，匣蒸匣登開一平

此二字同音。

26・罰音笏（三國－32－891－1）

　　罰，曉物曉沒合一入；笏，曉物曉沒合一入

此二字同音。

27・攇，虛晚反（三國－42－1023－5）

　　攇，曉元開三上，《廣》虛偃切

　　虛，曉魚曉魚開三平；晚，明元明阮合三上

此字與《廣韻》同音。

28・譊音奴交反（三國－42－1023－10）

　　譊，泥宵泥肴開二平，《廣》女交切

　　奴，泥魚泥模合一平；交，見宵見肴開二平

此字與《廣韻》同音。

29・讙音休袁反（三國－42－1023－10）

　　讙，曉元曉桓合一平，《廣》況元切

　　休，曉幽曉尤開三平；袁，匣元雲元合三平

此字與《廣韻》同音。

30・咋音徂格反（三國－42－1023－10）

　　咋，崇陌開二入，《廣》鋤陌切

　　徂，從魚從模合一平；格，見鐸見陌開二入

此字與《廣韻》的音一致。

31・句古候反（三國－43－1051－2）

　　句，見侯見侯開一平，《廣》古候反

　　古，見魚見姥合一上；候，匣侯匣候開一去

此字與《廣韻》時音一致。

32・汗音干（三國－60－1378－5）

　　汗，匣元匣翰開一去，鄭張先生擬音為 kan。

　　干，見元見翰開一去，鄭張先生擬音為kan。

二字同音。

33・帞，苦洽反（三國－28－792－10）

　　帞，《廣》苦洽反

　　苦，溪魚溪姥合一上；洽，匣緝匣洽開二入

　此字與《廣韻》時音一致。

34・辿，敕連反（三國－28－793－2）

　　辿，徹仙開三平，《廣》丑延切

　　敕，透職徹職開三入；連，來元來仙開三平

　二者除聲母外，其餘皆同。

35・令音朗定反（三國－55－1285－8）

　　令，來耕來勁開三去，《廣》朗定反

　　定，定耕定徑開四去；郎，來陽來唐開一平

　此字與《廣韻》的音一致。

36・支音巨兒反（三國－55－1285－8）

　　支，章支章支開三平，《廣》章移反

　　巨，群魚群語開三上；兒，日支日支開三平

　二者除聲母外，其餘皆同。

37・衜音道（三國－59－1363－7）

　　衜，定幽定晧開一上；道，定幽定晧開一上

　二者語音一致。

　隨著時代的發展，在《後漢書》中就很難發現聲訓、反切或直音的語料了。

第六章　利用數理統計法劃分的韻部

第一節　統計表格的說明

　　我們將所有韻語的韻次和字次的數據製成若干的表格，以使這種計算方法做到每一步都有理可據，這樣得出的結果就會更可靠一些。

　　統計表格的說明：

　　1・此表設計了各個韻部的字次和韻次以及計算而得出的離合指數或者卡方數值。在每一張表格中，總的字次是總的韻次的 2 倍。而從每個韻部的角度看，本部相押的韻次的 2 倍，加上該部與其它部相押的韻次應該等於該部的總字次。

　　2・爲了使研究對象更爲清晰直觀，劃分韻部時，一般而言，表格只是列出兩個韻部的各自獨用及其合韻的數字。

　　3・前文我們已經介紹過，使用統計法的一個大忌就是韻語數量過少。因此本文使用統計法的範圍，僅僅限制在先秦、西漢、東漢中韻語數量較多的韻部中。而魏晉、劉宋的整體韻語數量過少，因此，這兩個時期除個別韻部外，基本上就不再使用統計法來劃分其韻部了。

　　4・表格中除了介紹已經成爲定論的韻部之外，還詳細介紹了許多存有爭議的韻部，比如眞文、脂微、祭月、魚侯、至、隊等部。有些音韻學家認爲其當

合，有些音韻學家認爲當分，因此本文把眞文、脂微、祭月、魚侯等諸多混用的例子，一併收入在表格內，以便更爲清晰地弄清其韻部之間的分合關係。

5．對於那些離合指數小於 50 的，我們就不需要再討論了，此時這些韻部肯定是分立的。而對於那些離合指數大於 90 的，說明這些韻部肯定是合併的，此時也不將進行討論。而當 50 ≤ I＜90 時，我們就需要引入卡方檢驗來解決這個問題，因此就會在這個韻離合指數表格的下面，再附一個卡方檢驗的表格。

6．韻離合指數表格中各項數字的含義。

假如有一之職合韻的表格如下：

	362	之	職
之	202	95	13
職	160	12	74

那麼，這個表格說明之之獨用 95 韻次，職職獨用 74 韻次，之職合韻 12 韻次。我們計算出的結果如下：之之獨用 202 字次，職職獨用 160 字次，之職合韻 362 字次。最後得出之職的離合指數爲 13。

即下表：

	之職總字次	之部韻次	職部韻次
	362	之	職
之	202（之獨用字次）	95	13（離合指數）
職	160（職獨用字次）	12	74

這裡的離合指數爲 13，小於 50，因此不需要進行卡方檢驗。

7．卡方檢驗表格中各項數字的含義：

	錫	質
錫	5	4.661
質	8	19

此表格說明，錫錫獨用的韻次爲 5，質質獨用的韻次爲 19，錫質合韻的韻次爲 8，陰影部分爲其卡方值。

8．同理，也可以將反映方言的合韻例子與獨用例子製作成此表，這樣就可以看出某種方言中的韻部分合。如，楚方言的東多、耕眞等部的分合問題。

9．本文使用的計算軟件是由麥耘先生製作，於東方語言學網站的下載中心下載。

第二節　先秦韻部的統計表格

1 · 之和職

	362	之	職
之	202	95	13
職	160	12	74

離合指數小於 50，明顯此二部應分開。

2 · 之和幽

	230	之	幽
之	191	95	3
幽	39	1	19

離合指數小於 50，明顯此二部應分開。

3 · 魚和侯

	164	魚	侯
魚	136	66	17
侯	28	4	12

離合指數小於 50，明顯此二部應分開。

4 · 蒸和耕

	132	蒸	耕
蒸	22	7	43
耕	110	8	51

離合指數雖小於 50，但其數值與 50 這個界限十分接近，這說明兩韻部在先秦時期，韻基十分接近，有混同的趨勢。但此二部仍應分開。

5 · 幽和宵

	76	幽	宵
幽	45	19	37
宵	31	7	12

離合指數小於 50，明顯此二部應分開。

6・東和冬

	38	東	冬
東	26	11	47
冬	12	4	4

離合指數雖小於 50，但其離合指數與 50 這個界限十分接近，這說明兩韻部在先秦時期韻基十分接近，有混同的趨勢。但此二部仍應分開。

7・脂和微

	58	脂	微
脂	23	9	35
微	35	5	15

離合指數小於 50，明顯此二部應分開。

8・真和文

	90	眞	文
眞	58	24	47
文	32	10	11

離合指數雖小於 50，但其數值與 50 這個界限十分接近，這說明兩韻部在先秦時期，音值十分接近，有混同的趨勢。但此二部仍應分開。

9・東和陽

	260	東	陽
東	27	11	20
陽	233	5	114

離合指數小於 50，明顯此二部應分開。

10・耕和陽

	358	耕	陽
耕	116	51	17
陽	242	14	114

離合指數小於 50，明顯此二部應分開。

11・文和元

	60	文	元
文	26	11	26
元	34	4	15

離合指數小於 50，明顯此二部應分開。

小　結

1・先秦韻語數量不算多，因此各項數值偏低，而且沒有用到卡方檢驗法。

2・通過上文的統計，先秦韻部清晰而分。由於「侵」部的獨用缺少，因而無法探討「冬侵」的分合問題，但根據以往的經驗和前人研究，將其分爲兩部，應該問題不大。

3・「祭、至、隊」三部的韻語數量過少，也無法利用統計法證明它在先秦時期是否獨立。

4・利用統計法得出先秦時期有 19 個韻部。其他韻部憑藉經驗，仍將其獨立。我們認爲先秦時期韻部應分爲 33 個，這個問題，後面會另立一章來探討。

先秦韻部的自押韻次表

1・陰聲韻

	之	幽	宵	侯	魚	支	脂	微	歌	至	隊	祭
之	95											
幽		19										
宵			12									
侯			12									
魚				66								
支					0							
脂						9						
微							15					
歌								11				
至									1			
隊										1		
祭											1	

2．入聲韻

	職	覺	藥	屋	鐸	錫	質	物	月	緝	葉
職	74										
覺		2									
藥			0								
屋				7							
鐸					5						
錫						4					
質							11				
物								1			
月									16		
緝										0	
葉											0

3．陽聲韻

	蒸	冬	東	陽	耕	眞	文	元	侵	談
蒸	7									
冬		4								
東			11							
陽				114						
耕					51					
眞						24				
文							11			
元								15		
侵									0	
談										1

第三節　西漢韻部的統計表格

1．之和職

	930	之	職
之	534	251	14
職	396	32	183

離合指數為 14，明顯小於 50，此二部當分。

2・之和幽

690	之	幽
之	518	251	12
幽	172	16	78

離合指數為 12，明顯小於 50，此二部當分。

3・之和微

606	之	微
之	508	251	7
微	98	6	46

離合指數為 7，明顯小於 50，此二部當分。

4・職和覺

386	職	覺
職	363	181	4
覺	23	1	11

離合指數為 4，明顯小於 50，此二部當分。

5・蒸和冬

80	蒸	冬
蒸	40	17	29
冬	40	6	17

離合指數為 29，明顯小於 50，此二部當分。

6・宵和侯

122	宵	侯
宵	59	29	3
侯	63	1	31

離合指數為 3，明顯小於 50，此二部當分。

7・東和陽

	986	東	陽
東	112	48	16
陽	874	16	429

離合指數爲 16，明顯小於 50，此二部當分。

8・東和耕

	528	東	耕
東	120	48	25
耕	408	24	192

離合指數爲 25，明顯小於 50，此二部當分。

9・文和元

	444	文	元
文	116	51	16
元	328	14	157

離合指數爲 16，明顯小於 50，此二部當分。

10・侵和談

	46	侵	談
侵	34	16	22
談	12	2	5

離合指數爲 22，明顯小於 50，此二部當分。

11・物和月

	170	物	月
物	51	22	19
月	119	7	56

離合指數爲 19，明顯小於 50，此二部當分。

12・錫和質

	64	錫	質
錫	18	5	60
質	46	8	19

離合指數爲 60，它介於 90 和 50 之間，此時我們要根據卡方檢驗來判斷錫和質是分是合。下表爲卡方檢驗的表格：

	錫	質
錫	5	4.661
質	8	19

陰影部分爲其卡方值，即錫質的卡方值爲 4.661。

下一步定檢驗水平 α [註1]。麥耘先生定的是 α = 0.025，即 2.5%；而朱曉農先生定的是 α = 0.05，即 5%。由於麥先生和朱先生的研究範圍屬於中古和近代音，我們研究的範圍屬於上古音，這樣他們的檢驗水平就不一定完全適用於我們的材料了，因此本文對這兩個顯著水平都將進行一次檢驗，以此證明哪個顯著性水平更加適合上古音韻的研究。並且本文還要再增加一個檢驗水平，即 α = 0.10。

然後查 χ^2 分佈臨界值表，在這裡的問題中，有錫部自押、質部自押以及兩部的通押，共 3 組數據，即 $k = 3$，所以自由度就是 3-1 = 2。由臨界值表中查得 $\chi^2_{0.025}$（2）（檢驗水平爲 0.025、自由度爲 2 的 χ^2 分佈臨界值）爲 7.378。相應的 $\chi^2_{0.05}$（2）爲 5.991，$\chi^2_{0.10}$（2）爲 4.605。拿這三個數據同計算所得的 χ^2 值作比較，從而作出判斷：

當 χ^2 ＞7.378 或 5.991 或 4.605 時，兩韻分立；

當 χ^2 ＜7.378 或 5.991 或 4.605 時，兩韻相混。

此時，如果根據麥先生和朱先生的檢驗水平，那麼，χ^2 錫質= 4.661＜7.378 或 5.991，兩韻相混。如果依據本文自擬的水平，則 χ^2 錫質= 4.661＞4.605，兩韻分立。

此處我們將根據自己的標準來判斷錫質的分合問題。儘管卡方值與標準水平非常接近，但我認爲，這種情況產生的原因是因爲錫和質的各項數值都不高，

〔註1〕也即顯著性水平。

由此產生了這種統計結果。根據前人研究結論和錫、質與其它韻的合韻情況，本文最終還是決定將二者分爲兩個韻部。

13・真和文

350		眞	文
眞	191	70	58
文	159	51	54

離合指數爲 58，它介於 90 和 50 之間，此時我們要根據卡方檢驗來判斷眞和文是分是合。下表爲卡方檢驗的表格：

	眞	文
眞	70	29.738
文	51	54

陰影部分爲其卡方值，即眞文的卡方值爲 29.738。此時，無論將檢驗水平定爲 $\alpha = 0.025$、$\alpha = 0.05$ 或 $\alpha = 0.10$，卡方值都要遠遠大於這些分佈臨界值，因此眞文應當分爲兩個韻部。

14・真和元

494		眞	元
眞	160	70	18
元	334	20	157

離合指數爲 18，明顯小於 50，此二部當分。

15・微和歌

380		微	歌
微	101	46	12
歌	279	9	135

離合指數爲 12，明顯小於 50，此二部當分。

16・支和脂

62		支	脂
支	18	7	30
脂	44	4	20

離合指數爲 30，明顯小於 50，此二部當分。

17・魚和侯

788	魚	侯
魚	672	309	54
侯	166	54	31

離合指數爲 54，它介於 90 和 50 之間，這時我們要根據卡方檢驗來判斷魚和侯是分是合。下表爲卡方檢驗的表格：

	魚	侯
魚	309	81.255
侯	54	31

陰影部分爲其卡方值，即魚侯的卡方值爲 81.255。此時，無論將檢驗水平定爲 $\alpha = 0.025$、$\alpha = 0.05$ 或 $\alpha = 0.10$，卡方值都要遠遠大於這些分佈臨界值，因此魚侯應當分爲兩個韻部。

18・蒸和陽

908	蒸	陽
蒸	42	17	19
陽	866	8	429

離合指數爲 19，明顯小於 50，此二部當分。

19・蒸和耕

430	蒸	耕
蒸	40	17	16
耕	390	6	192

離合指數爲 16，明顯小於 50，此二部當分。

20・冬和侵

86	冬	侵
冬	44	17	45
侵	42	10	16

離合指數爲 45，接近 50，可見此二韻部的音值相當接近，但仍應分爲兩個韻部。

21・幽和侯

254	幽	侯
幽	174	78	32
侯	80	18	31

離合指數爲 32，明顯小於 50，此二部當分。

22・幽和宵

252	幽	宵
幽	175	78	35
宵	77	19	29

離合指數爲 35，明顯小於 50，此二部當分。

23・覺和屋

80	覺	屋
覺	28	11	32
屋	52	6	23

離合指數爲 32，明顯小於 50，此二部當分。

24・東和冬

174	東	冬
東	118	48	57
冬	56	22	17

離合指數爲 57，它介於 90 和 50 之間，這時我們要根據卡方檢驗來判斷東和冬是分是合。下表爲卡方檢驗的表格：

	東	冬
東	48	15.398
冬	22	17

陰影部分爲其卡方值，即東冬的卡方值爲 15.398。此時，無論將檢驗水平

定為 α = 0.025、α = 0.05 或 α = 0.10，卡方值都要大於這些分佈臨界值，因此東冬應當分為兩個韻部。

25．冬和耕

432	冬	耕
冬	41	17	18
耕	391	7	192

離合指數為 18，明顯小於 50，此二部當分。

26．冬和陽

902	冬	陽
冬	39	17	13
陽	863	5	429

離合指數為 13，明顯小於 50，此二部當分。

27．微和物

144	微	物
微	96	46	12
物	48	4	22

離合指數為 12，明顯小於 50，此二部當分。

28．宵和藥

90	宵	藥
宵	64	29	32
藥	26	6	10

離合指數為 32，明顯小於 50，此二部當分。

29．侯和鐸

208	侯	鐸
侯	71	31	19
鐸	137	9	64

離合指數為 19，明顯小於 50，此二部當分。

30・侯和屋

	140	侯	屋
侯	87	31	21
屋	53	7	23

離合指數爲 21，明顯小於 50，此二部當分。

31・屋和鐸

	182	屋	鐸
屋	50	23	10
鐸	132	4	64

離合指數爲 10，明顯小於 50，此二部當分。

32・魚和屋

	690	魚	屋
魚	631	309	24
屋	59	13	23

離合指數爲 24，明顯小於 50，此二部當分。

33・東和侵

	138	東	侵
東	101	48	18
侵	37	5	16

離合指數爲 18，明顯小於 50，此二部當分。

34・陽和耕

	1298	陽	耕
陽	875	418	13
耕	423	39	192

離合指數爲 13，明顯小於 50，此二部當分。

35．魚和歌

904	魚	歌
魚 626	309	4
歌 278	8	135

離合指數爲 4，明顯小於 50，此二部當分。

36．魚和鐸

814	魚	鐸
魚 652	309	26
鐸 162	34	64

離合指數爲 26，明顯小於 50，此二部當分。

37．歌和鐸

428	歌	鐸
歌 285	135	15
鐸 143	15	64

離合指數爲 15，明顯小於 50，此二部當分。

38．祭和月

188	祭	月
祭 130	56	44
月 58	18	20

離合指數爲 44，此二部當分。

39．歌和支

346	歌	支
歌 301	135	78
支 45	31	7

離合指數爲 78，它介於 90 和 50 之間，這時我們要根據卡方檢驗來判斷歌和支是分是合。下表爲卡方檢驗的表格：

	歌	支
歌	135	7.493
支	31	7

陰影部分為其卡方值，即歌支的卡方值為 7.493。此時，無論將檢驗水平定為 α = 0.025、α = 0.05 或 α = 0.10，卡方值都要大於這些分佈臨界值，因此應當分為兩個韻部。但是卡方值並不比臨界值大出多少，因此這兩部的關係還是相當密切的。

40・耕和真

538	耕	真
耕	391	192	6
真	147	7	70

離合指數為 6，明顯小於 50，此二部當分。

41・脂和微

158	脂	微
脂	53	20	41
微	105	15	46

離合指數為 41，小於 50，此二部當分。

42・脂和質

92	脂	質
脂	47	20	30
質	45	7	19

離合指數為 30，小於 50，此二部當分。

43・脂和歌

336	脂	歌
脂	53	20	29
歌	283	13	135

離合指數為 29，小於 50，此二部當分。

44‧質和物

96	質	物
質	45	19	28
物	51	7	22

離合指數爲 28，小於 50，此二部當分。

45‧質和月

164	質	月
質	45	19	21
月	119	7	56

離合指數爲 21，小於 50，此二部當分。

46‧眞和侵

196	眞	侵
眞	152	70	34
侵	44	12	16

離合指數爲 34，小於 50，此二部當分。

47‧微和至

112	微	至
微	97	46	38
至	15	5	5

離合指數爲 38，小於 50，此二部當分。

48‧物和至

66	物	至
物	50	22	48
至	16	6	5

離合指數爲 48，小於 50，按理應該將這兩部分離，但是其離合指數十分接近分界點，妥善起見，我們仍然要根據卡方檢驗來判斷物和至是分是合。下表爲其卡方檢驗的表格：

	物	至
物	22	8.416
至	6	5

　　陰影部分為其卡方值，即物至的卡方值為 8.416。此時，無論將檢驗水平定為 α＝0.025、α＝0.05 或 α＝0.10，卡方值都要大於這些分佈臨界值，因此應當分為兩個韻部。

49・至和質

	52	至	質
至	12	5	21
質	40	2	19

　　離合指數為 21，小於 50，此二部當分。

小　結

　　利用統計法可以得出西漢時期的韻部有 32 部，即在先秦的傳統三十部的基礎上，增加了至部和祭部。而隊部的韻例過少，無法利用統計法證明其獨立，但是憑藉經驗，隊部亦應獨立，因此，西漢時期的韻部總數應與先秦時期一致，共 33 部。

西漢韻部的自押韻次表

1・陰聲韻

	之	幽	宵	侯	魚	支	脂	微	歌	至	隊	祭
之	251											
幽		78										
宵			29									
侯				31								
魚					309							
支						7						
脂							20					
微								46				

									135			
歌									135			
至										5		
隊											0	
祭												56

2．入聲韻

	職	覺	藥	屋	鐸	錫	質	物	月	緝	葉
職	183										
覺		11									
藥			10								
屋				23							
鐸					64						
錫						5					
質							19				
物								22			
月									20		
緝										5	
葉											4

3．陽聲韻

	蒸	冬	東	陽	耕	真	文	元	侵	談
蒸	17									
冬		17								
東			48							
陽				429						
耕					192					
真						70				
文							51			
元								157		
侵									16	
談										5

第四節　東漢韻部的統計表格

1・之和職

658	之	職
之	423	198	17
職	235	27	104

離合指數爲 17，小於 50，此二部當分。

2・之和幽

620	之	幽
之	426	198	22
幽	194	30	82

離合指數爲 22，小於 50，此二部當分。

3・之和微

472	之	微
之	399	198	21
微	73	13	30

離合指數爲 21，小於 50，此二部當分。

4・職和覺

272	職	覺
職	238	116	20
覺	34	6	14

離合指數爲 20，小於 50，此二部當分。

5・蒸和冬

76	蒸	冬
蒸	27	10	39
冬	49	7	21

離合指數爲 39，小於 50，此二部當分。

6・東和陽

736	東	陽
東	186	92	1
陽	550	2	274

離合指數爲 1，遠遠小於 50，此二部當分。

7・東和耕

772	東	耕
東	188	92	2
耕	584	4	290

離合指數爲 2，遠遠小於 50，此二部當分。

8・文和元

590	文	元
文	175	76	18
元	415	23	196

離合指數爲 18，小於 50，此二部當分。

9・物和月

226	物	月
物	38	17	12
月	188	4	92

離合指數爲 12，小於 50，此二部當分。

10・錫和質

64	錫	質
錫	18	8	15
質	46	2	22

離合指數爲 15，小於 50，此二部當分。

11・真和文

574	眞	文
眞	318	107	73
文	256	104	76

離合指數爲 73，它介於 90 和 50 之間，這時我們要根據卡方檢驗來判斷眞和文是分是合。下表爲卡方檢驗的表格：

	眞	文
眞	107	20.415
文	104	76

陰影部分爲其卡方值，即眞文的卡方值爲 20.415。此時，無論將檢驗水平定爲 $\alpha = 0.025$、$\alpha = 0.05$ 或 $\alpha = 0.10$，卡方值都要大於這些分佈臨界值，因此應當將眞文分爲兩個韻部。

12・真和元

674	眞	元
眞	248	107	21
元	426	34	196

離合指數爲 21，小於 50，此二部當分。

13・微和歌

198	微	歌
微	70	30	21
歌	128	10	59

離合指數爲 21，小於 50，此二部當分。

14・支和脂

132	支	脂
支	87	42	10
脂	45	3	21

離合指數爲 10，小於 50，此二部當分。

15 · 魚和侯

566		魚	侯
魚	465	209	56
侯	101	47	27

離合指數為 56，它介於 90 和 50 之間，這時我們要根據卡方檢驗來判斷魚和侯是分是合。下表為卡方檢驗的表格：

	魚	侯
魚	209	53.201
侯	47	27

陰影部分為其卡方值，即魚侯的卡方值為 53.201。此時，無論將檢驗水平定為 $\alpha = 0.025$、$\alpha = 0.05$ 或 $\alpha = 0.10$，卡方值都要遠遠大於這些分佈臨界值，因此應當將魚侯分為兩個韻部。

16 · 蒸和陽

582		蒸	陽
蒸	27	10	27
陽	555	7	274

離合指數為 27，小於 50，此二部當分。

17 · 蒸和耕

622		蒸	耕
蒸	31	10	37
耕	591	11	290

離合指數為 37，小於 50，此二部當分。

18 · 幽和侯

258		幽	侯
幽	184	82	37
侯	74	20	27

離合指數為 37，小於 50，此二部當分。

19 · 幽和宵

	264	幽	宵
幽	174	82	16
宵	90	10	40

離合指數爲 16，小於 50，此二部當分。

20 · 覺和屋

	108	覺	屋
覺	33	14	21
屋	75	5	35

離合指數爲 21，小於 50，此二部當分。

21 · 東和冬

	240	東	冬
東	191	92	17
冬	49	7	21

東冬的離合指數爲 17，小於 50，此二部當分。

22 · 冬和耕

	634	冬	耕
冬	48	21	13
耕	586	6	290

離合指數爲 13，小於 50，此二部當分。

23 · 冬和陽

	592	冬	陽
冬	43	21	2
陽	549	1	274

離合指數爲 2，遠遠小於 50，此二部當分。

24・微和物

	100	微	物
微	63	30	12
物	37	3	17

離合指數為 12，小於 50，此二部當分。

25・宵和藥：

	96	宵	藥
宵	85	40	50
藥	11	5	3

離合指數為 50，此時我們要根據卡方檢驗來判斷宵和藥是分是合。下表為卡方檢驗的表格：

	宵	藥
宵	40	11.367
藥	5	3

陰影部分為其卡方值，即宵藥的卡方值為 11.367。此時，無論將檢驗水平定為 $\alpha = 0.025$、$\alpha = 0.05$ 或 $\alpha = 0.10$，卡方值都要大於這些分佈臨界值，因此應當將宵藥分為兩個韻部。其實根據以往研究的經驗，宵藥分為兩部是不成問題的，但是此時卻大費周章地分為兩部，並且卡方值還十分接近臨界值，原因可能是數字少的問題。

26・侯和屋

	138	侯	屋
侯	61	27	20
屋	77	7	35

離合指數為 20，小於 50，此二部當分。

27・屋和鐸

	176	屋	鐸
屋	75	35	11
鐸	101	5	48

離合指數爲 11，小於 50，此二部當分。

28・陽和耕

	1186	陽	耕
陽	577	274	9
耕	609	29	290

離合指數爲 9，小於 50，此二部當分。

29・魚和歌

	586	魚	歌
魚	443	209	23
歌	143	25	59

離合指數爲 23，小於 50，此二部當分。

30・魚和鐸

	570	魚	鐸
魚	446	209	28
鐸	124	28	48

離合指數爲 28，小於 50，此二部當分。

31・歌和鐸

	220	歌	鐸
歌	121	59	5
鐸	99	3	48

離合指數爲 5，小於 50，此二部當分。

32・月和祭

	278	月	祭
月	105	33	59
祭	173	39	67

離合指數爲 59，它介於 90 和 50 之間，這時我們要根據卡方檢驗來判斷月和祭是分是合。下表爲卡方檢驗的表格：

	月	祭
月	33	22.59
祭	39	67

　　陰影部分爲其卡方值，即月祭的卡方值爲 22.59。此時，無論將檢驗水平定爲 α = 0.025、α = 0.05 或 α = 0.10，卡方值都要大於這些分佈臨界值，因此祭月應當分爲兩個韻部。

33・歌和支

	232	歌	支
歌	133	59	26
支	99	15	42

　　離合指數爲 26，小於 50，此二部當分。

34・脂和微

	140	脂	微
脂	61	21	54
微	79	19	30

　　離合指數爲 54，它介於 90 和 50 之間，這時我們要根據卡方檢驗來判斷脂和微是分是合。下表爲卡方檢驗的表格：

	脂	微
脂	21	14.05
微	19	30

　　陰影部分爲其卡方值，即脂微的卡方值爲 14.05。此時，無論將檢驗水平定爲 α = 0.025、α = 0.05 或 α = 0.10，卡方值都要大於這些分佈臨界值，因此脂微應當分爲兩個韻部。

35・脂和質

	98	脂	質
脂	48	21	24
質	50	6	22

　　離合指數爲 24，小於 50，此二部當分。

36‧脂和歌

	170	脂	歌
脂	47	21	14
歌	123	5	59

離合指數為 14，小於 50，此二部當分。

37‧質和物

	88	質	物
質	49	22	22
物	39	5	17

離合指數為 22，小於 50，此二部當分。

38‧質和月

	236	質	月
質	48	22	10
月	188	4	92

離合指數為 10，小於 50，此二部當分。

39‧真和侵

	286	眞	侵
眞	221	107	13
侵	65	7	29

離合指數為 13，小於 50，此二部當分。

40‧元和談

	410	元	談
元	399	196	65
談	11	7	2

　　離合指數為 65，它介於 90 和 50 之間，這時我們要根據卡方檢驗來判斷元和談是分是合。下表為卡方檢驗的表格：

	元	談
元	196	24.555
談	7	2

　　陰影部分為其卡方值，即的卡方值為 24.555。此時，無論將檢驗水平定為 α = 0.025、α = 0.05 或 α = 0.10，卡方值都要遠遠大於這些分佈臨界值，因此應當分為兩個韻部。

41・元和月

606	元	月
元	407	196	11
月	199	15	92

　　離合指數為 11，小於 50，此二部當分。

42・文和侵

222	文	侵
文	158	76	13
侵	64	6	29

　　離合指數為 13，小於 50，此二部當分。

43・真和耕

848	眞	耕
眞	241	107	15
耕	607	27	290

　　離合指數為 15，小於 50，此二部當分。

44・耕和侵

662	耕	侵
耕	592	290	19
侵	70	12	29

　　離合指數為 19，小於 50，此二部當分。

45・錫和耕

	614	錫	耕
錫	25	8	37
耕	589	9	290

離合指數爲 37，小於 50，此二部當分。

46・藥和鐸

	114	藥	鐸
藥	12	3	55
鐸	102	6	48

離合指數爲 55，它介於 90 和 50 之間，這時我們要根據卡方檢驗來判斷藥和鐸是分是合。下表爲卡方檢驗的表格：

	藥	鐸
藥	3	11.094
鐸	6	48

陰影部分爲其卡方值，即藥鐸的卡方值爲 11.094。此時，無論將檢驗水平定爲 $\alpha = 0.025$、$\alpha = 0.05$ 或 $\alpha = 0.10$，卡方值都要大於這些分佈臨界值，因此應當分爲兩個韻部。

47・魚和宵

	504	魚	宵
魚	421	209	4
宵	83	3	40

離合指數爲 4，遠遠小於 50，此二部當分。

48・幽和覺

	260	幽	覺
幽	219	103	37
覺	41	13	14

離合指數爲 37，小於 50，此二部當分。

49・蒸和侵

	92	蒸	侵
蒸	27	10	36
侵	65	7	29

離合指數為 36，小於 50，此二部當分。

50・職和屋

	288	職	屋
職	213	104	8
屋	75	5	35

離合指數為 8，小於 50，此二部當分。

51・職和鐸

	326	職	鐸
職	219	104	15
鐸	107	11	48

離合指數為 15，小於 50，此二部當分。

52・質和至

	68	質	至
質	49	22	35
至	19	5	7

離合指數為 35，質至當分。前面說過，中古至韻的上古來源主要為質部，這個至質的離合指數表明，至韻已經脫離了質部而獨立存在了。

53・至和支

	106	支	至
支	88	42	26
至	18	4	7

離合指數為 26，小於 50，此二部當分。

54・微和至

	78	微	至
微	62	30	15
至	16	2	7

離合指數為 15，小於 50，此二部當分。

55・之和至

	422	之	至
之	402	198	31
至	20	6	7

離合指數為 31，小於 50，此二部當分。

56・物和隊

	38	物	隊
物	35	17	35
隊	3	1	1

離合指數為 35，小於 50，此二部當分。但是，我們也注意到，隊部獨用的例證過少，只有 1 例，因此隊部分立的統計結果也是尚待商榷的。

小　結

利用統計法，得出東漢時期韻部共有 33 個。與西漢相比，祭月依舊分立，至部獨立；不同之處在於隊部獨立。但是由於隊部數字過少，這個韻部是否獨立，還有繼續探討的必要。

東漢韻部的互押韻次表

1・陰聲韻

	之	幽	宵	侯	魚	支	脂	微	歌	至	隊	祭
之	198											
幽		82										
宵			40									
侯				27								
魚					209							

支					42						
脂						21					
微							30				
歌								59			
至									7		
隊										1	
祭											67

2．入聲韻

	職	覺	藥	屋	鐸	錫	質	物	月	緝	葉
職	104										
覺		14									
藥			3								
屋				35							
鐸					48						
錫						8					
質							22				
物								17			
月									33		
緝										9	
葉											7

3．陽聲韻

	蒸	冬	東	陽	耕	真	文	元	侵	談
蒸	10									
冬		21								
東			92							
陽				274						
耕					290					
眞						107				
文							76			
元								196		
侵									29	
談										2

第七章 利用數理統計法劃分的韻類

　　在上一章中，我們利用數理統計法劃分了先秦、西漢、東漢的韻部。在本章中，我們仍然利用此方法來劃分先秦、西漢、東漢時期各個韻部中所包含的韻類。

第一節　先秦、西漢、東漢時期韻次總表

　　白一平利用了卡方統計法劃分了幽部字的韻類。白氏研究幽部字的材料只是幽部的獨用例，其中並不包括單一的幽部字同其他韻部字押韻的不規則現象。由此看來，其素材包括的只是單純的幽部字獨用的韻對，而排除了幽部和其他韻部合韻的韻段。因此我們在劃分韻類時，也只是依據每個韻部的獨用，此處就不再考慮合韻韻例了。

先秦、西漢、東漢時期韻次列表如下：

先 秦 韻 次	西 漢 韻 次	東 漢 韻 次
1・之部	1・之部	1・之部
之之 43	之之 109	之之 142
之尤 16	之尤 36	之尤 1
尤咍 2	尤咍 3	侯咍 1
之灰 4	之灰 1	之灰 2

先 秦 韻 次	西 漢 韻 次	東 漢 韻 次
之咍 12	之咍 55	之咍 27
之侯 4	之侯 7	之侯 3
之皆 1	尤尤 2	之代 1
咍咍 3	之脂 8	之脂 1
	之隊 1	咍咍 13
2・職部	之職 1	代隊 1
職職 11	咍咍 15	之眞 3
職德 27	職屋 1	
德屋 11	咍脂 3	2・職部
職屋 19	代隊 1	職職 18
職麥 1		職德 27
職怪 2	2・職部	德屋 12
之尤 1	職職 19	職屋 12
麥德 1	職德 59	職脂 1
德德 1	德屋 21	職怪 2
屋屋 1	職屋 19	德尤 1
	職麥 2	麥德 4
3・蒸部	職尤 2	德德 19
蒸蒸 2	之怪 1	屋屋 2
蒸登 2	麥德 2	屋怪 1
登登 2	德德 24	代怪 1
	屋屋 6	德怪 1
4・幽部	之德 5	
尤肴 3	屋麥 3	3・蒸部
尤豪 6	德至 2	蒸蒸 6
尤尤 6	怪屋 2	蒸登 1
豪豪 2	之職 5	登登 2
肴肴 1	之屋 5	
幽尤 1	尤德 1	4・幽部
		尤幽 3
5・覺部	3・蒸部	尤豪 4
屋屋 2	蒸蒸 8	尤尤 61
	蒸登 3	侯侯 1
6・冬部	登耕 1	蕭尤 3

先 秦 韻 次	西 漢 韻 次	東 漢 韻 次
東東 3	蒸耕 3	尤侯 1
東江 1	蒸東 2	尤虞 4
7・宵部	4・幽部	5・覺部
宵豪 5	尤肴 5	屋屋 9
豪豪 1	尤豪 15	幽覺 1
宵宵 2	尤尤 26	屋沃 1
宵肴 3	豪豪 7	覺豪 1
蕭肴 1	肴豪 3	屋錫 1
	幽尤 3	
8・藥部	豪蕭 1	6・冬部
無	蕭尤 1	東東 12
	肴侯 1	東江 1
9・侯部	幽幽 1	冬冬 2
侯侯 3	侯豪 2	東冬 7
侯虞 7	尤虞 9	
虞虞 1	豪虞 3	7・宵部
尤侯 1		宵豪 12
	5・覺部	豪豪 12
10・屋部	屋屋 11	宵肴 3
燭燭 5		蕭豪 1
屋燭 1	6・冬部	豪肴 3
屋屋 1	東東 3	肴肴 2
		蕭宵 1
11・東部	7・宵部	蕭蕭 1
東鐘 7	宵豪 7	蕭肴 1
鐘鐘 2	豪豪 9	宵宵 3
東東 2	宵宵 9	
	豪肴 5	8・藥部
12・魚部		藥藥 1
麻模 12	8・藥部	藥覺 1
虞模 4	藥宵 4	覺覺 1
魚魚 8	藥藥 3	
魚麻 7	覺錫 2	9・侯部

先 秦 韻 次	西 漢 韻 次	東 漢 韻 次
模模 3	藥鐸 1	侯侯 6
麻麻 4		侯虞 3
虞麻 7	9・侯部	虞虞 16
魚模 10	侯侯 7	尤侯 1
魚虞 5	侯虞 12	魚虞 2
虞虞 3	虞虞 9	
	尤侯 1	10・屋部
13・鐸部	魚侯 3	燭燭 12
鐸陌 2		屋燭 9
陌陌 1	10・屋部	屋屋 3
模模 1	燭燭 2	覺燭 8
模麥 1	屋燭 9	屋覺 2
	屋屋 11	覺覺 1
14・陽部	屋侯 1	
陽唐 29	覺燭 2	11・東部
陽庚 32	覺覺 2	東鐘 35
陽陽 33	覺屋 2	鐘鐘 23
唐庚 10	侯侯 1	東東 11
耕唐 1		東江 3
陽耕 2	11・東部	鐘江 1
耕庚 1	東鐘 19	
庚庚 5	鐘鐘 14	12・魚部
唐唐 5	東東 22	麻模 6
	東江 5	虞模 21
15・支部	鐘江 2	魚魚 54
無		魚麻 8
	12・魚部	模模 30
16・錫部	麻模 55	麻麻 1
支齊 1	虞模 25	魚模 50
麥佳 1	魚魚 46	魚虞 27
卦昔 1	魚麻 37	虞虞 11
昔支 1	模模 36	
	虞麻 17	13・鐸部
17・耕部	魚模 70	鐸陌 3

先 秦 韻 次	西 漢 韻 次	東 漢 韻 次
清清 13	魚虞 25	鐸昔 3
清青 17	虞虞 2	鐸藥 1
庚清 10	麻麻 15	陌陌 6
庚青 6		模模 4
青青 3	13 · 鐸部	昔昔 2
	鐸陌 8	麻麥 2
	鐸昔 7	鐸模 7
18 · 脂部	鐸鐸 5	藥昔 1
脂脂 3	陌陌 4	魚暮 1
齊齊 2	模模 2	鐸鐸 6
脂齊 3	模陌 1	覺模 1
齊支 1	模昔 1	麻藥 1
	陌昔 6	麻昔 1
19 · 質部	昔藥 1	陌昔 4
質質 3	藥麥 4	模昔 1
質屑 7	鐸麥 2	陌模 1
	鐸藥 2	鐸麻 1
20 · 眞部	藥麻 2	模麻 1
眞先 14	麻昔 2	
眞眞 9	覺模 2	
先先 1	魚麥 4	
	鐸模 5	14 · 陽部
21 · 微部	陌藥 1	陽唐 97
怪灰 1	模麻 1	陽庚 12
灰微 2	鐸麻 2	陽陽 130
微微 4	藥模 1	唐庚 1
脂脂 1		庚庚 2
微脂 3	14 · 陽部	唐唐 31
咍微 2	陽唐 121	
灰灰 2	陽庚 45	15 · 支部
	陽陽 139	支支 32
22 · 物部	唐庚 21	齊支 6
脂脂 1	陽耕 1	齊齊 1
	庚庚 14	支佳 3

先 秦 韻 次	西 漢 韻 次	東 漢 韻 次
23・文部	唐唐 27	
文諄 2		16・錫部
文魂 4	15・支部	昔齊 1
文欣 1	支支 4	麥佳 1
眞眞 2	佳支 2	麥昔 2
魂諄 1	支齊 4	昔錫 1
痕魂 1		麥支 1
	16・錫部	齊齊 1
24・歌部	支齊 1	錫支 1
戈戈 3	支昔 1	
支戈 4	麥昔 1	
歌歌 1	昔昔 2	17・耕部
支支 3		清清 57
	17・耕部	清青 63
25・月部	清清 33	庚清 74
月薛 5	清青 51	庚青 41
薛曷 2	庚庚 7	青青 18
月末 1	庚青 32	清耕 3
月月 2	青青 16	青耕 2
薛屑 2	清庚 53	耕耕 1
薛薛 2	耕庚 6	庚庚 29
	清耕 5	耕庚 5
26・元部	青耕 3	
寒仙 1		18・脂部
桓桓 1	18・脂部	脂脂 3
元仙 4	脂脂 11	齊齊 3
元元 4	齊齊 1	脂皆 2
元寒 1	脂齊 4	齊皆 2
先仙 2	齊至 1	齊脂 4
桓刪 1	支脂 1	
元桓 1	脂至 1	19・質部
	脂皆 1	質質 6
27・緝部		質屑 9
無	19・質部	質齊 1

先 秦 韻 次	西 漢 韻 次	東 漢 韻 次
	質質 14	屑屑 4
28・侵部	質屑 4	代齊 1
侵覃 1	質脂 1	
		20・眞部
29・葉部	20・眞部	眞先 29
無	眞先 21	眞眞 67
	眞眞 39	先先 6
30・談部	先先 6	眞臻 2
鹽嚴 1	眞文 1	眞諄 3
	眞諄 1	諄諄 3
31・祭部	眞痕 1	
祭祭 1		
	21・微部	21・微部
32・隊部	皆灰 1	微咍 1
隊隊 1	灰微 11	灰微 3
	微微 9	微微 10
33・至部	脂脂 2	脂脂 1
至至 1	微脂 9	微脂 4
	咍微 3	皆微 3
	灰脂 8	灰灰 4
	微皆 6	灰皆 2
		皆咍 2
	22・物部	脂咍 1
	末代 2	脂皆 1
	末末 2	
	術術 4	
	物末 5	22・物部
	物沒 3	未代 3
	至代 1	未術 1
	物物 1	物末 5
	物術 1	未末 3
	物質 1	物沒 1
	沒隊 1	術沒 2
	代代 1	脂未 1

先 秦 韻 次	西 漢 韻 次	東 漢 韻 次
		術術 2
	23・文部	
	文諄 6	23・文部
	文魂 13	文諄 7
	文眞 1	文魂 16
	眞眞 1	文欣 4
	魂諄 3	眞眞 1
	痕魂 4	魂諄 1
	欣先 1	痕魂 2
	文文 8	文痕 4
	魂眞 4	文文 22
	魂魂 2	先魂 3
	諄諄 1	眞文 4
	魂仙 1	欣魂 1
	眞欣 1	文仙 1
	仙諄 1	欣諄 1
		先先 2
	24・歌部	文刪 1
	戈戈 5	眞諄 1
	支戈 11	眞欣 1
	歌歌 12	仙魂 3
	支支 35	文先 1
	麻支 15	眞魂 1
	歌支 24	魂魂 6
	支至 9	諄諄 3
	至麻 1	
	歌麻 7	
	歌戈 15	
	麻戈 2	
	至戈 1	24・歌部
		戈戈 2
	25・月部	支戈 1
	月薛 5	歌歌 9
	末曷 1	支支 2

先　秦　韻　次	西　漢　韻　次	東　漢　韻　次
	月月 1	歌戈 11
	月屑 1	歌支 1
	薛薛 8	麻麻 21
	薛點 3	脂麻 4
	月點 2	歌麻 7
	月沒 1	支脂 1
	沒薛 1	戈麻 7
	26・元部	
	寒仙 11	25・月部
	元刪 4	月薛 5
	刪山 2	薛曷 2
	仙山 8	月月 2
	元先 3	曷月 1
	先刪 2	薛薛 12
	仙仙 17	薛點 1
	桓桓 10	薛沒 5
	元仙 15	曷末 1
	元元 3	點月 2
	元寒 9	點屑 2
	先仙 4	
	桓刪 3	26・元部
	元桓 2	寒刪 4
	寒刪 6	元桓 17
	元山 9	元仙 29
	寒寒 9	刪刪 1
	桓先 5	元寒 15
	山山 1	先仙 10
	刪刪 1	先刪 1
	先先 2	元先 3
	寒先 1	仙仙 14
	仙眞 1	桓仙 17
	寒山 5	山仙 5
	寒桓 10	刪山 4

先 秦 韻 次	西 漢 韻 次	東 漢 韻 次
	刪仙 5	先先 3
	桓仙 8	元元 7
		桓刪 1
	27・緝部	寒山 3
	緝緝 4	桓先 4
	合合 1	寒先 2
		元山 2
	28・侵部	先山 1
	侵侵 14	寒仙 15
	侵覃 2	寒桓 17
	侵東 6	桓桓 11
	東覃 2	寒寒 13
		刪仙 4
	29・葉部	元刪 5
	曷曷 1	
	業乏 1	
	葉帖 1	27・緝部
	葉乏 1	緝緝 9
		緝合 1
	30・談部	
	鹽添 1	28・侵部
	談談 2	侵覃 7
	鹽鹽 1	侵侵 21
		侵凡 1
	31・祭部	
	祭祭 8	29・葉部
	泰泰 9	乏業 4
	怪泰 5	葉帖 1
	夬泰 4	業業 1
	廢泰 4	乏乏 1
	祭泰 18	
	祭廢 3	30・談部
	祭夬 2	鹽鹽 1
		談鹽 1

先　秦　韻　次	西　漢　韻　次	東　漢　韻　次
	32・隊部	31・祭部
	隊無	祭祭 12
		祭泰 15
	33・至部	怪泰 1
	至至 6	祭廢 11
		夬泰 11
		泰泰 11
		泰廢 3
		廢廢 2
		祭夬 4
		32・隊部
		隊隊 1
		33・至部
		至至 5

第二節　先秦韻類的統計表格

陰聲韻

（一）之　部

	170	之	咍	灰	侯	皆	尤
之	123	43	85	138	138	140	120
咍	20	12	3	0	0	0	78
灰	4	4	0	0	0	0	0
侯	4	4	0	0	0	0	0
皆	1	1	0	0	0	0	0
尤	18	16	2	0	0	0	0

表格說明：

1・陰影部分的數字為之部的各小韻的韻次，其陰影呈樓梯形狀，以對角線來劃分區域。例如：之韻的獨用韻次為 43，之韻和咍韻的合用韻次為 12，咍咍獨用為 3。這部分數值前文已經列表。

2．第二個縱列（即灰影部分）為計算出的之部的字次。例如：之韻的字次是 123，咍韻的字次是 20。縱列的第一個數字為總字次，即之部的之、咍、灰、侯、皆、尤六個韻的字次之和，為 170。

3．除了灰色陰影部分的數字和樓梯型的數字外，表格右側的所有數字皆為計算出的離合指數。它「用來表明兩韻關係遠近。大致上是數字越大，關係越密，越小越疏遠」。〔註1〕

3．1 之咍的離合指數為 85，此時我們需要利用卡方檢驗來證明二者是分是合，列表如下：

	之	咍
之	43	2.579
咍	12	3

陰影處為其卡方值。此時，無論將檢驗水平定為 α = 0.025、α = 0.05 或 α = 0.10，卡方值都要小於這些分佈臨界值，因此應當將之咍兩韻合併。

之灰的離合指數為 138，之侯的離合指數為 138，之皆的離合指數為 140，之尤的離合指數為 120，這說明之韻和侯、灰、皆、尤四韻已經無別。

3．2 咍尤的離合指數為 78，此時我們需要利用卡方檢驗來證明二者是分是合，列表如下：

	尤	咍
尤	0	0.312
咍	2	3

陰影處為其卡方值。此時，無論將檢驗水平定為 α = 0.025、α = 0.05 或 α = 0.10，卡方值都要遠遠小於這些分佈臨界值，因此應當將尤咍兩韻合併。同時我們應該注意，尤、咍的合用、獨用的數字都非常小，這有可能會影響最終的結果。

3．3 其餘各部，由於缺乏合用例，因此離合指數皆為 0。這有可能是本文材料限制的原因，並不能說明這部分韻已經全部分立。由於之韻和侯、灰、皆、尤韻已經無別了，因此，侯、灰、皆、尤也就應當合為一個韻類。

小結：先秦之部只有一個韻類。

〔註1〕朱曉農，北宋中原韻轍考，語文出版社，1989，46 頁。

（二）幽　部

	38	尤	肴	豪	幽
尤	22	6	95	96	164
肴	5	3	1	0	0
豪	10	6	0	2	0
幽	1	1	0	0	0

表格說明：

尤肴的離合指數為 95，尤豪的離合指數為 96，尤幽的離合指數為 164，這說明四韻已經合併。因此，先秦時期幽部只有一個韻類。

（三）宵　部

	24	宵	豪	肴	蕭
宵	12	2	127	149	0
豪	7	5	1	0	0
肴	4	3	0	0	249
蕭	1	0	0	1	0

表格說明：

1・宵豪的離合指數為 127，宵肴的離合指數為 149，宵、豪、肴三韻已經合併。

2・肴蕭的離合指數為 249，二韻合併。因此，宵、豪、肴、蕭四韻合併。

小結：宵部只有一個韻類。

（四）侯　部

	24	侯	虞	尤
侯	14	3	127	187
虞	9	7	1	0
尤	1	1	0	0

表格說明：

侯虞的離合指數為 127，侯尤的離合指數為 187，三韻已經合併。

侯部只有一個韻類。

（五）魚　部

	126	麻	模	虞	魚
麻	34	4	124	102	72
模	32	12	3	81	94
虞	22	7	4	3	66
魚	38	7	10	5	8

表格說明：

1．麻模的離合指數爲 124，麻虞的離合指數爲 102，三韻已經合併。

2．麻魚的離合指數爲 72，此時我們需要利用卡方檢驗來證明二者是分是合，列表如下：

	麻	魚
麻	4	0.996
魚	7	8

此時，無論將檢驗水平定爲 α＝0.025、α＝0.05 或 α＝0.10，卡方值都要遠遠小於這些分佈臨界值，因此應當將兩韻合併。同時我們應該注意，麻魚兩韻的合用、獨用的數字都非常小，這有可能會影響最終的結果。

3．魚模的離合指數爲 94，二韻合併。

4．模虞的離合指數爲 81，此時我們需要利用卡方檢驗來證明二者是分是合，列表如下：

	模	虞
模	3	0.4
虞	4	3

此時，無論將檢驗水平定爲 α＝0.025、α＝0.05 或 α＝0.10，卡方值都要遠遠小於這些分佈臨界值，因此應當將兩韻合併。同時我們應該注意，模虞兩韻的合用、獨用的數字都非常小，這有可能會影響最終的結果。

5．魚虞的離合指數爲 66，此時我們需要利用卡方檢驗來證明二者是分是合，列表如下：

	魚	虞
魚	8	1.512
虞	5	3

此時，無論將檢驗水平定爲 α＝0.025、α＝0.05 或 α＝0.10，卡方值都要遠遠小於這些分佈臨界值，因此應當將兩韻合併。

小結：魚部只有一個韻類。

（六）支　部

缺少獨用例，存疑。

（七）脂　部

	18	脂	齊	支
脂	9	3	70	0
齊	8	3	2	150
支	1	0	1	0

表格說明：

1・脂齊的離合指數爲 70，此時我們需要利用卡方檢驗來證明二者是分是合，列表如下：

	脂	齊
脂	3	0.454
齊	3	2

此時，無論將檢驗水平定爲 α＝0.025、α＝0.05 或 α＝0.10，卡方值都要遠遠小於這些分佈臨界值，因此應當將兩韻合併。同時我們應該注意，脂齊兩韻的合用、獨用的數字都非常小，這有可能會影響最終的結果。

2・支齊的離合指數爲 150，二韻合併。

小結：脂部只有一個韻類。

（八）微　部

	30	怪	灰	微	脂	咍
怪	1	0	133	0	0	0
灰	7	1	2	55	0	0
微	15	0	2	4	94	151
脂	5	0	0	3	1	0
咍	2	0	0	2	0	0

表格說明：

1・怪灰的離合指數為 133，二者合併。

2・灰微的離合指數為 55，此時我們需要利用卡方檢驗來證明二韻是分是合，列表如下：

	灰	微
灰	2	1.742
微	2	4

此時，無論將檢驗水平定為 α = 0.025、α = 0.05 或 α = 0.10，卡方值都要小於這些分佈臨界值，因此應當將兩韻合併。同時我們應該注意，灰微兩韻的合用、獨用的數字都非常小，這有可能會影響最終的結果。

3・脂微的離合指數為 94，哈微的離合指數為 151，三韻合併。

小結：微部只有一個韻類。

（九）歌　部

	22	戈	支	歌
戈	10	3	76	0
支	10	4	3	0
歌	2	0	0	1

表格說明：

1・支戈的離合指數為 76，此時我們需要利用卡方檢驗來證明二者是分是合，列表如下：

	戈	支
戈	3	0.4
支	4	3

此時，無論將檢驗水平定為 α = 0.025、α = 0.05 或 α = 0.10，卡方值都要遠遠小於這些分佈臨界值，因此應當將兩韻合併。同時我們應該注意，戈支兩韻的合用、獨用的數字都非常小，這有可能會影響最終的結果。

2・歌部獨立。

小結：歌部有歌、支兩個小韻。

（十）祭　部

只有祭韻獨用一例。

（十一）至　部

只有至韻獨用一例。

（十二）隊　部

只有隊韻獨用一例。

陽聲韻

（一）蒸　部

	12	蒸	登
蒸	6	2	61
登	6	2	2

表格說明：

蒸登的離合指數為 61，此時我們需要利用卡方檢驗來證明二者是分是合，列表如下：

	蒸	登
蒸	2	0.667
登	2	2

此時，無論將檢驗水平定為 $\alpha = 0.025$、$\alpha = 0.05$ 或 $\alpha = 0.10$，卡方值都要遠遠小於這些分佈臨界值，因此應當將兩韻合併。同時我們應該注意，蒸登兩韻的合用、獨用的數字都非常小，這有可能會影響最終的結果。

蒸部只有一個韻類。

（二）冬　部

	8	東	江
東	7	3	100
江	1	1	0

表格說明：東江二韻合併。多部只有一個韻類。

（三）東　部

	22	東	鍾
東	11	2	121
鍾	11	7	2

表格說明：東鍾二韻合併。東部只有一個韻類。

（四）陽　部

	236	陽	庚	唐	耕
陽	129	33	110	106	97
庚	53	32	5	99	125
唐	50	29	10	5	119
耕	4	2	1	1	0

表格說明：

1・陽韻與耕、庚、唐三韻的離合指數分別爲：97、110、106，四韻合併。

2・庚唐的離合指數爲99，庚耕的離合指數爲125，三韻合併。

3・耕唐的離合指數爲119，二韻合併。

小結：陽部只有一個韻類。

（五）耕　部

	98	清	青	庚
清	53	13	111	120
青	29	17	3	142
庚	16	10	6	0

表格說明：

1・清青的離合指數爲111，清庚的離合指數爲120，三韻合併。

2・青庚的離合指數爲142，二韻合併。

小結：耕部只有一個韻類。

（六）真　部

	48	眞	先
眞	32	9	128
先	16	14	1

表格說明：眞先的離合指數爲 128，二韻合併。因此眞部只有一個韻類。

（七）文　部

	22	文	諄	魂	欣	眞	痕
文	7	0	214	185	400	0	0
諄	3	2	0	200	0	0	0
魂	6	4	1	0	0	0	350
欣	1	1	0	0	0	0	0
眞	4	0	0	0	0	2	0
痕	1	0	0	1	0	0	0

表格說明：

1・文諄的離合指數爲 214，文魂的離合指數爲 185，文欣的離合指數爲 400，四韻合併。

2・諄魂的離合指數爲 200，二韻合併。

3・魂痕的離合指數爲 350，二韻合併。

4・眞韻獨立。

小結：文部有眞、文兩個韻類。

（八）元　部

	30	寒	仙	桓	元	先	刪
寒	2	0	257	0	85	0	0
仙	7	1	0	0	107	257	0
桓	4	0	0	1	45	0	124
元	14	1	4	1	4	0	0
先	2	0	2	0	0	0	0
刪	1	0	0	1	0	0	0

表格說明：

1・寒仙的離合指數爲 257，二韻合併。

2・仙元的離合指數爲 107，仙先的離合指數爲 257，三韻合併。

3・元桓的離合指數爲 45，二韻分離。

4・桓刪的離合指數爲 124，二韻合併。

5 · 寒元的離合指數為 85，此時我們需要利用卡方檢驗來證明二者是分是合，列表如下：

	寒	元
寒	0	0.062
元	1	4

此時，無論將檢驗水平定為 α＝0.025、α＝0.05 或 α＝0.10，卡方值都要遠遠小於這些分佈臨界值，因此應當將兩韻合併。同時我們應該注意，寒元兩韻的合用、獨用的數字都非常小，這有可能會影響最終的結果。

小結：元部有兩個韻類，元、寒、仙、先為一類；桓、刪為一類。

（九）侵　部

侵韻和覃韻合用一例。

（十）談　部

鹽韻和嚴韻合用一例。

入聲韻

（一）職　部

150		職	德	屋	麥	怪	之	尤
職	71	11	147	141	154	284	0	0
德	41	27	1	169	550	0	0	0
屋	32	19	11	1	0	0	0	0
麥	2	1	1	0	0	0	0	0
怪	2	2	0	0	0	0	0	0
之	1	0	0	0	0	0	0	100
尤	1	0	0	0	0	0	1	0

表格說明：

1 · 職德的離合指數為 147，職屋的離合指數為 141，職麥的離合指數為 154，職怪的離合指數為 284，五韻合併。

2 · 德屋的離合指數為 169，德麥的離合指數為 550，三韻合併。

3 · 之尤的離合指數為 100，二韻合併。

小結：職部只有一個韻類。

（二）覺　部

只有屋韻獨用兩例。

（三）藥　部

無韻例。

（四）屋　部

	14	燭	屋
燭	11	5	39
屋	3	1	1

表格說明：

屋燭的離合指數為 39，二韻分立。因此屋部有屋、燭兩個韻類。

（五）鐸　部

	10	鐸	陌	模	麥
鐸	2	0	124	0	0
陌	4	2	1	0	0
模	3	0	0	1	100
麥	1	0	0	1	0

表格說明：

1．鐸陌的離合指數為 124，二韻合併。

2．麥模的離合指數為 100，二韻合併。

3．鐸陌二韻與麥模二韻之間無交集，應將其分為兩個韻類。但應該注意可能由於本文材料的限制導致這個結論。

小結：鐸部有鐸陌與麥模兩個韻類。

（六）錫　部

	8	支	齊	麥	佳	卦	昔
支	2	0	150	0	0	0	150
齊	1	1	0	0	0	0	0
麥	1	0	0	0	100	0	0

佳	1	0	0	1	0	0	0
卦	1	0	0	0	0	0	150
昔	2	1	0	0	0	1	0

表格說明：

1・支齊的離合指數為 150，支昔的離合指數為 150，三韻合併。

2・麥佳的離合指數為 100，二韻合併。

3・卦昔的離合指數為 150，二韻合併。

4・支、齊、昔、卦四韻與麥、佳二韻無交集，應分立。

小結：錫部有支、齊、昔、卦與麥、佳兩個韻類。

（七）質　部

	20	質	屑
質	13	3	146
屑	7	7	0

表格說明：

質屑的離合指數為 146，二韻合併。因此質部只有一個韻類。

（八）物　部

只有脂韻獨用一例。

（九）月　部

	28	月	薛	曷	末	屑
月	10	2	108	0	183	0
薛	13	5	2	201	0	201
曷	2	0	2	0	0	0
末	1	1	0	0	0	0
屑	2	0	2	0	0	0

表格說明：

1・月薛的離合指數為 108，月末的離合指數為 183，三韻合併。

2・薛曷的離合指數為 201，薛屑的離合指數為 201，三韻合併。

小結：月部只有一個韻類。

（十）緝　部

本部無韻例。

（十一）葉　部

本部無韻例。

本節小結

先秦時期陰聲韻有 12 個韻類〔註2〕，陽聲韻有 12 個韻類，入聲韻有 11 個韻類〔註3〕，總計 35 個韻類。

本節已經多次強調過，由於材料的限制，有些數據並不一定適合使用數理統計法，統計後的結果也尚待商榷。此弊端於後也會出現，因此後文如仍出現此類情況就不再說明了。

第三節　西漢韻類的統計表格

陰聲韻

（一）之　部

	486	之	尤	咍	灰	侯	脂	隊	職	屋	代
之	327	109	118	89	149	146	108	75	75	0	0
尤	43	36	2	50	0	0	0	0	0	0	0
咍	91	55	3	15	0	0	85	0	0	0	0
灰	1	1	0	0	0	0	0	0	0	0	0
侯	7	7	0	0	0	0	0	0	0	0	0
脂	11	8	0	3	0	0	0	0	0	0	0
隊	2	1	0	0	0	0	0	0	0	0	150
職	2	1	0	0	0	0	0	0	0	150	0
屋	1	0	0	0	0	0	0	0	1	0	0
代	1	0	0	0	0	0	0	1	0	0	0

表格說明：

〔註2〕支部無韻例。

〔註3〕藥部、緝部、葉部無韻例。

1‧之尤的離合指數爲 118，之灰的離合指數爲 149，之侯的離合指數爲 146，之脂的離合指數爲 108，五韻當合。

2‧之咍的離合指數爲 89，此時我們需要利用卡方檢驗來證明二者是分是合，列表如下：

	之	咍
之	109	4.107
咍	55	15

此時，無論將檢驗水平定爲 α＝0.025、α＝0.05 或 α＝0.10，卡方值都要小於這些分佈臨界值，因此應當將兩韻合併。

3‧之隊的離合指數爲 75，此時我們需要利用卡方檢驗來證明二者是分是合，列表如下：

	之	隊
之	109	0.002
隊	1	0

此時，無論將檢驗水平定爲 α＝0.025、α＝0.05 或 α＝0.10，卡方值都要遠遠小於這些分佈臨界值，因此應當將兩韻合併。

4‧之職的離合指數爲 75，此時我們需要利用卡方檢驗來證明二者是分是合，列表如下：

	之	職
之	109	0.002
職	1	0

此時，無論將檢驗水平定爲 α＝0.025、α＝0.05 或 α＝0.10，卡方值都要遠遠小於這些分佈臨界值，因此應當將兩韻合併。

5‧尤咍的離合指數爲 50，此時我們需要利用卡方檢驗來證明二者是分是合，列表如下：

	尤	咍
尤	2	4.618
咍	3	15

此時，如果將檢驗水平定爲 α＝0.025 的話，4.618＞4.605，尤咍就當分了。

但是考慮到之尤已經合併，之咍又已合併，離合指數又過於接近臨界值，因此本文決定將 α 定為 0.05 或 0.10，這樣卡方值就要小於這些分佈臨界值，最終可將此兩韻合併。

6・脂咍的離合指數為 85，此時我們需要利用卡方檢驗來證明二者是分是合，列表如下：

	脂	咍
脂	0	0.149
咍	3	15

此時，無論將檢驗水平定為 α = 0.025、α = 0.05 或 α = 0.10，卡方值都要遠遠小於這些分佈臨界值，因此應當將兩韻合併。

7・隊代、職屋的離合指數皆為 150，當合併。

小結：西漢時期之部只有一個韻類。

（二）幽　部

	154	尤	肴	豪	幽	蕭	侯	虞
尤	85	26	92	72	94	81	0	117
肴	9	5	0	94	0	0	244	0
豪	38	15	3	7	0	128	159	80
幽	5	3	0	0	1	0	0	0
蕭	2	1	0	1	0	0	0	0
侯	3	0	1	2	0	0	0	0
虞	12	9	0	3	0	0	0	0

表格說明：

1・尤肴的離合指數皆為 92，幽尤的離合指數皆為 94，尤虞的離合指數皆為 117，四韻合併。

2・尤豪的離合指數為 72，此時我們需要利用卡方檢驗來證明二者是分是合，列表如下：

	尤	豪
尤	26	3.217
豪	15	7

此時，無論將檢驗水平定爲 α = 0.025、α = 0.05 或 α = 0.10，卡方值都要小於這些分佈臨界值，因此應當將兩韻合併。

3·尤蕭的離合指數爲 81，此時我們需要利用卡方檢驗來證明二者是分是合，列表如下：

	尤	蕭
尤	26	0.01
蕭	1	0

此時，無論將檢驗水平定爲 α = 0.025、α = 0.05 或 α = 0.10，卡方值都要遠遠小於這些分佈臨界值，因此應當將兩韻合併。

4·肴豪的離合指數爲 94，肴侯的離合指數爲 244，三韻合併。

5·豪蕭的離合指數爲 128，豪侯的離合指數爲 159，三韻合併。

6·豪虞的離合指數爲 80，此時我們需要利用卡方檢驗來證明二者是分是合，列表如下：

	豪	虞
豪	7	0.311
虞	3	0

此時，無論將檢驗水平定爲 α = 0.025、α = 0.05 或 α = 0.10，卡方值都要遠遠小於這些分佈臨界值，因此應當將兩韻合併。

小結：幽部只有一個韻類。

（三）宵　部

	60	宵	豪	肴
宵	25	9	55	0
豪	30	7	9	141
肴	5	0	5	0

表格說明：

1·宵豪的離合指數爲 55，此時我們需要利用卡方檢驗來證明二者是分是合，列表如下：

	宵	豪
宵	9	4.84
豪	7	9

此時，如果將檢驗水平定為 α = 0.025 的話，宵豪分立。當 α = 0.05 或 α = 0.10 時，當將兩韻合併。此種情況當為豪的部分字與宵韻合併，另一部分字與宵韻分立，而與豪韻合併。

2．豪肴的離合指數為 141，二韻合併。

小結：宵部包含兩個韻類，豪（部分）與宵韻為一類，豪（部分）與肴為另外一類。

（四）侯　部

	64	侯	虞	尤	魚
侯	30	7	84	193	176
虞	30	12	9	0	0
尤	1	1	0	0	0
魚	3	3	0	0	0

表格說明：

1．侯虞的離合指數為 84，此時我們需要利用卡方檢驗來證明二者是分是合，列表如下：

	侯	虞
侯	7	0.537
虞	12	9

此時，無論將檢驗水平定為 α = 0.025、α = 0.05 或 α = 0.10，卡方值都要遠遠小於這些分佈臨界值，因此應當將兩韻合併。

2．侯尤的離合指數為 193，魚侯的離合指數為 176，三韻合併。

小結：侯部只有一個韻類。

（五）魚　部

	656	麻	模	虞	魚
麻	139	15	109	111	79
模	222	55	36	107	91
虞	71	17	25	2	93
魚	224	37	70	25	46

表格說明：

1．麻模的離合指數爲 109，麻虞的離合指數爲 111，三韻合併。

2．魚麻的離合指數爲 79，此時我們需要利用卡方檢驗來證明二者是分是合，列表如下：

	魚	麻
魚	46	2.538
麻	37	15

此時，無論將檢驗水平定爲 α＝0.025、α＝0.05 或 α＝0.10，卡方值都要小於這些分佈臨界值，因此應當將兩韻合併。

3．魚模的離合指數爲 91，虞模的離合指數爲 107，三韻合併。

4．魚虞的離合指數爲 93，二韻合併。

小結：魚部只有一個韻類。

（六）支 部

	20	支	佳	齊
支	14	4	142	136
佳	2	2	0	0
齊	4	4	0	0

表格說明：

支佳的離合指數爲 142，支齊的離合指數爲 136，三韻合併。

小結：支部只有一個韻類。

（七）脂 部

	40	脂	齊	至	皆	支
脂	29	11	77	66	124	124
齊	7	4	1	128	0	0
至	2	1	1	0	0	0
皆	1	1	0	0	0	0
支	1	1	0	0	0	0

表格說明：

1．脂皆的離合指數爲 124，脂齊的離合指數爲 124，三韻合併。

2．齊至的離合指數爲 128，二韻合併。

3・脂齊的離合指數為 77，此時我們需要利用卡方檢驗來證明二者是分是合，列表如下：

	脂	齊
脂	11	0.515
齊	4	1

此時，無論將檢驗水平定為 α = 0.025、α = 0.05 或 α = 0.10，卡方值都要遠遠小於這些分佈臨界值，因此應當將兩韻合併。

4・脂至的離合指數為 66，此時需要利用卡方檢驗來證明二者是分是合，列表如下：

	脂	至
脂	11	0.023
至	1	0

此時，無論將檢驗水平定為 α = 0.025、α = 0.05 或 α = 0.10，卡方值都要遠遠小於這些分佈臨界值，因此應當將兩韻合併。

小結：脂部只有一個韻類。

（八）微　部

	98	皆	灰	微	脂	咍
皆	7	0	250	173	0	0
灰	20	1	0	129	156	0
微	47	6	11	9	103	217
脂	21	0	8	9	2	0
咍	3	0	0	3	0	0

表格說明：

1・皆灰的離合指數為 250，皆微的離合指數為 173，三韻合併。

2・灰微的離合指數為 129，灰脂的離合指數為 156，三韻合併。

3・脂微的離合指數為 103，微咍的離合指數為 217，三韻合併。

小結：微部只有一個韻類。

（九）歌　部

274	戈	支	歌	麻	至
戈	39	5	60	101	59	100
支	129	11	35	73	109	140
歌	70	15	24	12	93	0
麻	25	2	15	7	0	229
至	11	1	9	0	1	0

表格說明：

1．歌戈的離合指數為 101，戈至的離合指數為 100，三韻合併。

2．麻支的離合指數為 109，支至的離合指數為 140，三韻合併。

3．歌麻的離合指數為 93，二韻合併。

4．麻至的離合指數為 229，二韻合併。

5．戈支的離合指數為 60，此時需要利用卡方檢驗來證明二者是分是合，列表如下：

	戈	支
戈	5	5.909
支	11	35

此時，如果將檢驗水平定為 α＝0.025，則二韻分立。但考慮到前後統計的結果，此處將 α 定為 0.05 或 0.10，將二韻合併。

6．戈麻的離合指數為 59，此時我們需要利用卡方檢驗來證明二者是分是合，列表如下：

	戈	麻
戈	5	0.194
麻	2	0

此時，無論將檢驗水平定為 α＝0.025、α＝0.05 或 α＝0.10，卡方值都要遠遠小於這些分佈臨界值，因此應當將兩韻合併。

7．歌支的離合指數為 73，此時我們需要利用卡方檢驗來證明二者是分是合，列表如下：

	歌	支
歌	12	4.251
支	24	35

此時，無論將檢驗水平定爲 α = 0.025、α = 0.05 或 α = 0.10，卡方值都要小於這些分佈臨界值，因此應當將兩韻合併。

小結：歌部只有一個韻類。

（十）祭　部

	106	祭	泰	怪	夬	廢
祭	39	8	103	0	84	103
泰	49	18	9	208	155	138
怪	5	0	5	0	0	0
夬	6	2	4	0	0	0
廢	7	3	4	0	0	0

表格說明：

1・祭泰的離合指數爲 103，祭廢的離合指數爲 103，三韻合併。

2・泰怪的離合指數爲 208，泰夬的離合指數爲 155，泰廢的離合指數爲 138，四韻合併。

3・祭夬的離合指數爲 84，此時我們需要利用卡方檢驗來證明二者是分是合，列表如下：

	祭	夬
祭	8	0.123
夬	2	0

此時，無論將檢驗水平定爲 α = 0.025、α = 0.05 或 α = 0.10，卡方值都要遠遠小於這些分佈臨界值，因此應當將兩韻合併。

小結：祭部只有一個韻類。

（十一）至　部

至韻獨用 6 例。

（十二）隊　部

本部無韻例。

陽聲韻

（一）蒸　部

	34	蒸	登	耕	東
蒸	24	8	107	107	135
登	4	3	0	175	0
耕	4	3	1	0	0
東	2	2	0	0	0

表格說明：

1・蒸登的離合指數為 107，蒸耕的離合指數為 107，蒸東的離合指數為 135，四韻合併。

2・登耕的離合指數為 175，二韻合併。

小結：蒸部只有一個韻類。

（二）冬　部

東韻獨用三例。

（三）東　部

	124	東	鐘	江
東	68	22	70	107
鐘	49	19	14	56
江	7	5	2	0

表格說明：

1・東江的離合指數為 107，二韻合併。

2・東鐘的離合指數為 70，此時我們需要利用卡方檢驗來證明二者是分是合，列表如下：

	東	鐘
東	22	4.759
鐘	19	14

此時，無論將檢驗水平定為 $\alpha = 0.025$、$\alpha = 0.05$ 或 $\alpha = 0.10$，卡方值都要遠遠小於這些分佈臨界值，因此應當將兩韻合併。

3·江鐘的離合指數為 56，此時我們需要利用卡方檢驗來證明二者是分是合，列表如下：

	江	鐘
江	0	0.071
鐘	2	14

此時，無論將檢驗水平定為 α = 0.025、α = 0.05 或 α = 0.10，卡方值都要遠遠小於這些分佈臨界值，因此應當將兩韻合併。

小結：東部只有一個韻類。

（四）陽　部

736	陽	唐	庚	耕
陽 445	139	99	78	159
唐 196	121	27	77	0
庚 94	45	21	14	0
耕 1	1	0	0	0

表格說明：

1·陽唐的離合指數為 99，陽耕的離合指數為 159，三韻合併。

2·陽庚的離合指數為 78，此時我們需要利用卡方檢驗來證明二者是分是合，列表如下：

	陽	庚
陽	139	11.812
庚	45	14

此時，無論將檢驗水平定為 α = 0.025、α = 0.05 或 α = 0.10，卡方值都要大於這些分佈臨界值，因此應當將兩韻分開。

3·唐庚的離合指數為 77，此時我們需要利用卡方檢驗來證明二者是分是合，列表如下：

	唐	庚
唐	27	7.266
庚	21	14

此時，如果將檢驗水平定為 α = 0.025 時，卡方值就要大於分佈臨界值，此

時應當將兩韻分立。

小結：陽部有陽、唐、耕與庚兩個韻類。

（五）耕　部

412		清	青	庚	耕
清	175	33	105	121	95
青	118	51	16	116	82
庚	108	53	32	7	220
耕	14	5	3	6	0

表格說明：

1·清青的離合指數為 105，清庚的離合指數為 121，清耕的離合指數為 95，四韻合併。

2·青庚的離合指數為 116，二韻合併。

3·耕庚的離合指數為 220，二韻合併。

4·青耕的離合指數為 82，此時我們需要利用卡方檢驗來證明二者是分是合，列表如下：

	青	耕
青	16	0.14
耕	3	0

此時，無論將檢驗水平定為 $\alpha = 0.025$、$\alpha = 0.05$ 或 $\alpha = 0.10$，卡方值都要遠遠小於這些分佈臨界值，因此應當將兩韻合併。

小結：耕部只有一個韻類。

（六）真　部

138		眞	先	文	諄	痕
眞	102	39	85	128	128	128
先	33	21	6	0	0	0
文	1	1	0	0	0	0
諄	1	1	0	0	0	0
痕	1	1	0	0	0	0

表格說明：

1．眞文的離合指數爲 128，眞諄的離合指數爲 128，眞痕的離合指數爲 128，四韻合併。

2．眞先的離合指數爲 85，此時我們需要利用卡方檢驗來證明二者是分是合，列表如下：

	眞	先
眞	39	1.515
先	21	6

此時，無論將檢驗水平定爲 α = 0.025、α = 0.05 或 α = 0.10，卡方值都要遠遠小於這些分佈臨界值，因此應當將兩韻合併。

小結：眞部只有一個韻類。

（七）文　部

	94	文	諄	魂	眞	先	痕	欣	仙
文	36	8	104	112	32	0	0	0	0
諄	12	6	1	117	0	0	0	0	189
魂	29	13	3	2	164	0	303	0	267
眞	8	1	0	4	1	0	0	140	0
先	1	0	0	0	0	0	0	150	0
痕	4	0	0	4	0	0	0	0	0
欣	2	0	0	0	1	1	0	0	0
仙	2	0	1	1	0	0	0	0	0

表格說明：

1．文諄的離合指數爲 104，文魂的離合指數爲 112，三韻合併。

2．文眞的離合指數爲 32，二韻當分。

3．諄魂的離合指數爲 117，諄仙的離合指數爲 189，三韻合併。

4．魂痕的離合指數爲 303，魂仙的離合指數爲 267，三韻合併。

5．眞欣的離合指數爲 140，二韻合併。

6．先欣的離合指數爲 150，二韻合併。

小結：文部包括二個韻類，文、諄、魂、仙、痕爲一類，眞、欣、先爲一類。

（八）元 部

312	寒	仙	元	刪	山	先	桓	眞
寒	60	9	60	85	90	78	22	69	0
仙	86	11	17	92	63	85	58	49	241
元	48	9	15	3	110	149	90	26	0
刪	24	6	5	4	1	98	79	47	0
山	26	5	8	9	2	1	0	0	0
先	19	1	4	3	2	0	2	71	0
桓	48	10	8	2	3	0	5	10	0
眞	1	0	1	0	0	0	0	0	0

表格說明：

1．寒仙的離合指數為 60，此時我們需要利用卡方檢驗來證明二者是分是合，列表如下：

	寒	仙
寒	9	5.238
仙	11	17

此時，如果將檢驗水平定為 α＝0.025，二韻則分立。如果 α＝0.05 或 α＝0.10 兩韻則合併。本文將其分立。

2．寒元的離合指數為 85，此時我們需要利用卡方檢驗來證明二者是分是合，列表如下：

	寒	元
寒	9	0.093
元	9	3

此時，無論將檢驗水平定為 α＝0.025、α＝0.05 或 α＝0.10，卡方值都要遠遠小於這些分佈臨界值，因此應當將兩韻合併。

3．寒刪的離合指數為 90，二韻合併。

4．寒山的離合指數為 78，此時我們需要利用卡方檢驗來證明二者是分是合，列表如下：

	寒	山
寒	9	0.07
山	5	1

此時，無論將檢驗水平定爲 α = 0.025、α = 0.05 或 α = 0.10，卡方值都要遠遠小於這些分佈臨界值，因此應當將兩韻合併。

5・寒先的離合指數爲 22，從計算數值來看應當分。

6・寒桓的離合指數爲 69，此時我們需要利用卡方檢驗來證明二者是分是合，列表如下：

	寒	桓
寒	9	2.778
桓	10	10

此時，無論將檢驗水平定爲 α = 0.025、α = 0.05 或 α = 0.10，卡方值都要遠遠小於這些分佈臨界值，因此應當將兩韻合併。

7・仙元的離合指數爲 92，二韻合併。

8・仙刪的離合指數爲 63，此時我們需要利用卡方檢驗來證明二者是分是合，列表如下：

	仙	刪
仙	17	0.571
刪	5	1

此時，無論將檢驗水平定爲 α = 0.025、α = 0.05 或 α = 0.10，卡方值都要遠遠小於這些分佈臨界值，因此應當將兩韻合併。

9・仙山的離合指數爲 85，此時我們需要利用卡方檢驗來證明二者是分是合，列表如下：

	仙	山
仙	17	0.002
山	8	1

此時，無論將檢驗水平定爲 α = 0.025、α = 0.05 或 α = 0.10，卡方值都要遠遠小於這些分佈臨界值，因此應當將兩韻合併。

10・仙先的離合指數爲 58，此時我們需要利用卡方檢驗來證明二者是分是合，列表如下：

	仙	先
仙	17	3.584
先	4	2

此時，無論將檢驗水平定爲 α = 0.025、α = 0.05 或 α = 0.10，卡方值都要遠遠小於這些分佈臨界值，因此應當將兩韻合併。

11·仙桓的離合指數爲 49，二韻當分。

12·仙眞的離合指數爲 241，二韻合併。

13·元刪的離合指數爲 110，元山的離合指數爲 149，元先的離合指數爲 90，四韻合併。

14·元桓的離合指數爲 26，二韻當分。

15·刪山的離合指數爲 98，二韻合併。

16·刪先的離合指數爲 79，此時我們需要利用卡方檢驗來證明二者是分是合，列表如下：

	刪	先
刪	1	0.139
先	2	2

此時，無論將檢驗水平定爲 α = 0.025、α = 0.05 或 α = 0.10，卡方值都要遠遠小於這些分佈臨界值，因此應當將兩韻合併。

17·刪桓的離合指數爲 47，二韻當分。

18·仙桓的離合指數爲 71，此時我們需要利用卡方檢驗來證明二者是分是合，列表如下：

	仙	桓
仙	17	9.603
桓	8	10

此時，無論將檢驗水平定爲 α = 0.025、α = 0.05 或 α = 0.10，卡方值都要大於這些分佈臨界值，因此應當將兩韻分立。

小結：元部包括兩個韻類，寒、元（部分）、刪（部分）、山（部分）、桓（部分）爲一類，仙、元（部分）、刪（部分）、山（部分）、桓（部分）、眞、先韻爲另一類。

（九）侵　部

	48	侵	覃	東
侵	36	14	67	98

覃	4	2	0	206
東	8	6	2	0

表格說明：

1・侵覃的離合指數為 67，此時我們需要利用卡方檢驗來證明二者是分是合，列表如下：

	侵	覃
侵	14	0.071
覃	2	0

此時，無論將檢驗水平定為 α = 0.025、α = 0.05 或 α = 0.10，卡方值都要遠遠小於這些分佈臨界值，因此應當將兩韻合併。

2・侵東的離合指數為 98，東覃的離合指數為 206，三韻合併。

小結：侵部只有一個韻類。

（十）談　部

	8	鹽	添	談
鹽	3	1	100	0
添	1	1	0	0
談	4	0	0	2

表格說明：

1・鹽添的離合指數為 100，二韻合併。

2・談韻只有獨用，當分。

小結：談部包括兩個韻類，鹽、添為一類，談韻為一類。

入聲韻

（一）職　部

	356	職	德	屋	麥	尤	之	怪	至
職	125	19	115	96	94	206	102	0	0
德	138	59	24	95	83	95	91	0	271
屋	62	19	21	6	180	0	137	279	0
麥	7	2	2	3	0	0	0	0	0

尤	3	2	1	0	0	0	0	0	0
之	16	5	5	5	0	0	0	356	0
怪	3	0	0	2	0	0	1	0	0
至	2	0	2	0	0	0	0	0	0

表格說明：

1·職德的離合指數為 115，職屋的離合指數為 96，職麥的離合指數為 94，職尤的離合指數為 206，職之的離合指數為 102，六韻合併。

2·德屋的離合指數為 95，德尤的離合指數為 95，德之的離合指數為 91，德至的離合指數為 271，五韻合併。

3·德麥的離合指數為 83，此時我們需要利用卡方檢驗來證明二者是分是合，列表如下：

	德	麥
德	24	0.042
麥	2	0

此時，無論將檢驗水平定為 $\alpha = 0.025$、$\alpha = 0.05$ 或 $\alpha = 0.10$，卡方值都要遠遠小於這些分佈臨界值，因此應當將兩韻合併。

4·屋麥的離合指數為 180，屋之的離合指數為 137，屋怪的離合指數為 279，之怪的離合指數為 356，四韻合併。

小結：職部只有一個韻類。

（二）覺　部

屋韻獨用 11 例。

（三）藥　部

	20	藥	宵	覺	錫	鐸
藥	11	3	136	0	0	150
宵	4	4	0	0	0	0
覺	2	0	0	0	150	0
錫	2	0	0	2	0	0
鐸	1	1	0	0	0	0

表格說明：

1·藥宵的離合指數為 136，藥鐸的離合指數為 150，三韻合併。

2·覺錫的離合指數為 150，二韻合併。

小結：藥部有兩個韻類，藥、宵、鐸為一類，覺、錫為一類。

（四）屋　部

	60	燭	屋	侯	覺
燭	15	2	94	0	70
屋	34	9	11	50	42
侯	3	0	1	1	0
覺	8	2	2	0	2

表格說明：

1·燭屋的離合指數為 94，二韻合併。

2·燭覺的離合指數為 70，此時我們需要利用卡方檢驗來證明二者是分是合，列表如下：

	燭	覺
燭	2	0.667
覺	2	2

此時，無論將檢驗水平定為 α＝0.025、α＝0.05 或 α＝0.10，卡方值都要遠遠小於這些分佈臨界值，因此應當將兩韻合併。

3·屋侯的離合指數為 50，此時我們需要利用卡方檢驗來證明二者是分是合，列表如下：

	屋	侯
屋	11	5.049
侯	1	1

此時，如果將檢驗水平定為 α＝0.025，二韻分立。如果將檢驗水平定為 α＝0.05 或 α＝0.10，則應當將兩韻合併。本文將其分立。

4·屋覺的離合指數為 42，二韻當分。

小結：屋部包含兩個韻類，屋、燭（部分）為一類，侯、覺、燭（部分）為一類。

（五）鐸　部

126	鐸	陌	昔	模	藥	麥	麻	覺	魚
鐸	36	5	96	131	98	77	82	102	0	0
陌	24	8	4	120	29	45	0	0	0	0
昔	17	7	6	0	64	202	0	231	0	0
模	15	5	1	1	2	65	0	73	226	0
藥	11	2	1	1	1	0	190	198	0	0
麥	10	2	0	0	0	4	0	0	0	227
麻	7	2	0	2	1	2	0	0	0	0
覺	2	0	0	0	2	0	0	0	0	0
魚	4	0	0	0	0	0	4	0	0	0

表格說明：

1．鐸陌的離合指數為 96，鐸昔的離合指數為 131，鐸模的離合指數為 98，鐸麻的離合指數為 102，此五韻合併。

2．鐸藥的離合指數為 77，此時我們需要利用卡方檢驗來證明二者是分是合，列表如下：

	鐸	藥
鐸	5	0.194
藥	2	0

此時，無論將檢驗水平定為 α ＝ 0.025、α ＝ 0.05 或 α ＝ 0.10，卡方值都要遠遠小於這些分佈臨界值，因此應當將兩韻合併。

3．鐸麥的離合指數為 82，此時我們需要利用卡方檢驗來證明二者是分是合，列表如下：

	鐸	麥
鐸	5	0.194
麥	2	0

此時，無論將檢驗水平定為 α ＝ 0.025、α ＝ 0.05 或 α ＝ 0.10，卡方值都要遠遠小於這些分佈臨界值，因此應當將兩韻合併。

4．陌昔的離合指數為 120，二韻合併。

5．陌模的離合指數為 29，二韻當分。

6．陌藥的離合指數為 45，二韻當分。

7．昔藥的離合指數為 202，昔麻的離合指數為 231，三韻合併。

8．昔模的離合指數為 64，此時我們需要利用卡方檢驗來證明二者是分是合，列表如下：

	昔	模
昔	0	0.12
模	1	2

此時，無論將檢驗水平定為 α ＝ 0.025、α ＝ 0.05 或 α ＝ 0.10，卡方值都要遠遠小於這些分佈臨界值，因此應當將兩韻合併。

9．模藥的離合指數為 65，此時我們需要利用卡方檢驗來證明二者是分是合，列表如下：

	模	藥
模	2	0.12
藥	1	0

此時，無論將檢驗水平定為 α ＝ 0.025、α ＝ 0.05 或 α ＝ 0.10，卡方值都要遠遠小於這些分佈臨界值，因此應當將兩韻合併。

10．模麻的離合指數為 73，此時我們需要利用卡方檢驗來證明二者是分是合，列表如下：

	模	麻
模	2	0.12
麻	1	0

此時，無論將檢驗水平定為 α ＝ 0.025、α ＝ 0.05 或 α ＝ 0.10，卡方值都要遠遠小於這些分佈臨界值，因此應當將兩韻合併。

11．模覺的離合指數為 226，二韻合併。

12．藥麥的離合指數為 190，藥麻的離合指數為 198，三韻合併。

13．魚麥的離合指數為 227，二韻合併。

小結：鐸部包含兩個韻類。鐸、陌（部分）、昔、模（部分）、麻、藥（部分）、麥、魚為一類，陌（部分）、模（部分）、藥（部分）、覺為一類。

（六）錫　部

	10	支	齊	昔	麥
支	2	0	150	77	0
齊	1	1	0	0	0
昔	6	1	0	2	116
麥	1	0	0	1	0

表格說明：

1‧支齊的離合指數為 150，二韻合併。

2‧昔麥的離合指數為 116，二韻合併。

3‧支昔的離合指數為 77，此時我們需要利用卡方檢驗來證明二者是分是合，列表如下：

	支	昔
支	0	0.12
昔	1	2

此時，無論將檢驗水平定為 α＝0.025、α＝0.05 或 α＝0.10，卡方值都要遠遠小於這些分佈臨界值，因此應當將兩韻合併。

小結：錫部只有一個韻類。

（七）質　部

	38	質	屑	脂
質	33	14	112	113
屑	4	4	0	0
脂	1	1	0	0

表格說明：

質屑的離合指數為 112，質脂的離合指數為 113，三韻合併。

小結：質部只有一個韻類。

（八）物　部

	44	未	代	術	物	沒	至	質	隊
未	11	2	87	0	119	0	0	0	0
代	5	2	1	0	0	0	150	0	0

術	9	0	0	4	32	0	0	0	0
物	12	5	0	1	1	187	0	324	0
沒	4	0	0	0	3	0	0	0	249
至	1	0	1	0	0	0	0	0	0
質	1	0	0	0	1	0	0	0	0
隊	1	0	0	0	0	1	0	0	0

表格說明：

1・物未的離合指數為 119，二韻合併。

2・至代的離合指數為 150，二韻合併。

3・物術的離合指數為 32，二韻分立。

4・物沒的離合指數為 187，物質的離合指數為 324，三韻合併。

5・沒隊的離合指數為 249，二韻合併。

6・代未的離合指數為 87，此時我們需要利用卡方檢驗來證明二者是分是合，列表如下：

	代	未
代	2	0.139
未	2	1

此時，無論將檢驗水平定為 α＝0.025、α＝0.05 或 α＝0.10，卡方值都要遠遠小於這些分佈臨界值，因此應當將兩韻合併。

小結：物部有兩個韻類，物、未、沒、質、隊、代韻為一類，術韻為另一類。

（九）月　部

	46	月	薛	末	曷	黠	沒	屑
月	11	1	81	0	0	145	177	300
薛	25	5	8	0	0	94	77	0
末	1	0	0	0	100	0	0	0
曷	1	0	0	1	0	0	0	0
黠	5	2	3	0	0	0	0	0
沒	2	1	1	0	0	0	0	0
屑	1	1	0	0	0	0	0	0

表格說明：

1．月薛的離合指數為 81，此時我們需要利用卡方檢驗來證明二者是分是合，列表如下：

	月	薛
月	1	0.032
薛	5	8

此時，無論將檢驗水平定為 α＝0.025、α＝0.05 或 α＝0.10，卡方值都要遠遠小於這些分佈臨界值，因此應當將兩韻合併。

2．月點的離合指數為 145，月沒的離合指數為 177，月屑的離合指數為 300，四韻合併。

3．薛點的離合指數為 94，二韻合併。

4．薛沒的離合指數為 77，此時我們需要利用卡方檢驗來證明二者是分是合，列表如下：

	薛	沒
薛	8	0.031
沒	1	0

此時，無論將檢驗水平定為 α＝0.025、α＝0.05 或 α＝0.10，卡方值都要遠遠小於這些分佈臨界值，因此應當將兩韻合併。

5．末曷的離合指數為 100，二韻合併。

小結：月部只有一個韻類。

（十）緝　部

	10	緝	合
緝	8	4	0
合	2	0	1

表格說明：緝韻與合韻之間無合用，故緝部包括緝和合兩個韻類。

（十一）葉　部

	8	曷	業	乏	帖	葉
曷	2	1	0	0	0	0

業	1	0	0	150	0	0
乏	2	0	1	0	0	150
帖	1	0	0	0	0	150
葉	2	0	0	1	1	0

表格說明：

1・業乏的離合指數為 150，二韻合併。

2・乏葉的離合指數為 150，二韻合併。

3・葉帖的離合指數為 150，二韻合併。

4・曷韻有獨用。

小結：葉部有兩個韻類，葉、業、乏、帖為一類，曷韻為一類。

本節小結

西漢時期陰聲韻有個 12 韻類〔註4〕，陽聲韻有個 14 韻類，入聲韻有 17 個韻類，總計 43 個韻類。

第四節　東漢韻類的統計表格

陰聲韻

（一）之　部

	390	之	尤	侯	哈	灰	代	脂	隊	眞
之	322	142	112	85	60	112	56	112	0	112
尤	1	1	0	0	0	0	0	0	0	0
侯	4	3	0	0	49	0	0	0	0	0
哈	54	27	0	1	13	0	0	0	0	0
灰	2	2	0	0	0	0	0	0	0	0
代	2	1	0	0	0	0	0	0	150	0
脂	1	1	0	0	0	0	0	0	0	0
隊	1	0	0	0	0	0	1	0	0	0
眞	3	3	0	0	0	0	0	0	0	0

〔註4〕隊部無韻例。

表格說明：

1‧之尤的離合指數為 112，之灰的離合指數為 112，之脂的離合指數為 112，之眞的離合指數為 112，五韻合併。

2‧代隊的離合指數為 150，二韻合併。

3‧之侯的離合指數為 85，此時我們需要利用卡方檢驗來證明二者是分是合，列表如下：

	之	侯
之	142	0.016
侯	3	0

此時，無論將檢驗水平定為 α＝0.025、α＝0.05 或 α＝0.10，卡方值都要遠遠小於這些分佈臨界值，因此應當將兩韻合併。

4‧之哈的離合指數為 60，此時我們需要利用卡方檢驗來證明二者是分是合，列表如下：

	之	哈
之	142	29.668
哈	27	13

此時，無論將檢驗水平定為 α＝0.025、α＝0.05 或 α＝0.10，卡方值都要遠遠大於這些分佈臨界值，因此應當將兩韻分立。

5‧之代的離合指數為 56，此時我們需要利用卡方檢驗來證明二者是分是合，列表如下：

	之	代
之	142	0.007
代	2	0

此時，無論將檢驗水平定為 α＝0.025、α＝0.05 或 α＝0.10，卡方值都要遠遠小於這些分佈臨界值，因此應當將兩韻合併。

6‧侯哈的離合指數為 49，應當將兩韻分立。

小結：東漢之部包括兩個韻類，之、尤、灰、脂、眞、侯、代、隊為一類，哈韻為一類。

（二）幽 部

	154	尤	幽	豪	侯	蕭	虞
尤	137	61	110	110	37	110	110
幽	3	3	0	0	0	0	0
豪	4	4	0	0	0	0	0
侯	3	1	0	0	1	0	0
蕭	3	3	0	0	0	0	0
虞	4	4	0	0	0	0	0

表格說明：

1．幽尤的離合指數為 110，尤豪的離合指數為 110，尤蕭的離合指數為 110，尤虞的離合指數為 110，五韻合併。

2．幽侯的離合指數為 37，二韻分立。

小結：幽部包括兩個韻類，幽、尤、豪、蕭、虞為一類，侯韻為一類。

（三）宵 部

	78	宵	豪	肴	蕭
宵	22	3	95	81	63
豪	40	12	12	51	35
肴	11	3	3	2	54
蕭	5	1	1	1	1

表格說明：

1．宵豪的離合指數為 95，二韻合併。

2．豪蕭的離合指數為 35，二韻分立。

3．宵肴的離合指數為 81，此時我們需要利用卡方檢驗來證明二者是分是合，列表如下：

	宵	肴
宵	3	0.454
肴	3	2

此時，無論將檢驗水平定為 α = 0.025、α = 0.05 或 α = 0.10，卡方值都要遠遠小於這些分佈臨界值，因此應當將兩韻合併。

4．宵蕭的離合指數為 63，此時我們需要利用卡方檢驗來證明二者是分是

合，列表如下：

	宵	蕭
宵	3	1.372
蕭	1	1

此時，無論將檢驗水平定爲 α＝0.025、α＝0.05 或 α＝0.10，卡方值都要遠遠小於這些分佈臨界值，因此應當將兩韻合併。

5．豪肴的離合指數爲 51，此時我們需要利用卡方檢驗來證明二者是分是合，列表如下：

	豪	肴
豪	12	3.602
肴	3	2

此時，無論將檢驗水平定爲 α＝0.025、α＝0.05 或 α＝0.10，卡方值都要小於這些分佈臨界值，因此應當將兩韻合併。

6．肴蕭的離合指數爲 54，此時我們需要利用卡方檢驗來證明二者是分是合，列表如下：

	肴	蕭
肴	2	0.871
蕭	1	1

此時，無論將檢驗水平定爲 α＝0.025、α＝0.05 或 α＝0.10，卡方值都要遠遠小於這些分佈臨界值，因此應當將兩韻合併。

小結：宵部包含兩個韻類，蕭（部分）宵肴豪爲一類，蕭（部分）爲另一類。

（四）侯　部

	56	侯	虞	尤	魚
侯	16	6	27	121	0
虞	37	3	16	0	111
尤	1	1	0	0	0
魚	2	0	2	0	0

表格說明：

1・侯虞的離合指數為 27，二韻分立。

2・侯尤的離合指數為 121，二韻合併。

3・魚虞的離合指數為 111，二韻合併。

小結：侯部包括兩個韻類，侯尤為一類，魚虞為另一類。

（五）魚　部

	416	麻	模	虞	魚
麻	37	1	43	139	46
模	116	6	30	0	79
虞	70	21	0	11	74
魚	193	8	50	27	54

表格說明：

1・麻模的離合指數為 43，二韻分立。

2・麻虞的離合指數為 139，二韻合併。

3・魚麻的離合指數為 46，二韻分立。

4・魚模的離合指數為 79，此時我們需要利用卡方檢驗來證明二者是分是合，列表如下：

	魚	模
魚	54	7.027
模	50	30

此時，將檢驗水平定為 $\alpha = 0.025$ 時，二韻分立；定為 $\alpha = 0.10$ 時，兩韻合併。本文將其分立。

5・魚虞的離合指數為 27，此時我們需要利用卡方檢驗來證明二者是分是合，列表如下：

	魚	虞
魚	54	5.703
虞	27	11

此時，將檢驗水平定為 $\alpha = 0.025$ 時，二韻分立；定為 $\alpha = 0.10$ 時，兩韻合併。本文將其分立。

小結：魚部有三個韻類，麻虞為一類，模韻為一類，魚韻為一類。

（六）支 部

84	支	齊	佳
支	73	32	85	111
齊	8	6	1	0
佳	3	3	0	0

表格說明：

1・支佳的離合指數爲 111，二韻合併。

2・支齊的離合指數爲 85，此時我們需要利用卡方檢驗來證明二者是分是合，列表如下：

	支	齊
支	32	1.053
齊	6	1

此時，無論將檢驗水平定爲 α＝0.025、α＝0.05 或 α＝0.10，卡方值都要遠遠小於這些分佈臨界值，因此應當將兩韻合併。

小結：支部只有一個韻類。

（七）脂 部

28	脂	齊	皆
脂	12	3	76	100
齊	12	4	3	100
皆	4	2	2	0

表格說明：

1・脂齊的離合指數爲 76，此時我們需要利用卡方檢驗來證明二者是分是合，列表如下：

	脂	齊
脂	3	0.4
齊	4	3

此時，無論將檢驗水平定爲 α＝0.025、α＝0.05 或 α＝0.10，卡方值都要遠遠小於這些分佈臨界值，因此應當將兩韻合併。

2・脂皆的離合指數爲 100，齊皆的離合指數爲 100，三韻合併。

小結：脂部只有一個韻類。

（八）微　部

	64	微	哈	灰	脂	皆
微	31	10	43	41	79	68
哈	4	1	0	0	103	206
灰	13	3	0	4	0	67
脂	8	4	1	0	1	93
皆	8	3	2	2	1	0

表格說明：

1・微哈的離合指數為 43，二韻分立。

2・灰微的離合指數為 41，二韻分立。

3・哈脂的離合指數為 103，哈皆的離合指數為 206，三韻合併。

4・脂微的離合指數為 79，此時我們需要利用卡方檢驗來證明二者是分是合，列表如下：

	脂	微
脂	1	0.417
微	4	10

此時，無論將檢驗水平定為 $\alpha = 0.025$、$\alpha = 0.05$ 或 $\alpha = 0.10$，卡方值都要遠遠小於這些分佈臨界值，因此應當將兩韻合併。

5・微皆的離合指數為 68，此時我們需要利用卡方檢驗來證明二者是分是合，列表如下：

	微	皆
微	10	0.221
皆	3	0

此時，無論將檢驗水平定為 $\alpha = 0.025$、$\alpha = 0.05$ 或 $\alpha = 0.10$，卡方值都要遠遠小於這些分佈臨界值，因此應當將兩韻合併。

6・灰皆的離合指數為 67，此時我們需要利用卡方檢驗來證明二者是分是合，列表如下：

	灰	皆
灰	4	0.24
皆	2	0

此時，無論將檢驗水平定爲 α ＝ 0.025、α ＝ 0.05 或 α ＝ 0.10，卡方值都要遠遠小於這些分佈臨界值，因此應當將兩韻合併。

7・脂皆的離合指數爲 93，二韻合併。

小結：微部包含三個韻類。微（部分）、皆（部分）爲一類，咍、脂、皆（部分）、微（部分）爲一類，灰、皆（部分）爲一類。

（九）歌　部

	132	戈	支	歌	麻	脂
戈	23	2	54	103	57	0
支	7	1	2	30	0	62
歌	37	11	1	9	39	0
麻	60	7	0	7	21	110
脂	5	0	1	0	4	0

表格說明：

1・支脂的離合指數爲 62，此時我們需要利用卡方檢驗來證明二者是分是合，列表如下：

	支	脂
支	2	0.12
脂	1	0

此時，無論將檢驗水平定爲 α ＝ 0.025、α ＝ 0.05 或 α ＝ 0.10，卡方值都要遠遠小於這些分佈臨界值，因此應當將兩韻合併。

2・歌戈的離合指數爲 103，二韻合併。

3・歌支的離合指數爲 30，二韻分立。

4・歌麻的離合指數爲 39，二韻分立。

5・麻脂的離合指數爲 110，二韻合併。

6・支戈的離合指數爲 54，此時我們需要利用卡方檢驗來證明二者是分是合，列表如下：

	支	戈
支	2	1.8
戈	1	2

此時，無論將檢驗水平定為 α = 0.025、α = 0.05 或 α = 0.10，卡方值都要遠遠小於這些分佈臨界值，因此應當將兩韻合併。

7·戈麻的離合指數為 57，此時我們需要利用卡方檢驗來證明二者是分是合，列表如下：

	戈	麻
戈	2	1.462
麻	7	21

此時，無論將檢驗水平定為 α = 0.025、α = 0.05 或 α = 0.10，卡方值都要遠遠小於這些分佈臨界值，因此應當將兩韻合併。

小結：歌部包括兩個韻類。脂、支（部分）、戈（部分）、麻（部分）為一類，歌、支（部分）、戈（部分）、麻（部分）為另一類。

（十）祭 部

	140	祭	泰	怪	夬	廢
祭	54	12	78	0	72	115
泰	52	15	11	220	141	50
怪	1	0	1	0	0	0
夬	15	4	11	0	0	0
廢	18	11	3	0	0	2

表格說明：

1·祭泰的離合指數為 78，此時我們需要利用卡方檢驗來證明二者是分是合，列表如下：

	祭	泰
祭	12	1.675
泰	15	11

此時，無論將檢驗水平定為 α = 0.025、α = 0.05 或 α = 0.10，卡方值都要遠遠小於這些分佈臨界值，因此應當將兩韻合併。

2·祭夬的離合指數爲 72，此時我們需要利用卡方檢驗來證明二者是分是合，列表如下：

	祭	夬
祭	12	0.327
夬	4	0

此時，無論將檢驗水平定爲 α＝0.025、α＝0.05 或 α＝0.10，卡方值都要遠遠小於這些分佈臨界值，因此應當將兩韻合併。

3·祭廢的離合指數爲 115，二韻合併。

4·泰怪的離合指數爲 220，泰夬的離合指數爲 141，三韻合併。

5·泰廢的離合指數爲 50，此時我們需要利用卡方檢驗來證明二者是分是合，列表如下：

	泰	廢
泰	11	3.261
廢	3	2

此時，無論將檢驗水平定爲 α＝0.025、α＝0.05 或 α＝0.10，卡方值都要小於這些分佈臨界值，因此應當將兩韻合併。

小結：祭部只有一個韻類。

（十一）至部

至部獨用一例。

（十二）隊部

隊部獨用一例。

陽聲韻

（一）蒸　部

	18	蒸	登
蒸	13	6	26
登	5	1	2

表格說明：

蒸登的離合指數為 26，二韻當分。

因此蒸部有兩個韻類，蒸韻為一類，登韻為一類。

（二）冬　部

44		東	江	冬
東	32	12	126	85
江	1	1	0	0
冬	11	7	0	2

表格說明：

1・東江的離合指數為 126，二韻合併。

2・東冬的離合指數為 85，此時我們需要利用卡方檢驗來證明二者是分是合，列表如下：

	東	冬
東	12	0.399
冬	7	2

此時，無論將檢驗水平定為 α＝0.025、α＝0.05 或 α＝0.10，卡方值都要遠遠小於這些分佈臨界值，因此應當將兩韻合併。

小結：冬部只有一個韻類。

（三）東　部

146		東	鐘	江
東	60	11	103	180
鐘	82	35	23	46
江	4	3	1	0

表格說明：

1・東鐘的離合指數為 103，東江的離合指數為 180，三韻合併。

2・鐘江的離合指數為 46，應當將兩韻分立。

小結：東部包含兩個韻類。東、鐘、江韻（部分）為一類，江韻（部分）為一類。

（四）陽　部

546		陽	唐	庚
陽	369	130	88	98
唐	160	97	31	16
庚	17	12	1	2

表格說明：

1・陽庚的離合指數爲98，二韻合併。

2・唐庚的離合指數爲16，二韻分立。

3・陽唐的離合指數爲 88，此時我們需要利用卡方檢驗來證明二者是分是合，列表如下：

	陽	唐
陽	130	3.606
唐	97	31

此時，無論將檢驗水平定爲 $\alpha = 0.025$、$\alpha = 0.05$ 或 $\alpha = 0.10$，卡方值都要小於這些分佈臨界值，因此應當將兩韻合併。

小結：陽部包括兩個韻類，庚韻的一部分字獨爲一類，庚韻另一部分字與唐、陽韻爲一類。

（五）耕　部

586		清	青	耕	庚
清	254	57	98	56	95
青	142	63	18	65	94
耕	12	3	2	1	120
庚	178	74	41	5	29

表格說明：

1・清青的離合指數爲98，清庚的離合指數爲95，三韻合併。

2・青庚的離合指數爲94，二韻合併。

3・耕庚的離合指數爲120，二韻合併。

4・清耕的離合指數爲 56，此時我們需要利用卡方檢驗來證明二者是分是合，列表如下：

	清	耕
清	57	8.549
耕	3	1

此時，無論將檢驗水平定爲 α＝0.025、α＝0.05 或 α＝0.10，卡方值都要大於這些分佈臨界值，因此應當將兩韻分立。

5・青耕的離合指數爲 65，此時我們需要利用卡方檢驗來證明二者是分是合，列表如下：

	青	耕
青	18	4.203
耕	2	1

此時，無論將檢驗水平定爲 α＝0.025、α＝0.05 或 α＝0.10，卡方值都要小於這些分佈臨界值，因此應當將兩韻合併。

小結：耕部包含兩個韻類。清（部分）、青、耕、庚爲一類，清韻的另一部分字獨爲一類。

（六）真　部

	220	眞	先	臻	諄
眞	168	67	89	123	42
先	41	29	6	0	0
臻	2	2	0	0	0
諄	9	3	0	0	3

表格說明：

1・眞諄的離合指數爲 42，二韻分立。

2・眞臻的離合指數爲 123，二韻合併。

3・眞先的離合指數爲 89，此時我們需要利用卡方檢驗來證明二者是分是合，列表如下：

	眞	先
眞	67	1.344
先	29	6

此時，無論將檢驗水平定爲 α＝0.025、α＝0.05 或 α＝0.10，卡方值都要小

於這些分佈臨界值，因此應當將兩韻合併。

小結：眞部包括兩個韻類，眞、臻、先爲一類，諄韻爲一類。

（七）文　部

	172	文	諄	魂	欣	眞	痕	先	仙	刪
文	82	22	79	82	104	82	119	24	48	180
諄	16	7	3	23	56	41	0	0	0	0
魂	39	16	1	6	54	40	105	94	192	0
欣	7	4	1	1	0	95	0	0	0	0
眞	9	4	1	1	1	1	0	0	0	0
痕	6	4	0	2	0	0	0	0	0	0
先	8	1	0	3	0	0	0	2	0	0
仙	4	1	0	3	0	0	0	0	0	0
刪	1	1	0	0	0	0	0	0	0	0

表格說明：

1・文欣的離合指數爲 104，文痕的離合指數爲 109，文刪的離合指數爲 180，四韻合併。

2・文先的離合指數爲 24，二韻分立。

3・文仙的離合指數爲 48，二韻分立。

4・諄魂的離合指數爲 23，二韻分立。

5・眞諄的離合指數爲 41，二韻分立。

6・眞魂的離合指數爲 40，二韻分立。

7・魂痕的離合指數爲 105，魂先的離合指數爲 94，魂仙的離合指數爲 192，四韻合併。

8・欣眞的離合指數爲 95，二韻合併。

9・文諄的離合指數爲 79，此時我們需要利用卡方檢驗來證明二者是分是合，列表如下：

	文	諄
文	22	3.365
諄	7	3

此時，無論將檢驗水平定爲 $\alpha = 0.025$、$\alpha = 0.05$ 或 $\alpha = 0.10$，卡方值都要遠

遠小於這些分佈臨界值，因此應當將兩韻合併。

　　10·文魂的離合指數為 82，此時我們需要利用卡方檢驗來證明二者是分是合，列表如下：

	文	魂
文	22	1.153
魂	16	6

　　此時，無論將檢驗水平定為 α＝0.025、α＝0.05 或 α＝0.10，卡方值都要遠遠小於這些分佈臨界值，因此應當將兩韻合併。

　　11·真文的離合指數為 82，此時我們需要利用卡方檢驗來證明二者是分是合，列表如下：

	真	文
真	1	1.688
文	4	22

　　此時，無論將檢驗水平定為 α＝0.025、α＝0.05 或 α＝0.10，卡方值都要遠遠小於這些分佈臨界值，因此應當將兩韻合併。

　　12·諄欣的離合指數為 56，此時我們需要利用卡方檢驗來證明二者是分是合，列表如下：

	諄	欣
諄	3	0.082
欣	1	0

　　此時，無論將檢驗水平定為 α＝0.025、α＝0.05 或 α＝0.10，卡方值都要遠遠小於這些分佈臨界值，因此應當將兩韻合併。

　　13·欣魂的離合指數為 54，此時我們需要利用卡方檢驗來證明二者是分是合，列表如下：

	欣	魂
欣	0	0.041
魂	1	6

　　此時，無論將檢驗水平定為 α＝0.025、α＝0.05 或 α＝0.10，卡方值都要遠遠小於這些分佈臨界值，因此應當將兩韻合併。

　　小結：文部包括五個韻類。如下：痕、刪、欣（部分）、魂（部分）、諄（部分）、眞（部分）、文（部分）爲一類；諄（部分）、欣（部分）、文（部分）爲一類；先、魂（部分）爲一類；仙、魂（部分）爲一類；魂（部分）、欣（部分）、文（部分）爲一類。

（八）元　部

416	寒	刪	元	桓	仙	先	山
寒	82	13	67	85	82	72	29	70
刪	21	4	1	119	22	76	39	160
元	85	15	5	7	96	117	62	86
桓	78	17	1	17	11	82	57	0
仙	108	15	4	29	17	14	114	121
先	27	2	1	3	4	10	3	53
山	15	3	4	2	0	5	1	0

　　表格說明：

　　1・寒刪的離合指數爲 67，此時我們需要利用卡方檢驗來證明二者是分是合，列表如下：

	寒	刪
寒	13	0.72
刪	4	1

　　此時，無論將檢驗水平定爲 α＝0.025、α＝0.05 或 α＝0.10，卡方值都要遠遠小於這些分佈臨界值，因此應當將兩韻合併。

　　2・寒元的離合指數爲 85，此時我們需要利用卡方檢驗來證明二者是分是合，列表如下：

	寒	元
寒	13	0.478
元	15	7

　　此時，無論將檢驗水平定爲 α＝0.025、α＝0.05 或 α＝0.10，卡方值都要遠遠小於這些分佈臨界值，因此應當將兩韻合併。

　　3・寒桓的離合指數爲 82，此時我們需要利用卡方檢驗來證明二者是分是合，列表如下：

	寒	桓
寒	13	1.168
桓	17	11

　　此時，無論將檢驗水平定爲 α＝0.025、α＝0.05 或 α＝0.10，卡方值都要遠遠小於這些分佈臨界值，因此應當將兩韻合併。

　　4·寒仙的離合指數爲 72，此時我們需要利用卡方檢驗來證明二者是分是合，列表如下：

	寒	仙
寒	13	3.419
仙	15	14

　　此時，無論將檢驗水平定爲 α＝0.025、α＝0.05 或 α＝0.10，卡方值都要小於這些分佈臨界值，因此應當將兩韻合併。

　　5·寒山的離合指數爲 70，此時我們需要利用卡方檢驗來證明二者是分是合，列表如下：

	寒	山
寒	13	0.171
山	3	0

　　此時，無論將檢驗水平定爲 α＝0.025、α＝0.05 或 α＝0.10，卡方值都要遠遠小於這些分佈臨界值，因此應當將兩韻合併。

　　6·寒先的離合指數爲 29，二韻分立。

　　7·元刪的離合指數爲 119，二韻合併。

　　8·刪桓的離合指數爲 22，二韻分立。

　　9·刪先的離合指數爲 39，二韻分立。

　　10·刪山的離合指數爲 160，二韻合併。

　　11·刪仙的離合指數爲 76，此時我們需要利用卡方檢驗來證明二者是分是合，列表如下：

	刪	仙
刪	1	0.825
仙	4	14

此時，無論將檢驗水平定爲 α＝0.025、α＝0.05 或 α＝0.10，卡方值都要遠遠小於這些分佈臨界值，因此應當將兩韻合併。

12·元桓的離合指數爲 96，元仙的離合指數爲 117，三韻合併。

13·元先的離合指數爲 62，此時我們需要利用卡方檢驗來證明二者是分是合，列表如下：

	元	先
元	7	3.124
先	3	3

此時，無論將檢驗水平定爲 α＝0.025、α＝0.05 或 α＝0.10，卡方值都要遠遠小於這些分佈臨界值，因此應當將兩韻合併。

14·元山的離合指數爲 86，此時我們需要利用卡方檢驗來證明二者是分是合，列表如下：

	元	山
元	7	0.141
山	2	0

此時，無論將檢驗水平定爲 α＝0.025、α＝0.05 或 α＝0.10，卡方值都要遠遠小於這些分佈臨界值，因此應當將兩韻合併。

15·桓先的離合指數爲 57，此時我們需要利用卡方檢驗來證明二者是分是合，列表如下：

	桓	先
桓	11	3.583
先	4	3

此時，無論將檢驗水平定爲 α＝0.025、α＝0.05 或 α＝0.10，卡方值都要遠遠小於這些分佈臨界值，因此應當將兩韻合併。

16·桓仙的離合指數爲 82，此時我們需要利用卡方檢驗來證明二者是分是合，列表如下：

	桓	仙
桓	11	1.458
仙	17	14

此時，無論將檢驗水平定為 α＝0.025、α＝0.05 或 α＝0.10，卡方值都要遠遠小於這些分佈臨界值，因此應當將兩韻合併。

17．仙先的離合指數為 114，二韻合併。

18．仙山的離合指數為 121，二韻合併。

19．先山的離合指數為 53，此時我們需要利用卡方檢驗來證明二者是分是合，列表如下：

	先	山
先	3	0.082
山	1	0

此時，無論將檢驗水平定為 α＝0.025、α＝0.05 或 α＝0.10，卡方值都要遠遠小於這些分佈臨界值，因此應當將兩韻合併。

小結：元部包括兩個韻類，寒、刪、元（部分）、桓（部分）、仙（部分）、山（部分）為一類；先、元（部分）、桓（部分）、仙（部分）、山（部分）為另一類。

（九）侵　部

	58	侵	覃	凡
侵	50	21	114	115
覃	7	7	0	0
凡	1	1	0	0

表格說明：

侵覃的離合指數為 114，侵凡的離合指數為 115，三韻合併。

侵部只有一個韻類。

（十）談　部

	4	鹽	談
鹽	3	1	100
談	1	1	0

表格說明：

鹽談的離合指數為 100，二韻合併。

入聲韻

（一）職　部

	202	職	德	屋	脂	怪	尤	麥	代
職	78	18	83	94	207	87	0	0	0
德	83	27	19	93	0	46	210	195	0
屋	29	12	12	2	0	128	0	0	0
脂	1	1	0	0	0	0	0	0	0
怪	5	2	1	1	0	0	0	0	130
尤	1	0	1	0	0	0	0	0	0
麥	4	0	4	0	0	0	0	0	0
代	1	0	0	0	0	1	0	0	0

表格說明：

1・職德的離合指數為 83，此時我們需要利用卡方檢驗來證明二者是分是合，列表如下：

	職	德
職	18	1.558
德	27	19

此時，無論將檢驗水平定為 $\alpha = 0.025$、$\alpha = 0.05$ 或 $\alpha = 0.10$，卡方值都要遠遠小於這些分佈臨界值，因此應當將兩韻合併。

2・職屋的離合指數為 94，職脂的離合指數為 207，三韻合併。

3・職怪的離合指數為 87，此時我們需要利用卡方檢驗來證明二者是分是合，列表如下：

	職	怪
職	18	0.055
怪	2	0

此時，無論將檢驗水平定為 $\alpha = 0.025$、$\alpha = 0.05$ 或 $\alpha = 0.10$，卡方值都要遠遠小於這些分佈臨界值，因此應當將兩韻合併。

4・德屋的離合指數為 93，德尤的離合指數為 210，德麥的離合指數為 195，四韻合併。

5・德怪的離合指數爲 46，過於接近 50。因此我們再用卡方檢驗一下：

	德	怪
德	19	0.013
怪	1	0

此時，無論將檢驗水平定爲 α＝0.025、α＝0.05 或 α＝0.10，卡方值都要遠遠小於這些分佈臨界值，因此應當將兩韻合併。

6・怪屋的離合指數爲 128，二韻合併。

7・怪代的離合指數爲 128，二韻合併。

小結：職部只有一個韻類。

（二）覺　部

	26	屋	幽	覺	沃	豪	錫
屋	20	9	0	0	105	0	105
幽	1	0	0	150	0	0	0
覺	2	0	1	0	0	150	0
沃	1	1	0	0	0	0	0
豪	1	0	0	1	0	0	0
錫	1	1	0	0	0	0	0

表格說明：

1・屋沃的離合指數爲 105，屋錫的離合指數爲 105，三韻合併。

2・幽覺的離合指數爲 150，二韻合併。

3・覺豪的離合指數爲 150，二韻合併。

小結：覺部包括兩個韻類，屋、沃、錫爲一類，幽、覺、豪爲另一類。

（三）藥　部

	6	藥	覺
藥	3	1	55
覺	3	1	1

表格說明：

藥覺的離合指數爲 55，此時我們需要利用卡方檢驗來證明二者是分是合，列表如下：

	藥	覺
藥	1	0.333
覺	1	1

此時，無論將檢驗水平定爲 α＝0.025、α＝0.05 或 α＝0.10，卡方值都要遠遠小於這些分佈臨界值，因此應當將兩韻合併。

藥部只有一個韻類。

（四）屋　部

	70	燭	屋	覺
燭	41	12	88	106
屋	17	9	3	66
覺	12	8	2	1

表格說明：

1．燭屋的離合指數爲 88，此時我們需要利用卡方檢驗來證明二者是分是合，列表如下：

	燭	屋
燭	12	0.389
屋	9	3

此時，無論將檢驗水平定爲 α＝0.025、α＝0.05 或 α＝0.10，卡方值都要遠遠小於這些分佈臨界值，因此應當將兩韻合併。

2．燭覺的離合指數爲 106，二韻合併。

3．屋覺的離合指數爲 66，此時我們需要利用卡方檢驗來證明二者是分是合，列表如下：

	屋	覺
屋	3	0.375
覺	2	1

此時，無論將檢驗水平定爲 α＝0.025、α＝0.05 或 α＝0.10，卡方值都要遠遠小於這些分佈臨界值，因此應當將兩韻合併。

小結：屋部只有一個韻類。

（五）鐸 部

	94	鐸	陌	昔	藥	模	麥	麻	魚	覺
鐸	27	6	40	59	76	82	0	46	0	0
陌	20	3	6	66	0	17	0	0	0	0
昔	14	3	4	2	107	28	0	75	0	0
藥	3	1	0	1	0	0	0	200	0	0
模	20	7	1	1	0	4	0	54	210	210
麥	2	0	0	0	0	0	0	233	0	0
麻	6	1	0	1	1	1	2	0	0	0
魚	1	0	0	0	0	1	0	0	0	0
覺	1	0	0	0	0	1	0	0	0	0

表格說明：

1・鐸陌的離合指數爲 40，二韻分立。

2・鐸麻的離合指數爲 46，二韻分立。

3・鐸昔的離合指數爲 59，此時我們需要利用卡方檢驗來證明二者是分是合，列表如下：

	鐸	昔
鐸	6	1.518
昔	3	2

此時，無論將檢驗水平定爲 α＝0.025、α＝0.05 或 α＝0.10，卡方值都要遠遠小於這些分佈臨界值，因此應當將兩韻合併。

4・鐸藥的離合指數爲 76，此時我們需要利用卡方檢驗來證明二者是分是合，列表如下：

	鐸	藥
鐸	6	0.041
藥	1	0

此時，無論將檢驗水平定爲 α＝0.025、α＝0.05 或 α＝0.10，卡方值都要遠遠小於這些分佈臨界值，因此應當將兩韻合併。

5・鐸模的離合指數爲 82，此時我們需要利用卡方檢驗來證明二者是分是合，列表如下：

	鐸	模
鐸	6	0.462
模	7	4

此時，無論將檢驗水平定爲 α＝0.025、α＝0.05 或 α＝0.10，卡方值都要遠遠小於這些分佈臨界值，因此應當將兩韻合併。

6·陌昔的離合指數爲 66，此時我們需要利用卡方檢驗來證明二者是分是合，列表如下：

	陌	昔
陌	6	0.75
昔	4	2

此時，無論將檢驗水平定爲 α＝0.025、α＝0.05 或 α＝0.10，卡方值都要遠遠小於這些分佈臨界值，因此應當將兩韻合併。

7·模陌的離合指數爲 17，二韻分立。

8·昔藥的離合指數爲 107，二韻合併。

9·昔模的離合指數爲 28，二韻分立。

10·昔麻的離合指數爲 75，此時我們需要利用卡方檢驗來證明二者是分是合，列表如下：

	昔	麻
昔	2	0.12
麻	1	0

此時，無論將檢驗水平定爲 α＝0.025、α＝0.05 或 α＝0.10，卡方值都要遠遠小於這些分佈臨界值，因此應當將兩韻合併。

11·藥麻的離合指數爲 200，二韻合併。

12·模麻的離合指數爲 54，此時我們需要利用卡方檢驗來證明二者是分是合，列表如下：

	模	麻
模	4	0.062
麻	1	0

此時，無論將檢驗水平定爲 α＝0.025、α＝0.05 或 α＝0.10，卡方值都要遠

遠小於這些分佈臨界值，因此應當將兩韻合併。

13．模魚的離合指數為 210，模覺的離合指數為 210，三韻合併。

14．麥麻的離合指數為 233，二韻合併。

小結：鐸部有三個韻類：鐸、昔（部分）、藥（部分）、模（部分）、魚、覺韻為一類；陌韻、昔（部分）、麻（部分）、麥韻為一類；麻、模（部分）、藥（部分）為一類。

（六）錫　部

	16	昔	齊	麥	佳	錫	支
昔	4	0	87	175	0	187	0
齊	3	1	1	0	0	0	0
麥	4	2	0	0	249	0	187
佳	1	0	0	1	0	0	0
錫	2	1	0	0	0	0	150
支	2	0	0	1	0	1	0

表格說明：

1．昔齊的離合指數為 87，此時我們需要利用卡方檢驗來證明二者是分是合，列表如下：

	昔	齊
昔	0	0.222
齊	1	1

此時，無論將檢驗水平定為 $\alpha = 0.025$、$\alpha = 0.05$ 或 $\alpha = 0.10$，卡方值都要遠遠小於這些分佈臨界值，因此應當將兩韻合併。

2．昔麥的離合指數為 175，昔錫的離合指數為 187，三韻合併。

3．麥佳的離合指數為 249，麥支的離合指數為 187，三韻合併。

4．錫支的離合指數為 150，二韻合併。

小結：錫部只有一個韻類。

（七）質　部

	42	質	屑	齊	代
質	22	6	93	89	0

屑	17	9	4	0	0
齊	2	1	0	0	150
代	1	0	0	1	0

表格說明：

1・質屑的離合指數爲 93，二韻合併。

2・質齊的離合指數爲 89，此時我們需要利用卡方檢驗來證明二者是分是合，列表如下：

	質	齊
質	6	0.041
齊	1	0

此時，無論將檢驗水平定爲 $\alpha = 0.025$、$\alpha = 0.05$ 或 $\alpha = 0.10$，卡方值都要遠遠小於這些分佈臨界值，因此應當將兩韻合併。

3・齊代的離合指數爲 150，二韻合併。

小結：質部只有一個韻類。

（八）物　部

	36	未	代	術	物	沒	脂
未	16	3	178	37	150	0	212
代	3	3	0	0	0	0	0
術	7	1	0	2	0	107	0
物	6	5	0	0	0	200	0
沒	3	0	0	2	1	0	0
脂	1	1	0	0	0	0	0

表格說明：

1・未代的離合指數爲 178，未物的離合指數爲 150，未脂的離合指數爲 212，四韻合併。

2・未術的離合指數爲 37，二韻分立。

3・術沒的離合指數爲 107，二韻合併。

4・物沒的離合指數爲 200，二韻合併。

小結：物部有兩個韻類：未、代、物（部分）、脂爲一類，物（部分）、術、沒韻爲一類。

（九）月　部

66		月	薛	曷	點	沒	末	屑
月	12	2	69	83	113	0	0	0
薛	37	5	12	79	35	136	0	0
曷	4	1	2	0	0	0	249	0
點	5	2	1	0	0	0	0	210
沒	5	0	5	0	0	0	0	0
末	1	0	0	1	0	0	0	0
屑	2	0	0	0	2	0	0	0

表格說明：

1・月薛的離合指數為 69，此時我們需要利用卡方檢驗來證明二者是分是合，列表如下：

	月	薛
月	2	1.406
薛	5	12

此時，無論將檢驗水平定為 $\alpha = 0.025$、$\alpha = 0.05$ 或 $\alpha = 0.10$，卡方值都要遠遠小於這些分佈臨界值，因此應當將兩韻合併。

2・月曷的離合指數為 83，此時我們需要利用卡方檢驗來證明二者是分是合，列表如下：

	月	曷
月	2	0.12
曷	1	0

此時，無論將檢驗水平定為 $\alpha = 0.025$、$\alpha = 0.05$ 或 $\alpha = 0.10$，卡方值都要遠遠小於這些分佈臨界值，因此應當將兩韻合併。

3・月點的離合指數為 113，二韻合併。

4・薛曷的離合指數為，此時我們需要利用卡方檢驗來證明二者是分是合，列表如下：

	薛	曷
薛	12	0.083
曷	2	0

此時，無論將檢驗水平定為 α＝0.025、α＝0.05 或 α＝0.10，卡方值都要遠遠小於這些分佈臨界值，因此應當將兩韻合併。

5‧薛黠的離合指數為 35，二韻分立。

6‧薛沒的離合指數為 136，二韻合併。

7‧曷末的離合指數為 249，二韻合併。

8‧黠屑的離合指數為 210，二韻合併。

小結：月部包括兩個韻類：月、薛（部分）、曷、黠、末、屑韻為一類，薛（部分）、沒韻為一類。

（十）緝　部

	20	緝	合
緝	19	9	100
合	1	1	0

表格說明：

緝部只有一個韻類。

（十一）葉　部

	14	乏	業	葉	帖
乏	6	1	122	0	0
業	6	4	1	0	0
葉	1	0	0	0	100
帖	1	0	0	1	0

表格說明：

1‧業乏的離合指數為 122，二韻合併。

2‧葉帖的離合指數為 100，二韻合併。

小結：葉部包括兩個韻類，業乏為一類，葉帖為另一類。

本節小結

東漢時期陰聲韻有 21 個韻類，陽聲韻有 20 個韻類，入聲韻有 17 個韻類，總計 58 個韻類。